KNAUR

MICHAEL TSOKOS

Abgetrennt

Ein Paul-Herzfeld-Thriller

KNAUR

Besuchen Sie uns im Internet:
www.knaur.de

Aus Verantwortung für die Umwelt hat sich die Verlagsgruppe Droemer Knaur zu einer nachhaltigen Buchproduktion verpflichtet. Der bewusste Umgang mit unseren Ressourcen, der Schutz unseres Klimas und der Natur gehören zu unseren obersten Unternehmenszielen. Gemeinsam mit unseren Partnern und Lieferanten setzen wir uns für eine klimaneutrale Buchproduktion ein, die den Erwerb von Klimazertifikaten zur Kompensation des CO_2-Ausstoßes einschließt. Weitere Informationen finden Sie unter: www.klimaneutralerverlag.de

MIX
Papier aus verantwortungsvollen Quellen
FSC® C083411
FSC www.fsc.org

Originalausgabe Oktober 2021
Knaur Taschenbuch

Ein Imprint der Verlagsgruppe
Droemer Knaur GmbH & Co. KG, München

Ein Projekt der AVA international GmbH
Autoren- und Verlagsagentur
www.ava-international.de
Covergestaltung: ZERO Werbeagentur, München
Coverabbildung: PixxWerk®, München,
Helmut Henkensiefken
Messer: StockSmartStart / Shutterstock.com
Herzemoji: Emojis von Cosmic_Design / Shutterstock.com
Fackeln: chekart / Shutterstock.com
Satz: Adobe InDesign im Verlag
Druck und Bindung: CPI books GmbH, Leck
ISBN 978-3-426-52442-8

2 4 5 3

Die Handlung dieses Buches spielt sechs Monate nach den Ereignissen in »Abgefackelt« und erstreckt sich über einen Zeitraum von sieben Tagen.

Paul Herzfeld ist siebenunddreißig Jahre alt und Assistenzarzt am Institut für Rechtsmedizin in Kiel.

Prolog

Das Skalpell glitt durch die weiche Hautdecke und das darunter gelegene Unterhautfettgewebe wie durch ein Stück Butter. Mit einem etwa zwanzig Zentimeter langen, s-förmigen Schnitt legte der Mann die rotbraune Muskulatur der vier Muskeln frei, die das Schultergelenk umgaben und, einer gefächerten Manschette gleich, den Oberarmkopf in seiner Gelenkpfanne hielten. Mit dem Handrücken seiner freien linken Hand, die wie seine rechte in einem blauen Plastikhandschuh steckte, schob er seine Brille, die ihm auf der Nase heruntergerutscht war, wieder hoch, ehe er das Skalpell gegen eines der stabileren Sektionsmesser tauschte, die fein säuberlich aufgereiht auf einem Sideboard aus Edelstahl neben ihm lagen.

Mit einem gekonnten halbkreisförmigen Schnitt durchtrennte der korpulente, knapp zwei Meter große Mann nun die Muskulatur des Schultergelenks, klappte die gefiederten, rotbraunen Muskelbäuche zur Seite und legte den Oberarmkopf frei. Auf der knorpeligen Gelenkoberfläche des blanken Oberarmkopfes spiegelte sich das Licht der grellen Deckenlampen. Als er sich vornüberbeugte, um sein Werk zu betrachten, meinte er für einen kurzen Moment, das Spiegelbild seines Gesichtes wie in einem Zerrspiegel in der weißlich beigefarbenen Kugel des Oberarmendes zu erkennen. Dann durchtrennte er mit mehreren, kurz hintereinander gesetzten Schnitten die knorpelige Gelenkkapsel und schälte den Oberarmkopf vollständig aus der Gelenkpfanne heraus. Der Mann schnaufte und holte kurz tief Luft, bevor er das Sektionsmesser mit einem scheppernden Geräusch auf die

Ablage neben sich fallen ließ. Dann umfasste er den Unterarm des Toten mit beiden Händen und zog daran.

Mit einem schmatzenden Geräusch löste sich der Oberarmkopf aus der Pfanne. Fast schon triumphierend hielt der Mann den abgetrennten menschlichen Arm in die Höhe.

I

19. August, 9.59 Uhr

Kiel. Institut für Rechtsmedizin der Universität, Sektionssaal

Es fühlte sich gut an, wieder zurück zu sein.

Fast schon beschwingt ließ Paul Herzfeld die metallene Schere, mit der er zuvor Luftröhre und Bronchien des Toten aufgeschnitten hatte, in schnellen Kreisbewegungen um den Ringfinger seiner rechten Hand rotieren.

Sechs Monate war es jetzt her, dass er beinahe von einer eiskalten Killerin im schleswig-holsteinischen Nirgendwo getötet worden wäre.

Nach diesem traumatischen Ereignis hatte sich der Rechtsmediziner für ein halbes Jahr beruflich völlig zurückgezogen und sich nur noch um seine kleine Familie gekümmert, sein Privatleben wieder ins Lot gebracht und seiner langjährigen Lebensgefährtin und Verlobten Petra Schirmherr einen Heiratsantrag gemacht. Im Spätherbst würde die Trauung stattfinden, die anschließende Feier sollte nur im engsten Familien- und Freundeskreis begangen werden. Er war geradezu erleichtert gewesen, als Petra Ja gesagt und nicht weiter darauf bestanden hatte, dass er seine Karriere als Rechtsmediziner gegen ein Berufsleben als Land- oder Amtsarzt in einer norddeutschen Kleinstadt eintauschte.

Vor einer knappen Woche war Herzfeld schließlich an seinen alten Arbeitsplatz im Kieler Institut für Rechtsmedizin zurückgekehrt. Hier fühlte sich der siebenunddreißigjährige Facharzt für Rechtsmedizin wieder mitten im Leben, auch wenn er tagtäglich von Tod und Verwesung umgeben war. Außenstehende fragten sich sicherlich, was das für ein Leben sei, inmitten von Toten. Aber die Rechtsmedizin war nun mal das, wofür er brannte: unerklärliche, plötzliche Todesfälle an Leichenfundorten und diese anschließend im Sektionssaal zu untersuchen; Gewalttäter durch akribische Spurensuche an der Leiche gemeinsam mit der Kriminaltechnik zu überführen; Verbrechern, auch wenn diese noch so heimlich und im Verborgenen agierten, auf die Spur zu kommen und sie mit naturwissenschaftlichen Beweisen zu überführen; Unschuldige zu exkulpieren, und Angehörigen Gewissheit zu geben, was einem geliebten Menschen in den letzten Stunden und Minuten seines Lebens wirklich widerfahren war.

»Alles im grünen Bereich, Frau Westphal«, wandte sich Herzfeld an seine Mit-Obduzentin mit den feuerroten Haaren, die den etwa sechs Meter langen Eingeweideschlauch von Dünn- und Dickdarm mit der dafür im Sektionsbesteck vorgesehenen Darmschere mit der erbsengroßen Metallkugel an der Spitze aufschnitt. »Kein Anhalt für eine Tuberkulose bei unserem Toten hier.«

Sektionsassistentin Annette Bartels hatte bereits alle inneren Organe aus seiner Brust- und Bauchhöhle entfernt, sodass der junge Mann nun ausgeweidet vor den beiden Obduzenten auf dem spiegelnden Edelstahl des Sektionstisches lag. Laut bisherigem Stand der polizeilichen Ermittlungen hatte sich der Mann, der aus Aserbaidschan stammte, in den letzten Wochen vor seinem Tod vorwiegend im Nichtsesshaften-Milieu rings um den Kieler Hauptbahnhof aufgehalten. Ein Routinefall für die beiden Rechtsmediziner.

Herzfeld bemerkte, wie Heike Westphal vergeblich versuchte, ein Gähnen zu unterdrücken.

»Die letzte Nacht war definitiv zu kurz«, entschuldigte sie sich. »Vier Geschädigten-Untersuchungen in der Chirurgischen Klinik nach der Messerstecherei heute Nacht in der Bergstraße. Ich bin seit halb vier auf den Beinen.«

»Ich habe vollstes Verständnis, Frau Westphal«, erwiderte Herzfeld. »Gähnen ist der stumme Schrei nach Kaffee, hat mir mal jemand gesagt.«

»Und derjenige hatte definitiv recht. Eine ordentliche Dosis Koffein wäre jetzt genau das Richtige für mich. Aber wir sind hier ja auch gleich fertig.«

Herzfeld legte die Schere neben den beiden Lungenflügeln des Toten auf dem am Fußende des Sektionstisches befindlichen Organtisch ab. Unauffällig musterte er seine Kollegin, die gerade den Dünndarm des Toten durch ihre linke Hand gleiten ließ, während sie das an eine Schlange erinnernde Organ mit schnellen Schnittbewegungen der Schere in ihrer rechten Hand der Länge nach aufschnitt und dabei mit konzentriertem Blick den Inhalt und die Schleimhaut musterte. Ihr auch sonst immer blasses Gesicht, das stark zu ihren feuerroten Haaren kontrastierte, schien heute besonders blass.

»Eigentlich ist es der Etikette nach ja an der Dame, das Du anzubieten, aber ich setze mich einfach mal über den Knigge hinweg und mache diesen Vorstoß«, sagte Herzfeld und lächelte sie an. »Schließlich arbeiten wir jetzt seit bald zwei Jahren hier gemeinsam am Institut und haben beruflich schon so einiges zusammen durchgemacht. Paul!«

»Sehr gern – Heike!«, antwortete die Dreiundvierzigjährige, während sie kurz aufblickte und Herzfelds Lächeln erwiderte, ehe sie sich wieder dem Darm des Toten widmete.

»Was den hier …«, Herzfeld deutete auf den toten Aserbaidschaner auf dem Sektionstisch vor sich, »… anbelangt, würde ich gleich im Anschluss, wenn ich das Protokoll diktiert habe, Oberkommissar Tomforde anrufen und ihm mitteilen, dass wir ein Tötungsdelikt durch äußere Gewalteinwirkung definitiv ausschließen können und die toxikologischen Untersuchungsergebnisse abwarten – wenn du nichts dagegen hast. So aromatisch, wie der aus allen Körperhöhlen und seinem Magen riecht, tippe ich auf zwei bis drei Promille, wenn nicht sogar mehr. Ich würde mir aber zusätzlich gern noch sein Myokard unter dem Mikroskop ansehen, vielleicht hat er an einer Herzmuskelentzündung laboriert. Die Textur des Herzmuskels erscheint mir etwas zu aufgelockert. Was meinst du?«

Westphal nickte nur stumm als Antwort.

»Du wirkst sehr müde, Heike. Was hältst du davon, wenn ich für den Rest der Woche deine Dienstbereitschaft übernehme?«, bot Herzfeld an. »Petra und Hannah sind noch bis zum Wochenende mit Petras Eltern in Sankt Peter-Ording. Der letzte Urlaub als Nicht-Schulkind für meine Tochter. Sie wird nächste Woche eingeschult. Ich bin zurzeit also sozusagen Strohwitwer. Und ganz ehrlich, mir fällt zu Hause die Decke auf den Kopf. Etwas Ablenkung könnte ich gut gebrauchen. Und zudem hast du in den letzten sechs Monaten während meiner Abwesenheit ja auch genug Dienste geschoben …«

Ohne auf sein Angebot mit auch nur einem Wort einzugehen, erwiderte sie: »Sagen Sie, Herr Herzfeld … äh, ich meine … sag mal, Paul …« Sie ließ die Darmschere sinken, ehe sie langsam weitersprach. Es schien fast so, als würde sich die Rechtsmedizinerin jedes der nun folgenden Worte genau zurechtlegen.

»Ohne dir zu nahe zu treten – ich wollte dich schon die ganze Zeit fragen … Aber da du nicht im Institut warst, und ich dich während deiner Auszeit nicht stören wollte …

Wahrscheinlich geht es mich auch nichts an. Aber ich muss ständig daran denken. Ach, ich weiß einfach nicht, wie ich es sagen soll.«

Die Assistenzärztin machte ein betrübtes Gesicht.

»Sag es einfach freiheraus. Was ist los? Worum geht es?«, ermunterte Herzfeld sie.

»Es geht um *ihn*.«

Herzfeld sah Westphal zwar mit einem erstaunten Blick an, wusste aber sofort, worauf seine Kollegin hinauswollte. »Um *ihn?* Du meinst Schneider?«

»Ja. Ich denke oft daran, wie wir beide den unbekannten Toten, der am Falckensteiner Strand an der Mole im Wasser trieb, obduziert haben. Am ersten Februar dieses Jahres. Ich erinnere mich noch ganz genau an das Datum und auch noch sehr genau an dein Gesicht, Paul, als aufgrund des Zahnstatus des Toten klar war, dass es nicht Schneider ist. Wie gesagt, ich will dir nicht zu nahe treten, aber du hattest dir insgeheim gewünscht, dass es sich bei dieser im Gesicht völlig entstellten Wasserleiche um ihn handelte, richtig?«

»Ja, Heike«, antwortete Herzfeld und stieß unbeabsichtigt einen tiefen Seufzer aus.

Professor Doktor Volker Schneider, bis Anfang des Jahres noch stellvertretender Institutsdirektor der Kieler Rechtsmedizin, der sich nicht nur als Serienmörder entpuppt, sondern auch, nachdem Herzfeld ihm auf die Schliche gekommen war, bei einem regelrechten Amoklauf mehrere Menschen getötet und Herzfelds Verlobte Petra entführt hatte.

»Ich übertreibe nicht, wenn ich dir sage, dass ich monatelang fast paranoid war, was Schneider anbetraf, nachdem er von der Schleibrücke gesprungen und spurlos von der Bildfläche verschwunden war. Überall meinte ich ihn zu sehen.

Jeder hochgewachsene Mann mit ähnlicher Körperstatur ließ mich zusammenfahren. Er war so präsent! Heute ist das anders.«

»Anders?«, wollte Westphal wissen. »Du meinst, es spielt jetzt für dich keine Rolle mehr, was mit ihm passiert ist?«

»Ich habe meine Ängste überwunden. Oder vielmehr, ich habe es geschafft, mit der Erinnerung an ihn sowie mit der Unsicherheit, ob er noch lebt und Petra und mir vielleicht weiter nach dem Leben trachtet, so gut es geht, zu leben.« Jetzt war es Herzfeld, der ein betrübtes Gesicht machte. »Und dann passierten diese schrecklichen Dinge im Elbklinikum in Itzehoe, und meine Angst vor Schneider trat daraufhin in den Hintergrund. Seitdem denke ich so gut wie nicht mehr an ihn.«

Herzfeld spielte damit auf die rätselhaften Todesumstände eines Pathologen vor etlichen Monaten an, bei denen er dem Chef eines skrupellosen Großkonzerns mit seinen Nachforschungen auf die Schliche kam, was ihn wiederum in das Fadenkreuz einer Killerin gerückt hatte.

»Was glaubst du? Was ist damals nach seinem Sprung von der Schleibrücke mit ihm passiert? Ist er gestorben?«, konkretisierte Heike Westphal ihre Frage. »Oder hat er den Sprung in den Fluss überlebt? Eigentlich ist das doch so gut wie ausgeschlossen. Das Wasser war eiskalt, es tobte ein Schneesturm, die Schlei war regelrecht entfesselt. Aber seine Leiche wurde schließlich nie gefunden.«

Herzfeld ließ sich Zeit, ehe er antwortete. So viele Gedanken und beklemmende Erinnerungen schossen ihm durch den Kopf. Dann sah er Heike Westphal geradewegs in die Augen und sagte: »Ich weiß es nicht.«

2

19. August, 16.13 Uhr

Kiel-Mettenhof. Epimetheus Institut

Der untersetzte Mann löste den Knoten seiner dunkelroten Seidenkrawatte und zog sie unter dem Haifischkragen seines Hemdes hervor. Dann legte er die Krawatte zusammen mit den schweren, silbernen Manschettenknöpfen, die er zuvor aus den Knopflöchern der Umschlagmanschetten des Hemdes gezogen hatte, auf den mit schneeweißem Klavierlack überzogenen Konferenztisch vor sich ab. Anschließend öffnete er die oberen beiden Knöpfe seines hellblauen, von einem hochpreisigen Hamburger Maßkonfektionär geschneiderten Businesshemdes und krempelte die Ärmel hoch.

Es war wieder ein verdammt heißer Augusttag. *Eine Klimaanlage wäre nicht schlecht,* sinnierte er. Er lehnte sich auf dem bequemen, mit weißem Leder bezogenen Konferenzstuhl weit zurück und legte seine Füße, die in leichten italienischen Lederschuhen steckten, auf der Tischplatte vor sich ab.

Schon wieder vier neue Verträge abgeschlossen, dachte er. *Es läuft wie am Schnürchen. Gestern zwei Verträge, heute vier … Diese reichen Trottel lassen sich aber auch zu leicht beeindrucken. Alles würden sie für die zukünftige Karriere ihrer Kinder als Mediziner tun. Geld spielt bei denen keine Rolle. Gut fürs Geschäft. Gut für mich …*

Zufrieden blickte er aus dem breiten Panoramafenster des Konferenzraums im sechzehnten Stock des Gebäudes in Richtung der westlichen Stadtausläufer. An klaren Tagen konnte er sogar die riesigen Kräne der Werftanlagen auf dem Ostufer der Kieler Innenförde sehen – was ein durchaus erhabenes Gefühl war, wie er fand. *Ich hier oben, die dort unten.*

Heute war die Kieler Förde allerdings unter einer Dunstglocke vor seinen Blicken verborgen. Aber das tat seiner guten Laune keinen Abbruch.

Es läuft wie am Schnürchen. Auch wenn das hier kein Penthouse über den Dächern von Paris, New York oder Berlin war, hatte er es bei seinen früheren beruflichen Aktivitäten schon deutlich schlechter getroffen. Die Geschäfte des Epimetheus Instituts florierten. Weil er ein Gespür dafür hatte, wann eine Geschäftsidee funktionierte und wann man besser die Finger davon ließ. Und wen er für seine Zwecke vor seinen Karren spannte und danach wie eine heiße Kartoffel wieder fallen ließ.

Dieser naive Trottel aus der Rechtsmedizin. Nicht nur naiv, auch gutgläubig. Ein willfähriger Gehilfe. Hält man ihm eine Mohrrübe vor die Nase, schnappt er danach. Aber so sind sie eben alle.

Der Mann lächelte zufrieden. Er hatte schon immer gewusst, wie man andere Menschen manipulierte.

Trotzdem reichte das Material nicht, das ihm dieser Kaspar aus der Rechtsmedizin anlieferte. Das Geschäft mit den Verträgen brummte. Da durfte er sich nicht lumpen lassen und musste auch etwas bieten.

Es ist Zeit für Nachschub!

Der Mann griff vor sich auf der Tischplatte nach einer nagelneuen Prepaidkarte, die ihrem Benutzer nicht zuzuordnen und somit einer Telefonüberprüfung durch Funkzellenabfrage entzogen war, und steckte sie in ein billiges Handymodell. Er sendete eine SMS an eine Handynummer, die er auswendig kannte. Wie immer, wenn er Kontakt zu Milan Gavrilovic – »dem Serben«, wie der Mann in einschlägigen Kreisen nur genannt wurde – aufnehmen wollte. Wenige Minuten später erschien die achtzehnstellige Nummer eines ständig wechselnden, aber nie registrierten Satellitentelefons auf dem Display des Billighandys. Mehrfach hatte er in der Vergangenheit die Dienste des Serben in Anspruch genommen. Er drückte die Wahltaste.

»Da slušam«, meldete sich nach wenigen Augenblicken eine heisere Stimme am anderen Ende der Leitung.

3

20. August, 02.04 Uhr

Kiel. Wohnung Paul Herzfeld

Erst war es nur ein weit entferntes Geräusch, vielleicht Glockenläuten oder eine Türklingel. Der Ton bewegte sich scheinbar auf ihn zu, wurde immer lauter, zog Herzfeld weiter aus seinem Traum heraus, zurück in das Dunkel seines Schlafzimmers. Bis er benommen nach dem Mobiltelefon neben sich auf dem Nachttisch tastete. Als er das Gerät ergriff, blendete ihn das helle Display-Licht in der Dunkelheit, und er musste mehrmals die Augen zusammenkneifen und wieder öffnen, ehe sich seine Pupillen den neuen Lichtverhältnissen angepasst hatten. Blinzelnd erkannte er die Nummer: Tomforde. Herzfeld nahm das Gespräch mit einer Wischbewegung über das Display entgegen.

»Moin, Herr Doktor«, ertönte die dröhnende Stimme von Oberkommissar Michael Tomforde. »Ich habe gerade erfahren, dass Sie Ihre Kollegin Frau Doktor Westphal beerbt haben, was die rechtsmedizinische Rufbereitschaft heute Nacht anbelangt.«

»Hallo, Herr Tomforde«, murmelte Herzfeld schlaftrunken. »Wie spät ist es?«

»Es ist mitten in der Nacht. Wie Sie sich wohl denken können, Herr Doktor, würde ich Sie nicht zu dieser Zeit wecken, wenn es nicht wichtig wäre. Ich benötige Ihre Expertise hier an einem Tatort mit mindestens einem Toten.«

»Was ist passiert?«, wollte Herzfeld wissen.

»Es hat einen Bombenanschlag in der Kieler Innenstadt gegeben.«

4

20. August, 02.24 Uhr
Kiel. Kaistraße,
Eros-Center

Die Szenerie erinnerte Herzfeld an einen Kriegsschauplatz. Die direkt an der Kieler Förde gelegene Kaistraße, die ihren Namen dem mit Mauern befestigten Hafenufer und den Kaianlagen verdankte, war ein Relikt der einst bedeutenden Hafenstadt Kiel und nun weiträumig durch mehrere Polizeistreifenwagen abgeriegelt. Das eingeschaltete Blaulicht spiegelte sich zuckend auf dem dunklen Asphalt wider. Einige Schaulustige hatten sich in kleineren Grüppchen hinter dem rot-weißen Flatterband versammelt, das Polizeibeamte offensichtlich hastig gespannt hatten, um die Neugierigen auf Abstand zu halten.

Gegenüber dem großen Fährterminal für die nach Skandinavien auslaufenden und von dort wiederkehrenden Passagierfähren erkannte Herzfeld zwei Löschzüge der Feuerwehr. Die Löschfahrzeuge, Einsatzleitwagen sowie weitere Begleitfahrzeuge standen vor einem heruntergekommenen sechsstöckigen Gebäude aus den 1970ern, in dem eines der vielen Laufhäuser und Bordelle am Kieler Hafen untergebracht war.

Herzfeld sah zwischen den immer wieder geschäftig hin und her eilenden Feuerwehrleuten bereits von Weitem zahlreiche leicht bekleidete Frauen, teils in Decken der Feuerwehr gehüllt, und diverse Männer, sehr wahrscheinlich die Freier.

Als sich Herzfeld näherte, hatte er den Eindruck, dass Letzteren die Situation ungleich unangenehmer zu sein schien als den Freudenmädchen. Auf dem Weg zu einem uniformierten Polizeibeamten, dem er seinen Dienstausweis schon von Weitem entgegenhielt, musste Herzfeld über unzählige Trümmerteile steigen, die vor der Straßenfront des Bordells auf Bürgersteig und Straße lagen. Das Etablissement, auf dem in riesigen, roten Leuchtschriftlettern Eros-Center stand – daneben ein blinkendes Herz von der Größe eines Kleinwagens –, war nicht zu übersehen. Nachdem er sich bei dem Polizeibeamten kurz ausgewiesen hatte, brachte der ihn zu Oberkommissar Tomforde, der ihn im Eingangsbereich des Eros-Centers bereits erwartete.

»Noch mal moin, Herr Doktor«, begrüßte ihn der Ermittler mit dem Pferdeschwanz und dem stoppeligen Kinn und schnippte seine Zigarettenkippe zur Seite. Sie landete in einem kleinen Funkenregen auf der Straße.

Michael Tomforde war ein echtes Urgestein der Kieler Kripo mit mittlerweile dreißig Jahren Berufserfahrung. Ein knorriger Typ, aber das Herz am rechten Fleck und ein überragender Ermittler, wie Herzfeld aus eigener Erfahrung wusste.

»Ich bringe Sie kurz auf den aktuellen Stand, und dann gehen wir rein, sobald wir das Okay von der Einsatzleitung der Feuerwehr erhalten. Das kann nicht mehr lange dauern.«

Der breitschultrige Oberkommissar griff in eine der hinteren Taschen seiner ausgebeulten und völlig ausgewaschenen Jeans, beförderte ein Päckchen Tabak und Blättchen zutage und begann, sich eine neue Zigarette zu drehen.

»Also, gegen halb zwei hat es hier im vierten Stock eine Explosion gegeben. Bei der Evakuierung des Gebäudes durch die Feuerwehr, die nach etwa fünfzehn Minuten vor Ort war, ist eine männliche Leiche in einem der Zimmer gefunden worden, das die Damen für die Verrichtung ihrer Dienste nutzen. Stand jetzt: Keine weiteren Toten auf der Etage, aber die Kollegen von der Feuerwehr durchkämmen gerade noch mal die anderen Stockwerke zusammen mit unseren Jungs vom Kampfmittelräumdienst, auch im Hinblick auf weitere Explosivstoffe im Gebäude.«

»Und die Dame, die das Zimmer üblicherweise für ihr Gewerbe nutzt, was ist mit der?«, wollte Herzfeld wissen.

»War zum Zeitpunkt der Explosion nicht anwesend. Sie war bei einer Bekannten im Stockwerk darunter. Sie stammt aus Rumänien oder Bulgarien. Warum sie zum Zeitpunkt der Explosion nicht in ihrem Zimmer war, und ob sie uns Hinweise auf die Identität des Opfers geben kann, werden wir nach ihrer Vernehmung im Präsidium wissen. Im Moment ist die Dame aber wohl nicht vernehmungsfähig. Sie steht laut Notärztin unter Schock. Wir müssen uns noch etwas gedulden.«

»Was meinen Sie, Herr Tomforde, ist das das Aufflammen eines neuen Krieges im Kieler Rotlichtmilieu? Ich dachte, die Albaner und Rocker hätten Frieden geschlossen. Zumindest berichtete mir das kürzlich mein Schwager in spe, Lars Schirmherr, der bei den *Kieler Nachrichten* arbeitet.«

Tomforde steckte sich die fertig gedrehte Zigarette in den Mund und zündete sie an. Nachdem er eine imposante Rauchwolke aus seinen Nasenlöchern geblasen hatte, antwortete er: »Ja, das stimmt. Eigentlich herrscht hier an der Pier schon längere Zeit Ruhe, die Machtverhältnisse sind wohl geklärt. Aber vielleicht ist ein neuer Möchtegern-Big-Player in unserer schönen Hafenstadt erschienen. Das werden wir rausfinden.« Nach einer kurzen Pause fügte er trocken hinzu: »Mit so einem Bums aus dem Verkehr gerissen zu werden, hat nicht allen Freiern gutgetan.« Dabei deutete er mit einer Kopfbewegung zu der Gruppe zerknirscht aussehender Männer.

»Zwei ältere Herren sind mit Verdacht auf einen akuten Herzinfarkt mit Rettungswagen in die Uniklinik abtransportiert worden«, erklärte Tomforde, während zwei Feuerwehrmänner in schwerer Brandschutzkleidung und Schutzhelmen, mit Atemschutzgeräten und den dazugehörigen Pressluftflaschen auf dem Rücken aus dem Eingang des Bordells traten. Nachdem sie ihre Atemschutzmasken abgenommen hatten, stellte sich der eine der beiden, ein Mann von etwa Mitte fünfzig mit hagerem Gesicht und eingefallenen Wangen, als Einsatzleiter vor. Er wandte sich an Tomforde, den er gut zu kennen schien.

»Ihr könnt rein, Michael. Einsturzgefahr besteht nicht. Auch keine weitere Explosionsgefahr, keine defekten Leitungen. Zu einem Brand ist es nicht gekommen. Unsere Arbeit hier ist getan. Wir rücken ab.«

»Warte noch kurz, Holger«, sagte Tomforde. »Was kannst du mir zur Ursache der Explosion sagen?«

»Eine Gasexplosion schließe ich definitiv aus. Wenn du mich fragst, war das Sprengstoff. Alles Weitere steht dann heute Nachmittag in meinem schriftlichen Einsatzbericht.«

»Weitere Tote habt ihr nicht gefunden?«

»Korrekt. Das, was noch übrig ist, stammt alles von einer einzigen Person, wenn du mich fragst«, sagte der Einsatzleiter, der es jetzt offenbar eilig hatte.

»Okay, dafür habe ich ja Doktor Herzfeld aus der Rechtsmedizin hier«, sagte Tomforde, während er seine Zigarette wegschnippte, und deutete auf Herzfeld.

»Viel Spaß bei der Puzzlearbeit mit dem Toten«, sagte der Einsatzleiter trocken und an Herzfeld gewandt. Dann entfernte er sich schnellen Schrittes in Richtung der Feuerwehrfahrzeuge. Der Mann schien froh zu sein, dass sein Job genau an der Stelle endete, an der Herzfelds Arbeit begann.

Herzfeld und Tomforde zogen sich in dem langen, üblicherweise nur mit Schwarzlicht und ein paar roten Spotlights ausgeleuchteten Gang im vierten Stock weiße Overalls der Spurensicherung, Plastikfüßlinge und Gummihandschuhe über. Der etwa vierzig Meter lange Flur, der über die gesamte Länge des Gebäudes verlief und von dem die Zimmer abgingen, in denen die Damen ihrem Gewerbe nachkamen, wurde nun von einem Scheinwerfer der Kriminaltechniker taghell erleuchtet. Erstaunlicherweise war er durch die Explosion nicht sonderlich in Mitleidenschaft gezogen worden. Lediglich die Tür samt Rahmen des Raums, in dem sich die Explosion ereignet hatte, waren von der Druckwelle der Detonation beschädigt worden.

Herzfeld und Tomforde betraten, gefolgt von zwei Kriminaltechnikern und einem Polizeifotografen, das Zimmer, in dem sich ihnen ein Bild der Verwüstung bot. In der Luft hing der typische Geruch von Schwarzpulver, der in Herzfeld Erinnerungen an die Silvesterknallerei seiner Jugend hochkommen ließ.

Das Zentrum der Explosion hatte sich im Bereich der straßenseitigen Fensterfront des Zimmers befunden, denn dort war die Zerstörung am größten. Die Fensterscheibe fehlte vollständig, und der Fensterrahmen war komplett herausgesprengt, sodass jetzt ein etwa einen Meter hohes und einen Meter fünfzig breites Loch in der Außenwand des Gebäudes klaffte, durch das die Positionslichter einiger Schiffe im Kieler Hafen hereinleuchteten. Darüber an der Zimmerdecke war ein etwa achtzig Zentimeter durchmessendes Loch zu sehen. Auf dem Boden lagen massenhaft Trümmerteile – Bruchstücke von hölzernen Möbeln, Einrichtungsgegenstände, Plastikverschalungen, Putz, Teile von Mauerwerk, größere und kleinere Stofffetzen und reichlich Schaumstoffmaterial, das sehr wahrscheinlich das Innenleben einer Matratze dargestellt hatte. Dazwischen befanden sich Dildos in unterschiedlichen Größen, schwarze Lederriemen, verchromte Ketten und Latex-Gurte, deren Verwendung sich Herzfeld nicht auf den ersten Blick erschloss, sowie Glasscherben, die von Trinkgläsern oder einer Karaffe herzurühren schienen. Und in all diesem Chaos, inmitten dieser Zerstörung, lagen blutige Körperteile, teilweise von Mobiliarresten, Putz und Mauerwerkstücken bedeckt. Herzfeld erkannte einen Torso – offensichtlich waren die Gliedmaßen als Folge der wuchtigen Explosion allesamt vom Körper des Mannes abgetrennt worden. Dass es sich um einen Mann handelte, war anhand des ausladenden Brustkorbes und der buschigen Brustbehaarung eindeutig. Der Tote musste von hünenhafter Gestalt gewesen sein, wie wohl auch Tomforde festgestellt hatte, da der Oberkommissar mit einem demonstrativen Blick auf einen Oberarm deutete, dessen gewaltiger Bizeps sich unter der tätowierten Oberhaut hervorbuckelte.

»Das sollte wohl mal ein Bein werden?«, bemerkte er trocken.

Unter einem blauen Leder-BH, den ein Kriminaltechniker gerade einsammelte und in einem Asservatenbeutel verschwinden ließ, lag ein Kopf. Die vormals blonden, schulterlangen Kopfhaare und der Vollbart waren stellenweise angesengt, mit kleinsten Putzteilchen verschmutzt und blutverschmiert. Trotz der Wucht, die die Detonation gehabt haben musste, war der Kopf noch recht gut erhalten und das Gesicht des Toten partiell noch zu erkennen. Die Mimik schien zum Zeitpunkt seines Todes eingefroren zu sein. Er glotzte Herzfeld aus weit aufgerissenen, glasigen Augen an, den Mund halb geöffnet, wie zu einem stummen Schrei geformt.

Dreißig Minuten später hatte sich Herzfeld einen Eindruck vom Tatort verschafft. Er wusste, dass die Arbeit der Kriminaltechniker noch viele Stunden in Anspruch nehmen würde, bis alle verfügbaren Spuren gesichert und die Lage aller Gegenstände und Leichenteile zueinander ausreichend dokumentiert waren, ehe die Leichenteile in die Rechtsmedizin transportiert wurden.

Tomforde wirkte zunehmend gehetzt und trieb die Kriminaltechniker immer wieder zur Eile an. Alle paar Minuten blickte er auf die Uhr an seinem linken Handgelenk, eine altmodische, schwarze Casio-Digitaluhr, die ihrem Aussehen und Abnutzungsgrad nach noch aus den 1980ern stammte und Herzfeld bereits bei früheren Zusammentreffen mit dem Ermittler aufgefallen war.

»Sie haben es aber verdammt eilig, Herr Tomforde! Noch was vor heute?«, rief Herzfeld, während er sich vor der Zimmertür auf dem langen Flur aus seinem Spurensicherungsanzug schälte.

Tomforde machte ein paar Schritte auf den Rechtsmediziner zu und brummte missmutig: »Wenn ich nicht auf die Tube drücke, taucht hier bald ungebetener Besuch auf. Ich gehe davon aus, dass meine Granden im Präsidium, sobald sie von der Sache Wind bekommen, den Staatsschutz hinzuziehen werden. Wegen Terrorverdacht und so. Bisschen die Zuständigkeit verlagern und Verantwortung abgeben. Sie kennen das ja. Am Ende läuft das nur darauf hinaus, dass die Jungs vom Staatsschutz mit einer riesigen Bugwelle hier auflaufen, alles verzögern, jeden unserer Schritte und jede Überlegung von uns dreimal hinterfragen und wir noch heute Mittag hier herumstehen.« Mit diesen Worten trat Tomforde wieder in die Mitte des Zimmers zurück und trieb die beiden Kriminaltechniker und den Fotografen erneut zur Eile an.

Am Himmel über der Kieler Förde, an dem sich bereits die erste Morgenröte abzuzeichnen begann, kreischten Möwen, als Herzfeld schließlich um Viertel nach vier vor die Tür des Eros-Centers in die kühle Morgenluft trat. In einer halben Stunde würden die Strahlen der aufgehenden Sonne die Silhouetten der Schiffe, Fähren und Krananlagen im Kieler Hafen in ein effektvolles Licht tauchen, bis sich dann schließlich die gleißenden Sonnenstrahlen des neuen Hochsommertages auf dem Wasser der Kieler Förde spiegelten.

Herzfeld überlegte gerade, ob er direkt ins nahe gelegene Institut fahren oder doch noch versuchen sollte, zu Hause zwei Stunden Schlaf zu bekommen, als er ein tiefes »Doktor Herzfeld!« über sich hörte.

Herzfeld schaute nach oben.

Es war Tomforde, der seinen Kopf aus der von der Explosion gerissenen Öffnung steckte und rief: »Was ich vergaß, Herr Herzfeld: Willkommen zurück!«

5

20. August, 04.17 Uhr
Kiel. Stillgelegte Gleisanlagen,
Nähe Bahnhofstraße

Obwohl er bewusstlos war, ging der Atem des Mannes, der vor Milan Gavrilovic auf dem Schotterbelag neben den Bahngleisen zwischen Unkraut und Plastikmüll lag, heftig und stoßweise. Der Serbe schätzte das Alter des Mannes auf siebzig bis fünfundsiebzig. Vielleicht war er aber auch deutlich jünger, das wusste man ja nie bei diesem Pennerpack, das bei jedem Wetter Tag und Nacht auf der Straße verbrachte, soff und sich unzureichend und ungesund ernährte – und entsprechend vorgealtert und krank war. Die runzelige Halshaut des auf dem Rücken liegenden Mannes hing faltig zu beiden Seiten herunter und ähnelte im fahlen, gelblichen Licht der Straßenlaterne der Haut eines uralten Reptils.

Sein Opfer hatte erstaunlich viel Gegenwehr geleistet. Das hatte Gavrilovic nicht erwartet. Aufgrund seiner schmächtigen Statur und seines schleppenden Ganges – sein linkes Bein hatte er beim Gehen merkwürdig nachgezogen – war Gavrilovic davon ausgegangen, dass er leichte Beute sein würde, ähnlich wie die Alte vor zwei Tagen. Aber der Mann hatte bis zuletzt gekämpft. Gut, ein fairer Kampf war es zu keinem Zeitpunkt gewesen. Sobald Gavrilovic ihm den mit Chloroform getränkten Lappen ins Gesicht gedrückt hatte – wobei er darauf achtete, nicht selbst zu tief den süßlichen Geruch des Baumwolltuches einzuatmen –, war alle Gegenwehr aus dem Alten gewichen.

Gavrilovic sah sich schnell nach allen Seiten um, während er den mit Chloroform getränkten Lappen am ausgestreckten Arm und mit spitzen Fingern in einem großen, durchsichtigen Gefrierbeutel verschwinden ließ und den Druckverschluss des Beutels zusammenpresste. Er verstaute ihn im vorderen Fach der Umhängetasche, die über seiner rechten Schulter hing. Dann ließ er die Tasche von seiner Schulter gleiten und hockte sich neben den Bewusstlosen in den Schotter.

Erneut sah er sich um. Er war immer noch allein. Trotzdem musste es jetzt schnell gehen. Rasch leerte er den Inhalt des großen Hauptfaches seiner Tasche neben sich aus: Kabelbinder, eine Dose Vaseline und der auf etwa Schuhkartongröße zusammengefaltete Leichensack aus schwarzem Wachstuch. Mit wenigen geschickten Handgriffen fixierte er die Handgelenke des Bewusstlosen mit einem Kabelbinder vor dessen Bauch. Dann zog er einen weiteren Kabelbinder mit einem surrenden Geräusch um die Fußgelenke des Mannes, der bei dem vorausgegangenen Kampf einen seiner völlig ausgetretenen Schuhe verloren hatte. Gavrilovic öffnete die Dose mit Vaseline, nahm eine etwa bohnengroße Portion auf die Kuppe seines linken Zeigefingers und schmierte damit die Lippen, die Haut um den Mund und die Nase des Mannes ein.

Aus dem Augenwinkel nahm Gavrilovic eine Bewegung wahr. Er fuhr auf. Nur eine Ratte. Ein erneuter rascher Blick nach links und rechts, und er hockte sich wieder neben den Mann auf dem Boden, der jetzt leise stöhnte und zu sich zu kommen schien. Mit seiner linken Handfläche bedeckte Gavrilovic die Mundöffnung des Mannes, mit Zeigefinger und Daumen drückte er die Nasenflügel des Obdachlosen fest zusammen. Das Stöhnen erstarb augenblicklich, auch die rasselnden Atemgeräusche setzten für einen kurzen Moment aus. Gavrilovic wusste, gleich würden die Erstickungskrämpfe einsetzen, normalerweise begleitet von wild zuckenden und ausholenden Bewegungen der Arme und Beine, was jedoch wegen der Kabelbinder nicht möglich war. Gavrilovic kniete sich auf den Brustkorb des Mannes, genau im richtigen Moment, da sein Oberkörper jetzt von heftigen Krämpfen geschüttelt wurde. Der Serbe wusste genau, was er tat, er hatte seine Methode in den letzten Monaten perfektioniert.

Skrupel, einen Menschen zu töten, verspürte er nicht. Über diesen Punkt war er schon lange hinweg.

6

20. August, 12.09 Uhr
Kiel. Institut für Rechtsmedizin der Universität, Sektionssaal

»Wussten Sie eigentlich, dass Menschen, die bei einer Explosion sterben, den Knall der Detonation nicht hören, weil sie schon tot sind, bevor ihr Ohr das Explosionsgeräusch an ihr Gehirn weitergeben kann?«

Während Herzfeld diese Sätze zu Tomforde sagte, legte er das etwa fünfzig Zentimeter lange Parenchymmesser, mit dem er zuvor das Gehirn in insgesamt sechzehn zwischen einem und 1,5 Zentimeter dicke Scheiben geschnitten hatte, auf den Sektionstisch, auf dem sich die Überreste des noch nicht identifizierten Explosionsopfers aus dem Bordell befanden.

Tomforde, dem der Schlafmangel der vergangenen Nacht deutlich anzusehen war, runzelte die Stirn.

»Nein, ich wusste nicht, dass derjenige den Knall überhaupt nicht hört. Ist das, weil die Trommelfelle platzen?«, fragte er mit müder Stimme.

»Nein, mit dem Trommelfell hat das nichts zu tun«, erwiderte Herzfeld und griff nach seinem Diktafon auf einem Sideboard neben sich. »Der Ausfall sämtlicher vom Hirnstamm gesteuerten Kreislauffunktionen wie Herzschlag und Atmung tritt durch die tödliche Druckwelle den Bruchteil einer Sekunde früher ein, als dass das Innenohr die Information, dass es gerade knallt, an die Hörrinde des Großhirns weiterleiten kann. Man hört den Knall einer tödlichen Explosion nicht, da die Druckwelle der Explosion der Schallwelle vorauseilt.«

»Hm …«, brummte Tomforde und versuchte, ein Gähnen zu unterdrücken.

»Wenn Sie sich fragen, warum ich Ihnen das so ausführlich erzähle«, ergänzte Herzfeld leise, »die Information ist vielleicht ein tröstlicher Gedanke für die Angehörigen – falls es welche gibt.«

Der Einsatzleiter der Feuerwehr hatte in den frühen Morgenstunden nicht übertrieben, als er von Puzzlearbeit gesprochen hatte, die die Rechtsmediziner bei dem Toten erwarten würde. Herzfeld hatte zunächst gemeinsam mit seiner Kollegin Heike Westphal und dem Sektionsassistenten Heinrich von Waldstamm die Einzelteile des Toten vor sich auf dem blanken Stahl des Sektionstisches zurechtgelegt. Ihr Vorgehen glich wahrhaftig einer äußerst bizarren Puzzlearbeit. In den darauffolgenden beiden Stunden hatten sie die einzelnen Körperteile akribisch untersucht. Die Rechtsmediziner hatten von der üblichen Sektionstechnik abweichen müssen, da ihnen kein vollständiger, intakter Körper vorlag. Und weil einige Körperteile aufgrund der Explosion in Verlust geraten waren oder bisher noch nicht ihren Weg in die Rechtsmedizin gefunden hatten, sondern möglicherweise immer noch unter Schutt und Trümmern begraben waren.

Herzfeld ging die Sektionsbefunde noch einmal im Kopf durch, während Tomforde neben ihm zum wiederholten Male vergeblich versuchte, ein Gähnen zu unterdrücken. Die durch die Explosion bedingte Abtrennung des Kopfes – von Rechtsmedizinern als *Dekapitation* bezeichnet – mit Durchtrennung nicht nur der Halswirbelsäule mit Rückenmark, sondern auch der Halsschlagadern, hatte zum sofortigen Tod des Mannes geführt. Auch fast alle inneren Organe waren durch die Detonation in Mitleidenschaft gezogen beziehungsweise größtenteils zerstört worden. Leber und Milz waren völlig zerrissen, Dünn- und Dickdarm aus ihrer Verankerung gezerrt worden. Die Lungen zeigten das typische Bild eines Explosionstraumas. Sie waren vollständig kollabiert, die großen Gefäße und Bronchien zum Teil von der Lungenwurzel abgetrennt. In den Atemwegen fand sich Blut – ein eindeutiges Zeichen dafür, dass der Mann zum Zeitpunkt der Explosion gelebt haben musste. Auch wenn die Beurteilbarkeit der Körperoberfläche durch die Folgen der Sprengwirkung der wie immer gearteten Sprengvorrichtung – diesbezüglich lag der Ball aktuell noch bei den Kriminaltechnikern des Kieler Landeskriminalamtes – hochgradig eingeschränkt gewesen war, so hatten sich keine Hinweise darauf gefunden, dass der Unbekannte vor der Explosion noch einer andersartigen Gewalteinwirkung wie Schlägen oder Stichen ausgesetzt gewesen war.

»Paul, ich denke, das war es, oder?«, riss Heike Westphal ihn aus seinen Gedanken. Sie hatte ihre feuerroten Haare an diesem Morgen zu einer Hochfrisur gebunden, die sich inzwischen immer mehr aufzulösen schien.

»Ja, das war's wohl, ich diktiere jetzt das Protokoll zu Ende.«

»Okay, dann gehe ich. Ich bin um vierzehn Uhr bei einer Verhandlung im Landgericht als Sachverständige geladen und muss mich noch mal in die Akte einlesen«, erklärte Heike Westphal.

»Was Spannendes? Kann ich vielleicht mitkommen und mir das mal anhören?«, schaltete sich Heinrich von Waldstamm völlig unerwartet in das Gespräch der beiden Rechtsmediziner ein. Der Sektionsassistent schob gerade eine Bahre mit quietschenden Rädern – darauf ein leerer Leichensack, dessen längs verlaufender Reißverschluss vollständig geöffnet war – neben den Sektionstisch mit den Teilen des Explosionsopfers. Von Waldstamm sah Heike Westphal durch seine klobige Hornbrille erwartungsvoll an.

»Ich bin hier auch bald fertig und würde eine Verhandlung mit rechtsmedizinischem Gutachten zu gern mal live miterleben«, fuhr er mit seiner tiefen Stimme fort. Er klappte den Leichensack auf der Bahre noch weiter auf und begann, nachdem er sich Herzfelds Zustimmung eingeholt hatte, die Einzelteile des Toten hineinzulegen.

Von Waldstamm tritt neuerdings viel selbstbewusster auf, ging es Herzfeld durch den Kopf. *Ist mir gestern und vorgestern auch schon aufgefallen.*

Herzfeld wusste, dass es von Waldstamms Ziel war, Rechtsmediziner zu werden. Die große Hürde hatte für den dreiundzwanzigjährigen Spross einer norddeutschen Adelsfamilie allerdings darin bestanden, dass das Erlangen eines Medizinstudienplatzes mit einer Abiturnote von 3,4 für ihn völlig undenkbar gewesen war. Deshalb hatte er direkt nach seinem Abitur eine Berufsausbildung als Sektionsassistent begonnen und vor etwas mehr als einem Jahr erfolgreich als Jahrgangsbester beendet. Seitdem war er in diesem Beruf an der Kieler Rechtsmedizin fest angestellt.

Nachdem Herzfeld ihn in der Vergangenheit eher eigenbrötlerisch und verschlossen erlebt hatte, trat von Waldstamm neuerdings deutlich anders auf.

»Na ja, das gehört streng genommen nicht zu Ihren Dienstaufgaben, und Ihre Arbeitszeit ist ja auch nicht zu Ende«, sagte Westphal in leicht tadelndem Tonfall zu dem jungen Sektionsassistenten. »Aber warum nicht? Betrachten wir es als eine interne Fortbildung«, fuhr sie dann in deutlich freundlicherem Ton fort.

Von Waldstamm nickte erfreut, sodass sein Doppelkinn in leichte Schwingungen geriet.

»Halb zwei an der Pforte, Herr von Waldstamm. Vergessen Sie Ihren Personalausweis nicht, den brauchen Sie, um ins Gerichtsgebäude hineinzukommen«, sagte Heike Westphal und verabschiedete sich von Tomforde und Herzfeld.

Während Herzfeld die letzten Sektionsbefunde in sein Diktafon sprach, ging Tomforde interessiert zu Doktor Andreas Fleischer, der auf der gegenüberliegenden Seite des Sektionssaales gemeinsam mit einem jungen Assistenzarzt die Obduktion eines Achtundfünfzigjährigen vornahm. Der Mann war zwei Tage zuvor in seinem Zimmer in einer psychiatrischen Pflegeeinrichtung tot vor seinem Bett liegend aufgefunden worden.

Herzfeld wusste, dass Tomforde und Fleischer, die beide in Molfsee wohnten, einer kleinen Gemeinde direkt vor den Toren Kiels, seit vielen Jahren durch eine gemeinsame Skatrunde freundschaftlich miteinander verbunden waren. Doktor Andreas Fleischer war mit seinen achtunddreißig Dienstjahren das Urgestein der Kieler Rechtsmedizin. Der erfahrene Facharzt mit Nickelbrille, Stirnglatze und grauem Rauschebart hatte die fünfundsechzig fast erreicht und arbeitete seit einiger Zeit in einem Altersteilzeitmodell auf seine Pensionierung hin. Inzwischen war er nur noch zwei Tage pro Woche im Institut, dann aber immer mit Leib und Seele bei der Sache und im Sektionssaal mit der Ausbildung der jüngeren Kollegen beschäftigt.

Der junge Assistenzarzt an seiner Seite, Lukas Radbruch, war vor wenigen Wochen zur Verstärkung des Teams vom Institutsdirektor Professor Doktor Schwan eingestellt worden – auch wenn er zurzeit noch keine echte Verstärkung war, da er erst vor wenigen Monaten sein Medizinstudium beendet und zunächst einmal die Arbeit im Sektionssaal und am Tatort von der Pike auf lernen musste.

Da Herzfeld gerade erst ins Institut zurückgekehrt war, hatte er bisher noch keine Gelegenheit gehabt, mit dem neuen Kollegen in Ruhe zu sprechen und sich einen Eindruck von ihm zu verschaffen. Nach dem, was Herzfeld aber in den letzten Tagen von Radbruch im Sektionssaal gesehen und in kurzen Gesprächen mit Fleischer gehört hatte, stellte sich der junge Assistenzarzt mit den kurzen, blonden Haaren geschickt an. Radbruch trug eine dieser neumodischen Nerdbrillen, die, wie Herzfeld fand, nicht sehr vorteilhaft an ihrem Träger aussah, aber, wie er wusste, bei der jüngeren Generation momentan groß in Mode war.

Herzfeld sah aus dem Augenwinkel amüsiert, wie Tomforde, an Fleischers und Radbruchs Sektionstisch angekommen, jäh zurückprallte, nachdem er Fleischer freundlich begrüßt hatte. Und er wusste auch nur zu gut, warum der Oberkommissar mit schnellen Schritten und wehendem Pferdeschwanz sofort wieder den Rückzug zu Herzfeld antrat.

Fleischer hatte Herzfeld vor Beginn der Obduktion kurz den Sachverhalt seines Falles berichtet. Der Mann auf dem Sektionstisch hatte in den sechzehn Jahren seines Aufenthaltes in der Psychiatrie nicht ein einziges Wort gesprochen. Doch das war nicht das vorrangige Problem für die zuständigen Pflegekräfte gewesen, sondern die Tatsache, dass sich der Patient in all den Jahren weder waschen ließ noch jegliche andere Art der Körperpflege toleriert hatte. Mehrfach war das Pflegepersonal bei dem Versuch, dem infernalischen Körpergeruch des Mannes mit »unterstützender Körperpflege«, wie Fleischer aus der Ermittlungsakte zitiert hatte, durch ein Bad oder eine Dusche beizukommen, daran gescheitert, dass der Mann früher ein erfolgreicher Boxer gewesen war. Er hatte sich nicht nur zu wehren gewusst, sondern war auch sehr schnell aggressiv geworden.

Der Tote hatte etwa zwölf Zentimeter lange, korkenzieherartig gewundene Finger- und Fußnägel, die oberflächlich wie verborkte und zerklüftete Baumrinde aussahen. Außerdem verströmte der Leichnam einen Geruch, der es locker mit den Ausdünstungen von zwei oder drei hochgradig fäulnisveränderten Leichen aufnehmen konnte. Der Anlass zu der gerichtlich angeordneten Sektion des Mannes war die Frage nach seiner Todesursache gewesen. Denn die polizeilichen Ermittlungen in der psychiatrischen Pflegeeinrichtung hatten ergeben, dass er nicht nur Körperhygiene, sondern auch die Einnahme von Medikamenten durchgehend strikt verweigert hatte. Die verschriebenen Psychopharmaka waren ihm vom Pflegepersonal heimlich in pulverisierter Form ins Essen gemischt worden – angeblich war dies mit seinem gesetzlichen Betreuer so vereinbart gewesen. Somit stand die Frage nach einer todesursächlichen Intoxikation im Raum. Denn die Dokumentation von Art und Menge der ihm verabreichten Medikamente vonseiten des Pflegepersonals ließ aus Sicht der in dem Todesfall ermittelnden Polizeibeamten stark zu wünschen übrig.

Als Tomforde mit vor Ekel verzogenem Gesicht wieder bei Herzfeld auf der anderen Seite des Sektionssaales angekommen war, atmete er schnaufend aus.

»Pfui Teufel. Ich habe über die Jahre ja schon einiges in unserem Beruf mitgemacht, aber einen dermaßen brutalen Gestank habe ich wirklich noch nie erlebt.«

»Die Lebenden haben häufig extremere Geruchsausdünstungen als die Toten«, sagte Herzfeld, der mittlerweile sein Diktat beendet hatte und das Diktafon in einer der Seitentaschen seines blauen Schlupfkasacks verstaut hatte. »Ich habe mal in Hamburg einen erschossenen Türsteher seziert. Als wir dem die Springerstiefel ausgezogen haben …«

»Das will ich gar nicht wissen«, unterbrach Tomforde den Rechtsmediziner in gespielt entrüstetem Tonfall. »Ciao, Herr Herzfeld. Ich fahre zum Präsidium. Mal hören, ob die Kollegen von der KT schon was zum Sprengstoff sagen können, oder ob die Vernehmungen der Zeugen Hinweise zur möglichen Identität unseres Toten ergeben haben. Ich informiere die Kollegen, die gerade die Zeugen vernehmen, dass unser Mann kräftig, körperlich gut trainiert und zwischen dreißig und vierzig Jahren mit blonden langen Haaren und Rauschebart war. Typ Rocker. Oder auch Typ Wikinger. Keine Narben, keine Nadeleinstichstellen als Hinweis darauf, dass er vielleicht Junkie war. So weit alles richtig?«

Herzfeld nickte stumm.

Der Oberkommissar fuhr fort, wobei er wohl eher laut dachte, als dass er zu Herzfeld sprach: »Es könnte sich um einen Freier oder einen Angestellten des Eros-Centers handeln, womöglich sogar um den Zuhälter der Dame. Sie mailen mir nachher den Zahnstatus zu, wie vereinbart. Habe ich noch etwas vergessen?«

»Ich denke nicht, Herr Tomforde«, antwortete Herzfeld. Dann fragte er: »Was macht denn eigentlich Ihr Staatsschutz?«

»Still ruht der See, und ich hoffe, das bleibt auch noch eine Weile so«, murmelte Tomforde und verließ mit großen Schritten und hin und her schlenkerndem Pferdeschwanz den Sektionssaal.

7

20. August, 19.01 Uhr
Kiel-Mettenhof. Epimetheus Institut

Schon mehrfach hatte der Direktor des Epimetheus Instituts in der jüngeren Vergangenheit die Dienste des Serben in Anspruch genommen. Und er war nie von Milan Gavrilovic enttäuscht worden. Sehr zeitnah, ohne Fragen zu stellen und – was für ihn genauso wichtig war – ohne einen Hinweis auf seinen Auftraggeber zu hinterlassen, hatte dieser eiskalte Killer ihm innerhalb weniger Tage zweimal neues Untersuchungsmaterial für sein Institut und seine angehenden Medizinstudenten besorgt. Körperspender, wie er die Männer und Frauen, die aus der Obdachlosenszene um den Kieler Bahnhof stammten, insgeheim nannte. Ein anonymer Haufen. Menschen, die sich untereinander allenfalls mit Vornamen, manchmal auch nur mit Spitznamen kannten. Die plötzlich auftauchten und auch genauso schnell wieder von der Bildfläche verschwanden. Menschen, die niemand vermisste, die keine Lobby hatten. Die idealen Opfer. *Eben die idealen Körperspender.*

Auch für seine früheren Geschäftsmodelle hatte er mehrfach auf Gavrilovics Dienste zurückgegriffen. Schnell und extrem effektiv hatte der ehemalige Major der bosnisch-serbischen Armee, dem im Jugoslawienkrieg nicht nur aufgrund seiner Beteiligung am Massaker von Srebrenica, sondern auch wegen seiner Kollaboration mit serbischen Paramilitärs bei Gräueltaten an der albanischen Zivilbevölkerung im Kosovo der Ruf eines gnadenlosen Vollstreckers vorausgeeilt war, jedes Mal hinter oder vor ihm aufgeräumt – je nach Perspektive des Betrachters.

Sie verständigten sich jetzt mit einem kurzen Nicken und hoben den schwarzen, an den Kanten schon merklich abgewetzten Leichensack mit einem Ruck aus dem Kofferraum des Mercedes Sprinter, den er unter falschem Namen und mit gefälschten Papieren an diesem Morgen bei einer No-Name-Autovermietung in Neumünster angemietet hatte. Im nächsten Moment ließen sie den Leichensack samt Inhalt mit einem dumpfen Knall auf die Metallbahre auf vier Rädern fallen, wie sie von Bestattern zum Transport Verstorbener benutzt wurde.

Der Direktor des Epimetheus Instituts schob die Bahre hastig durch die Tiefgarage in Richtung Aufzug.

Der Serbe schlug die Hecktüren des Sprinters zu. Nachdem das Geräusch der automatischen Türverriegelung in der menschenleeren Tiefgarage unter dem sechzehnstöckigen Wohnblock verhallt war, war für kurze Zeit nur das leise Quietschen der Räder unter der Bahre zu hören, bis diese im Aufzug verschwunden war. Er lag versteckt etwas abseits des üblichen Publikumsverkehrs.

Wenige Minuten später hatte der Privataufzug sie mit ihrer Fracht diskret in die oberste Etage des Gebäudes gebracht.

Die beiden Männer schoben die Bahre mit dem Toten durch einen großen Durchgang, der zwei weitläufige Räume miteinander verband. Im zweiten Raum standen drei metallene Tische. Es gab noch einmal einen dumpfen Knall, als sie den schwarzen Leichensack schwungvoll von der Bahre auf einen der Metalltische beförderten, der, wie die zwei weiteren daneben, entfernt an einen Sektionstisch erinnerte.

Mit einem knirschenden Geräusch – das an feuchten Sand, verrieben auf einer metallenen Fläche erinnerte – zog der Serbe den Reißverschluss des Leichensackes der Länge nach auf.

Der Direktor des Epometheus Instituts trat neugierig ein Stück an den in Leichtbauweise gefertigten Metalltisch heran und besah sich die im Leichensack enthaltene Fracht. Dabei legte er seinen Kopf leicht schräg und verengte die Augen zu schmalen Schlitzen, als ob er eine Beute taxierte. Nach wenigen Augenblicken wandte er sich zufrieden nickend an den Serben.

»Gut, Milan!«, sagte er mit tiefer Bassstimme.

»Alles wie immer?«

»Ja. Alles wie immer. Bereite den jetzt für morgen vor. Und … ich brauche mehr, viel mehr Nachschub.«

»Das Risiko, dass ich entdeckt werde, wird jedes Mal größer«, bemerkte der Serbe mit heiserer Stimme missmutig.

»Das Geschäft floriert nun mal, Milan.«

»Okay. Aber dann müssen wir über den Preis reden. Der hat sich nämlich gerade verdoppelt.«

8

21. August, 06.46 Uhr

Holsteinische Schweiz. Tresdorfer See

Der hagere, hochgewachsene Mann blickte sich erneut um. Mehrere Minuten hatte er bereits regungslos in der mit Gestrüpp überwucherten Böschung am Waldrand gekauert. Mit geschärften Sinnen – er hatte die letzten Monate mehr draußen als drinnen verbracht – prüfte er erneut seine Umgebung, einem Raubtier gleich, bereit, die Witterung seiner Beute aufzunehmen.

Als der Mann in dem völlig verschlissenen Hemd und den vor Dreck starrenden Hosen – Kleidung, die er, seit er sie vor über einem halben Jahr gestohlen hatte, durchgehend getragen hatte – sicher war, dass er völlig allein war, hastete er den kleinen Abhang zum Seeufer hinunter. Am Uferrand kniete er sich neben die bis zur Wasseroberfläche hinabhängenden Zweige einer Trauerweide, die ihm Deckung bot. Dem Umstand, dass das kniehohe Gras, triefnass vom Morgentau, seine Hosenbeine völlig durchfeuchtete, schenkte er keinerlei Beachtung. Jetzt musste es schnell gehen. Er durfte nicht entdeckt werden. Hastig schob er die Hemdsärmel hoch, griff mit beiden Händen in den zu dieser Uhrzeit noch kühlen See, und tastete, die Arme bis zu den Ellenbogen im Wasser, bis er nach wenigen Augenblicken fündig wurde. Zufrieden stellte er fest, dass er einen Widerstand am Ende der Leine spürte. An einem vom Ufer aus unsichtbaren Pflock, den er tief in den Seegrund hineingerammt hatte, hatte er sie befestigt. Wieder vergewisserte er sich mit einem hastigen Blick über die Schulter, dass er nach wie vor allein auf weiter Flur war. Er zog die Fischreuse, die er im Frühjahr aus einem Fischerboot gestohlen hatte, mit schnellen Bewegungen zu sich heran. Sorgsam achtete er darauf, dass sich das etwa zwei Zentimeter dicke Seil, das die Reuse unter Wasser am Pflock fixierte, nicht verhedderte.

Triumphierend nahm er dann die kegelförmige Reuse, in der sich ein großer, armlanger Aal umherwand, aus dem Wasser. Er legte das Netzgeflecht mit dem peitschenartig zuckenden Tier neben sich in das hohe Gras, griff in seinen hinteren Hosenbund, aus dem er ein Klappmesser und einen stockfleckigen Jutebeutel herauszog, und klappte die spitz zulaufende, etwa zwölf Zentimeter lange Messerklinge aus. Mit einem einzigen gekonnten Stich, den er an der Oberseite des Tieres direkt hinter der Schädelplatte setzte, tötete er den Aal, indem er sein Rückgrat mit einem leisen Knirschen vollständig durchtrennte. Die Körperspannung des Fisches ließ augenblicklich völlig nach.

Die schmalen Mundwinkel des Mannes umspielte ein sardonisches Lächeln, als er seine glitschige Beute in den Jutesack stopfte.

Erneut warf er unruhige Blicke hinter sich. Die Gefahr, wegen Fischwilderei erwischt zu werden, war allerdings sein geringstes Problem.

Er hatte sechs Menschen ohne mit der Wimper zu zucken getötet und war ein zur Fahndung ausgeschriebener Mörder. Er durfte keine Aufmerksamkeit auf sich lenken. Er musste weiter unterhalb des Radars bleiben, bis seine Zeit erneut gekommen war.

Nachdem er die Reuse wieder an ihren ursprünglichen Platz im See verbracht hatte, lief er mit schnellen Schritten auf den nahen Waldrand zu, wo er schließlich im Dickicht verschwand.

Er war am Leben. Und zudem ein freier Mann. Nur das zählte für Volker Schneider.

9

21. August, 08.15 Uhr
Kiel. Institut für Rechtsmedizin der Universität,
Büro Professor Schwan

»Guten Morgen, Chef, Sie wollten mich sprechen?« Herzfeld steckte den Kopf zur Tür des Büros von Professor Doktor Schwan herein.

Der Institutsdirektor saß an seinem ausladenden, antiken Eichenschreibtisch und hob den Kopf. Seine untersetzte Gestalt war fast völlig verdeckt von dem Computermonitor und dem grünen Glasschirm der Messinglampe auf seiner Schreibtischplatte. Schwan musste tief in Gedanken versunken gewesen sein, denn er wirkte kurz orientierungslos, ehe er Herzfeld bemerkte und ihm bedeutete, auf einem der wuchtigen Ledersessel ihm schräg gegenüber Platz zu nehmen.

Er wird langsam alt, dachte Herzfeld und setzte sich. Er musterte Schwan, der sich schon wieder in einen Stapel Unterlagen vor sich vertieft hatte, nachdem er »Kleinen Moment noch, bitte« gemurmelt hatte.

Der langjährige Direktor der Kieler Rechtsmedizin hatte das sechsundsechzigste Lebensjahr mittlerweile überschritten. Seit dem Frühjahr hätte er bereits emeritiert sein sollen. Schwans ursprünglicher Plan war gewesen, für seinen Stellvertreter am Kieler Institut, Professor Volker Schneider, das Feld zu räumen und ihm seinen Lehrstuhl zu überlassen.

Schneiders fachliche Brillanz als Rechtsmediziner hatte völlig außer Frage gestanden, und er hatte einen Ruf als erstklassiger rechtsmedizinischer Sachverständiger vor Gericht in der schleswig-holsteinischen Landeshauptstadt genossen. Herzfeld wusste, dass sich Schwan zwar immer schon darüber im Klaren gewesen war, welch hochkomplexe Persönlichkeit Schneider war: narzisstisch und selbstherrlich. Auch im persönlichen Umgang war er schwierig gewesen, und die Zusammenarbeit mit ihm hatte immer viel Konfliktpotenzial geborgen. Dennoch hatte Schwan ihn als seinen Nachfolger auserkoren – sicherlich auch in Ermangelung echter Alternativen – und ihn früher protegiert. Alles, um den tadellosen Ruf des Kieler Instituts, was die fachliche Expertise anging, zu bewahren. Und auch auf Fakultätsebene waren in der Berufungskommission und hinter den Kulissen im wissenschaftspolitischen Ressort der Kieler Landesregierung bereits alle Weichen für Schneider als neuen Direktor der Kieler Rechtsmedizin gestellt gewesen. Doch dann war alles anders gekommen.

»Herr Herzfeld …«, riss Schwan ihn aus seinen Gedanken. »Träumen Sie? Ich habe Sie schon zweimal angesprochen.«

»Oh, Entschuldigung«, sagte Herzfeld und sah zu seinem Chef hinüber, der gerade seine Lesebrille mit einer ausholenden Bewegung von der Nase nahm, woraufhin ein Hauch von Schwans altmodischem Aftershave zu Herzfeld herüberwehte.

»Ich habe Sie hergebeten, weil ich von Ihnen hören wollte, wie Sie wieder hier im Institut angekommen sind. Wie es Ihnen geht, lieber Herzfeld.«

»Alles bestens …«, antwortete Herzfeld etwas zögerlicher, als es seine Absicht gewesen war.

»Keine Sorge«, ergriff Schwan sofort wieder das Wort. »Sie sind nicht hier, weil ich Sie erneut irgendwohin schicken will, wie damals nach Itzehoe, was sich dann als regelrechtes

Himmelfahrtskommando herausgestellt hat.« Der alte Direktor machte eine kurze Pause, ehe er leise hinzufügte: »Auch wenn Sie das mit Bravour gemeistert haben.«

»Also, mir geht es gut. Danke der Nachfrage. Ich habe wieder Fuß gefasst. Privat und beruflich«, erwiderte Herzfeld. »Meine Lebensgefährtin und ich werden im Herbst übrigens heiraten. Der Termin steht schon. Eine einfache Trauung mit kleiner Feier im engsten Kreis. Ich dachte, Sie sollten das vielleicht von mir erfahren, als einer der Ersten. Ehe es im Institut die Runde macht.«

»Ich gratuliere! Das sind gute Neuigkeiten! Ich danke Ihnen für Ihre Offenheit. Ein großer, entscheidender Schritt in Ihrem Leben. Ich freue mich sehr für Frau Schirmherr und Sie! Und Sie wissen ja, wenn irgendetwas ist, meine Tür steht Ihnen immer offen.«

»Danke, das ist überaus freundlich, und ich weiß es wirklich zu schätzen«, entgegnete Herzfeld.

»Gut, gut«, sagte Schwan. »Ich will nicht lange um den heißen Brei herumreden, aus welchem weiteren Grund ich Sie zu mir gebeten habe.«

Herzfeld sah seinen Chef irritiert an.

»Ich habe einen, sagen wir mal, einen Vorschlag …«

Er macht es ja spannend. Und benimmt sich geradezu geheimnisvoll, fast schon verschwörerisch. Das ist doch sonst nicht seine Art. Was jetzt wohl kommt?, ging es Herzfeld durch den Kopf.

Direktor Schwan räusperte sich, ehe er langsam und bedächtig weitersprach. »Ich sollte gar nicht mehr hier sein. Ich meine *hier* im Institut. Meine berufliche Zeit ist abgelaufen. Meine Frau verliert langsam die Geduld mit mir. Sie sagt immer, ich hätte mein Verfallsdatum überschritten. Aber was sie in Wahrheit meint, ist, dass sie sich unseren Lebensabend anders vorgestellt hat. Das bekomme ich täglich von ihr zu hören. Und zu spüren. Sie ist enttäuscht, dass ich den Staffelstab noch nicht übergeben habe und im Institut weitermache.«

Schwan sah Herzfeld eindringlich an.

»Ich hatte keinen Plan B, als Schneider als mein Nachfolger ausfiel. Das schien ja auch nicht vonnöten zu sein. Bis zu Schneiders … Ich will jetzt nicht näher auf die Vergangenheit, auf das, was geschehen ist, eingehen – was Sie, Herr Herzfeld, Ihre Familie und viele andere in einen Strudel der Gewalt und in einen Abgrund gerissen hat. Das Ganze belastet mich nach wie vor sehr, das können Sie mir glauben. Aber wie gesagt, ich hatte mir keine Alternative für die Nachfolge überlegt. Und damit kommen Sie ins Spiel. Ihre Habilitationsschrift ist doch so gut wie fertig – auch wenn Sie seit einiger Zeit nicht mehr daran gearbeitet oder etwas publiziert haben. Dabei war diese Habil-Arbeit, die Sie damals beim Kollegen Püschel in Hamburg begonnen haben, einer der Gründe – neben Ihrem großen Talent in der Rechtsmedizin –, dass ich Sie hier am Institut eingestellt habe. Und die Arbeit hat nach wie vor Potenzial.«

Herzfeld lauschte gespannt.

»Nachdem ich mich in den letzten Monaten als Institutsdirektor kommissarisch selbst vertreten habe, hat die Medizinische Fakultät unserer Universität meinen Vertrag gestern um zwei weitere Jahre verlängert – in Ermangelung von Alternativen, daraus mache ich keinen Hehl. Aber es gibt eine Alternative, das ist mir jetzt klar geworden, nämlich Sie!«

Schwan hatte während seines gesamten Vortrages nicht den Blickkontakt mit ihm abgebrochen. Herzfeld war sprachlos, zu viel ging ihm im Kopf herum, und ihm wurde fast schwindelig bei dem Gedanken, dass Schwan offensichtlich ihn auserkoren hatte, ihn auf dem Kieler Lehrstuhl für Rechtsmedizin als Direktor des Instituts zu beerben.

Schließlich ergriff Schwan wieder das Wort, diesmal jedoch deutlich energischer, so als müsse er Überzeugungsarbeit leisten.

»Wenn Sie es jetzt angehen, Ihre Arbeit fertigstellen und abgeben, sind Sie innerhalb der nächsten zehn oder zwölf Monate habilitiert und somit in der Lage, die Institutsgeschäfte zu übernehmen. Sie sind ein Mann der Praxis, kennen das Haus, kennen Ihre zukünftigen Mitarbeiter und auch die universitären Strukturen, denen wir uns in budgetärer Hinsicht fügen und mit denen wir leben müssen. Sie sind fachlich herausragend und jetzt bereits seit sieben Jahren in der Rechtsmedizin, haben sich Ihre Sporen verdient. Sie sind bereit für den nächsten großen Schritt. Kurzum, Herr Herzfeld, *Sie* sind die Idealbesetzung für meine Nachfolge.«

Der untersetzte Mann sah Herzfeld, dem immer noch völlig die Worte fehlten, erneut mit erwartungsvoll hochgezogenen Augenbrauen an.

»Ich bin sprachlos, Chef«, sagte Herzfeld schließlich leise.

»Sprachlos? Ich hoffe, enthusiastisch sprachlos?«

»Um ehrlich zu sein: ein bisschen überfordert sprachlos«, antwortete Herzfeld. Nach einer kurzen Pause fuhr er jedoch fort: »Das ist eine großartige Chance, und ich bin Ihnen zutiefst dankbar für das Vertrauen, das Sie mir schenken. Aber …«

»Aber …?«, bohrte Schwan nach.

»Aber ich muss das erst mal sacken lassen. Mir über die Konsequenzen – im positiven und negativen Sinne – klar werden. Ich finde die Aussicht, Ihr Nachfolger zu werden, sehr reizvoll. Aber ich weiß auch um die Kehrseite der Medaille, wenn man derjenige mit dem breitesten Kreuz und dem dicksten Fell sein muss. Und ich bitte Sie um Verständnis, das ich diese Entscheidung nicht allein treffen kann. Ich muss das erst mit Petra … ich meine mit meiner Verlobten besprechen. Schließlich ist das ja eine weitreichende und für unsere Familie zukunftsweisende Entscheidung. Und Petra ist erst am Wochenende mit unserer Tochter wieder in Kiel. Am Telefon will ich das nicht mit ihr diskutieren. Deshalb bitte ich Sie, es mir nicht übel zu nehmen, wenn ich nicht hier und jetzt zusage.«

»Volles Verständnis. Die Familie kommt in unserem Beruf meist zu kurz«, erwiderte Schwan. »Ich finde es gut, dass Sie mir gegenüber so offen sind. Denken Sie in Ruhe darüber nach, und wir sprechen Anfang kommender Woche. Ich will nicht verschweigen, dass ich enttäuscht wäre, wenn Sie Nein sagen, aber Sie kennen mich gut genug, dass ich kein schnell beleidigter oder nachtragender Mensch bin, wenn Ihre Entscheidung nicht so ausfällt, wie ich es mir erhoffe. Und ich versichere Ihnen, lieber Herzfeld, egal wie Sie sich entscheiden, wir beide werden die nächsten zwei Jahre in jedem Fall weiter gut miteinander auskommen.«

»Ich danke Ihnen und weiß das zu schätzen«, erwiderte Herzfeld. Als er bemerkte, dass sich Schwan nun wieder den Unterlagen auf dem Schreibtisch zuwandte, erhob er sich aus dem tiefen Ledersessel.

Bevor er sich jedoch verabschieden konnte, blickte Schwan noch einmal auf und sagte: »Um zwölf Uhr stattet mir die Leiterin des Kieler Gesundheitsamtes einen Besuch ab. Sie bittet die Rechtsmedizin in einer, wie sie meiner Sekretärin am Telefon sagte, ›heiklen Angelegenheit‹ um Amtshilfe. Kommen Sie dann bitte dazu. Näheres weiß ich noch nicht, aber ich könnte mir vorstellen, dass es um etwas geht, wobei

Sie mich unterstützen und zugleich der Fakultät zeigen können, dass …«

Schwan schien nach den richtigen Worten zu suchen, doch Herzfeld kam ihm mit seiner Antwort zuvor. »Das mache ich gern«, sagte er und verließ eilig das Büro des Institutsdirektors.

10

21. August, 09.17 Uhr
Holsteinische Schweiz.
Waldgebiet Nähe Tresdorfer See

Volker Schneider pfiff vergnügt vor sich hin und betrat mitten in einem menschenleeren Waldgebiet im Nirgendwo der Holsteinischen Schweiz den alten Bauwagen, der ihm mittlerweile seit einigen Wochen als Unterkunft diente. Den etwa einen Meter zwanzig langen Aal legte er vor sich auf den Fußboden. Bereit, ihn auszunehmen. Während er das Klappmesser öffnete, betrachtete er das Tier und fing an zu grinsen. Aber Schneider freute sich nicht nur auf eine anständige Mahlzeit, er war von Aalen regelrecht fasziniert.

Sie hatten dem Menschen über Jahrhunderte Rätsel aufgegeben. Rätsel, von denen viele bis heute nicht gelöst waren. Sie gingen vorzugsweise im Morgengrauen oder in der Dämmerung auf die Jagd – so wie er. Wenn es die weiblichen Aale vom Süßwasser der deutschen Binnengewässer ins Salzwasser der Sargassosee zurückzog, ihrem Geburtsort im Atlantik vor der Küste Floridas, um dort zu laichen und dann zu sterben – dauerte diese Reise zum Teil Jahre. Und während sie Tausende von Kilometern schwammen, konnten sie größere Strecken schlängelnd, wie Schlangen, sogar auf dem Land ganz ohne Wasser zurücklegen. Er bewunderte diese Tiere für ihren Überlebenswillen. Ein Überlebenswille so stark wie sein eigener.

Volker Schneider hatte sich auf der Flucht vor seinen Verfolgern vor etwas weniger als sieben Monaten von der Schleibrücke in die eisigen Fluten des Flusses gestürzt. Durch diesen lebensgefährlichen Sprung war er in letzter Sekunde doch noch Herzfeld nach einer atemlosen Verfolgungsjagd entkommen – und dem Zugriff des Polizeiaufgebotes, das sich zu jenem Zeitpunkt bereits am Fuß der großen Klappbrücke eingefunden hatte. Im schwarzen Wasser der Schlei war er an das westliche Ufer geschwommen, hatte sich dort an Zweigen und Gestrüpp aus dem eiskalten Wasser gezogen und sich dann, mit letzter Kraft und im Schutze der Uferböschung, vor den Blicken seiner Verfolger am Fuße des Brückenfundaments verborgen. Durchnässt und unterkühlt hatte er zunächst in einem Wartungsschacht der Brücke ausgeharrt und genau auf das Zeitfenster gewartet, das ihm seine weitere Flucht ermöglichen sollte. Er wusste, dass lediglich ein oder zwei Streifenwagenbesatzungen an der Brücke zurückbleiben würden, um das Gebiet rings um seinen Fluchtpunkt vorläufig notdürftig abzusichern, bis weitere Polizeikräfte zur Verstärkung eintrafen – mit Suchhunden, Booten und Tauchern. Als er einige Zeit später sicher war, unbeobachtet zu sein, hatte er in einem Schneesturm, fast verrückt vor Schmerzen in seinen kälteerstarrten Gliedern, zu Fuß über Feld- und Waldwege seine weitere Flucht angetreten. Vor Unterkühlung mehr tot als lebendig, hatte er sich im Stroh in einer riesigen Futterscheune versteckt und zwei lange Tage ausgeharrt, bis auch der letzte Mann des polizeilichen Suchtrupps abgerückt war. Über die unverschlossene Terrassentür hatte er sich dann Zutritt zu einem nahe gelegenen Wohnhaus verschafft und sich mit Kleidung, Decken, dem Klappmesser, das ihm seitdem gute Dienste leistete, und dem im Haus vorhandenen Bargeld sowie Proviant versorgt, alles in einer großen Sporttasche verstaut und seine Flucht fortgesetzt.

Einige Tage später hatte er mit seinem alten Verbindungsbruder Erwin Bohse Kontakt aufgenommen. Der amtierende Staatssekretär wurde definitiv nicht von der Polizei beobachtet, noch wurde sein Telefon abgehört. Und Erwin hätte niemandem von seinem nächtlichen Anruf aus einer der letzten öffentlichen Telefonzellen Schleswig-Holsteins berichtet, geschweige denn von ihrem geplanten Treffen, da Schneider bereits im Vorfeld Vorsorge getroffen hatte, sich Bohses Schweigen und seine Loyalität zu sichern. Und am Ende hatte Erwin Bohse ihm einen letzten, wenn auch unfreiwilligen Dienst erwiesen. Schneider lachte und strich sich mit seinen stark nach Fisch stinkenden Fingern durch das fettige Haar.

Nur sein wirklich perfider kleiner Plan bezüglich Bohses Leiche war leider nicht aufgegangen. Seine ehemaligen Kollegen, allen voran sein Erzfeind, der völlig überschätzte Paul Herzfeld – dieser armselige Denunziant, der seine dreckige Nase immer und überall hineinstecken musste –, hatten ihm schon wieder einen Strich durch die Rechnung gemacht.

Schneider setzte die Spitze des Klappmessers an der Afteröffnung des Aales an und zog die scharfe Klinge mit einem einzigen routinierten Schnitt bis zu den an der Unterseite des Kopfes gelegenen Kiemen. So geschickt, dass keins der Eingeweide mit eröffnet wurde. Er betrachtete das blutige Messer und grinste erneut.

Bald, schon bald würde das Blut des Mannes fließen, dessen Eingeweide er nicht verschonen würde. Endlich war die Zeit reif, sein Plan perfekt, seine Vorbereitungen so gut wie abgeschlossen. Er würde Rache an Paul Herzfeld nehmen. In den letzten Monaten hatte er Tag und Nacht an nichts anderes gedacht als an seinen genialen Plan, wie er Paul Herzfeld töten, ihn büßen lassen würde für das, was dieser Mensch ihm angetan hatte. Und diesmal würde er ihm nicht entwischen, dafür hatte er gesorgt.

Schneider nahm das blutige Messer und strich es an einem alten Stofffetzen sauber.

11

21. August, 10.01 Uhr
Kiel. Universitätscampus,
Medizinische Fakultät

Der Schweiß lief dem korpulenten, fast zwei Meter großen Mann in Strömen den Rücken hinunter und färbte seinen blauen Schlupfkasack immer dunkler. Trotz des kleinen Lufthauchs, der die trockenen Blätter an den Sträuchern neben ihm zum Rascheln brachte, trat keinerlei Kühlung ein. Während er, sich immer wieder nervös nach links und rechts umschauend, auf einen Kastanienbaum mit ausladender Baumkrone zulief, um wenigstens im Schatten und nicht mehr der direkten Sonneneinstrahlung auf dem Universitätscampus ausgesetzt zu sein, nestelte er mit der linken Hand sein Handy aus der Seitentasche des Kasacks. Er sah auf die Uhrzeit auf dem Display. *Noch eine knappe Stunde Zeit, bis ich wieder im Institut sein muss … Hoffentlich geht er direkt ans Telefon … Ich soll den Doktor jetzt anrufen …*

»Ja?«, ertönte es am anderen Ende der Leitung direkt nach dem ersten Klingelton.

Die Befürchtung des Mannes in der blauen Klinik-Funktionskleidung, sein Anruf würde womöglich ins Leere laufen, löste sich damit in Luft auf.

»Ich bin es, Herr Doktor Alvarez.«

»Keine Namen, du Idiot! Wie oft soll ich dir das denn noch sagen?«

»Entschuldigung! Entschuldigung, Herr …«, stammelte der dickliche Mann und biss sich augenblicklich auf die Zunge, weil er gerade im Begriff gewesen war, denselben Fehler sofort wieder zu begehen.

»Ich habe deinen Anruf schon erwartet. Wir brauchen dringend Nachschub. Extremitäten!«

»Aber ich dachte, es geht heute um mich und wie ich in Ihrem Präp-Kurs …«

»Geht ja bald los. Mir ist was dazwischengekommen. Ich brauche neue Arme und Beine!«

»Ich muss schauen …«

»Du musst liefern! Das ist der Deal!«, unterbrach Alvarez ihn in barschem Tonfall.

»Der Serbe, du kennst ihn, derselbe Typ wie beim letzten Mal. Er wird heute Abend gegen dreiundzwanzig Uhr wieder am Seiteneingang stehen. Sieh gefälligst zu, dass du die Aufnahmefunktion der Überwachungskamera in dem Bereich des Institutes vor dreiundzwanzig Uhr stoppst, hörst du?«

»Ja, aber …«

»Kein Aber. Du lieferst, und dafür lasse ich dich bei mir im Institut tätig werden. Das ist es doch, was du willst, oder?«

»Aber was, wenn keine passende Leiche in der Rechtsmedizin ist?«, gab der korpulente Mann zu bedenken. »Ich meine, faule Leichen oder Kinder kommen nicht infrage. Das haben Sie selbst gesagt. Und die Sektion muss ja auch erledigt sein, damit niemand mehr auf die Idee kommt, in den Leichensack reinzuschauen, ehe die oder der Tote im Sack dann in den Sarg und ins Krematorium kommt. Das limitiert die Auswahl, die ich habe, erheblich.«

Der Schweiß lief dem korpulenten Mann mittlerweile aus allen Poren. Er senkte seine Stimme, während er weitersprach, da in etwa zehn Metern Entfernung eine Gruppe junger Medizinstudenten in ihren im Sonnenlicht weiß strahlenden Kitteln an ihm vorbeitrotteten. Er machte eine kurze Pause, sobald sie auf seiner Höhe waren, und als er nach einigen Augenblicken fortfuhr, war seine Stimme kaum mehr als ein Flüstern: »Der Verstorbene muss verbrannt werden. Ist auch Bedingung. Haben Sie auch gesagt. Das schränkt die Auswahl noch mal weiter ein.«

»Hör auf zu lamentieren. Dreiundzwanzig Uhr. Basta!«

Dann war die Leitung tot. Doktor Alessio Alvarez hatte das Telefonat beendet.

Mist. So ein elender Mist! Auf was habe ich mich da bloß eingelassen?, ging es dem Mann durch den Kopf.

Auch wenn der Tod sein Beruf war, und er seinen Beruf liebte – er hasste es, die Extremitäten abzutrennen.

Denn das war etwas gänzlich anderes als die Obduktionen, die er sonst unter ärztlicher Aufsicht im Institut für Rechtsmedizin durchführte. Aber es gab für ihn kein Zurück mehr.

12

21. August, 10.56 Uhr
Kiel. Institut für Rechtsmedizin der Universität,
Sektionssaal

Herzfeld warf einen kurzen Blick auf den großen, dunkelblauen Plastiksack, in dem sich ein länglicher, etwa ein Meter langer Gegenstand abzeichnete. Dann nahm er den dazugehörenden zweiseitigen Tätigkeitsbericht der Kieler Kriminalpolizei und las, worum es bei seinem heutigen Fall im Sektionssaal ging:

> Sachverhalt: Am Nachmittag des 20. August gegen 21.00 Uhr ging Frau Annalena Conti (Personalien näher bekannt) im Bereich einer Wiese zwischen Autobahn 7 Ausfahrt Blumenthal und Landstraße 298 mit ihrem Hund (Weimaraner) spazieren. Frau Conti habe auf der Wiese einen Gegenstand entdeckt, den sie zunächst für einen Stock gehalten habe, den sie ihrem Hund zuwerfen wollte. Beim Hochheben sei ihr jedoch aufgefallen, dass es sich um mehrere, zusammenhängende Knochen handelte, woraufhin sie diese wieder auf den Boden zurückgelegt und die Polizei verständigt habe.
> Einsatzort: Der um 21.45 Uhr eintreffenden Funkwagenbesatzung Möwe 12 (POK'in Gellert, PHK Özer) gegenüber gab Frau Conti an, dass die Knochen offen auf der Wiese gelegen hätten und nicht von ihrem Hund ausgegraben worden seien. Aufgrund der einsetzenden Dämmerung wurde das Technische Hilfswerk zur Ausleuchtung des Ein-

satzortes angefordert. Um 22.30 Uhr trafen die Kollegen des THW am Einsatzort ein. Angrenzend an die Wiese befindet sich ein kleines Waldstück (nordwestlich des Fundortes). Die Wiese (offensichtlich vormals Ackerland, das jetzt mit Gras und kleinen Sträuchern überwuchert ist) ist über eine Zufahrt, die von der Landstraße 298 abgeht, zu erreichen. Die Knochen befanden sich im zum Waldstück gelegenen vorderen Drittel der Wiese.

Ermittlungen: Eine erste Inaugenscheinnahme durch Unterzeichner ergab, dass es sich mutmaßlich um einen menschlichen Ober- und Unterarm beziehungsweise um dessen Knochen handelt, die im Bereich des Ellenbogengelenks noch miteinander verbunden sind. An den Knochen konnten deutliche Spuren, sehr wahrscheinlich von Tierfraß herrührend, festgestellt werden. Im Anschluss wurden die Wiese und das kleine Waldstück nördlich des Fundortes durch den mittlerweile eingetroffenen Diensthundeführer, KOK Bielstein, Hund Astra, begangen. Es wurde keine weiteren Leichenteile aufgefunden, der Hund schlug jedoch an einem Fuchsbau, der im mittleren hinteren Bereich des Waldstücks hinter einem Schacht liegt, deutlich an. Bei einer erneuten Absuche durch Unterzeichner und weitere Kräfte wurde in diesem Bereich eine blaue Fleecedecke gefunden. Diese wurde sichergestellt und zum Vorgang genommen. Die Kollegen des THW und der Diensthundeführer wurden um 00.18 Uhr vor Ort entlassen.

Weitere Veranlassung: Der Arm wurde sichergestellt und dem Institut für Rechtsmedizin mit Bitte um Untersuchung zugeführt.

gez. Rudgers, KOK

Herzfeld nahm sich die blauen Plastikhandschuhe und ergriff dann eine Einmalplastikschürze von einem Haken an einer der Wände des Sektionssaals. Beides komplettierte seine Sektionssaalkleidung – blauer Schlupfkasack und blaue Arbeitshose. Dann öffnete er den blauen Plastiksack, in dem sich, in feste weiße Folie eingeschlagen, das Fundstück befand. Tatsächlich handelte es sich dabei um einen menschlichen Arm. Oder zumindest um das, was noch davon übrig war. Herzfeld ließ sich von Heinrich von Waldstamm, der mittlerweile interessiert zu dem Rechtsmediziner an den Sektionstisch getreten war, ein flexibles Maßband und einen Zirkel geben und vermaß die einzelnen Knochen: Oberarmknochen, Elle und Speiche. Die Hand fehlte. Die Maße – Länge, Umfang, Abstand und Größe einzelner knöcherner Vorsprünge an den Gelenkenden der langen Röhrenknochen – gab er an von Waldstamm weiter, der diese auf einer Schemazeichnung, die ein menschliches Skelett zeigte, jeweils markierte und mit einem Kugelschreiber daneben benannte.

Dann nahm Herzfeld die Digitalkamera und fertigte zahlreiche Übersichtsaufnahmen und Detailfotos an, jeweils mit Maßstab.

Der Arm war stark in Mitleidenschaft gezogen worden, nicht nur durch Fäulnis – bedingt durch eine augenscheinlich schon längere Leichenliegezeit bei sommerlichen Temperaturen im Freien –, sondern auch durch Tierfraß, wie Kriminaloberkommissar Rüdgers bereits richtig in seinem Bericht gemutmaßt hatte. Die drei langen Röhrenknochen lagen teilweise vollständig frei und hatten eine schmutzig bräunliche Farbe angenommen. Die Oberhaut war am gesamten Arm vollständig in Verlust geraten. Lediglich ölig erweichtes Unterhautfettgewebe und undefinierbare, teils vertrocknete, teils grünfaule Fleischreste – Überbleibsel der Muskulatur – sowie einige sehnige Anteile im Bereich des Ellenbogengelenkes waren noch vorhanden. Bei den Tierfraßspuren handelte es sich nicht um die typischen, von Maden herrührenden Defekte. Diese lochartig ausgestanzt wirkenden, kleineren Beschädigungen wären aufgrund des vollständigen Verlustes der Oberhaut auch nicht mehr nachweisbar gewesen. Stattdessen fanden sich einerseits teils schartige, nur wenige Millimeter breite Knochenriefen, die von den Gebissen kleinerer Nagetiere herrührten, andererseits auch palisadenartig in gleicher Ausrichtung zueinanderstehende Bissspuren, insbesondere an Elle und Speiche. Letztere waren nach Herzfelds Einschätzung sehr wahrscheinlich das Resultat der Einwirkung von Fang- und Reißzähnen eines Fuchses oder frei laufenden Hundes.

Der kugelige Oberarmkopf war relativ scharfrandig im oberen Drittel abgetrennt, das obere Drittel des Oberarmkopfes fehlte. Herzfeld untersuchte die Schnittkanten mit einer Lupe, fand aber keinerlei Scharten oder Werkzeugspuren, die für eine Einwirkung von menschlicher Hand, zum Beispiel mit einer Säge, einer Axt oder einem Beil, sprachen. Aufgrund seiner Erfahrung mit früheren Fällen postmortaler Leichenzerstückelung ging Herzfeld zum jetzigen Zeitpunkt davon aus, dass der Knochendefekt am Oberarmkopf doch eher von einer größeren, zum Beispiel landwirtschaftlichen, Maschine herrührte als von einer bewusst herbeigeführten Zerstückelung des Toten. Wobei sich Herzfeld allerdings eingestehen musste, dass er keinerlei Ahnung von landwirtschaftlichen Maschinen wie Mähmaschinen, Pflügen oder Häckslern hatte.

In seiner Zeit als Rechtsmediziner in Hamburg waren postmortale Zerstückelungen durchaus keine Seltenheit gewesen. Spektakulär war der Fall eines zerstückelten Obdachlosen gewesen, dessen Einzelteile, verteilt auf zwei Rollkoffer, erst Anfang des Jahres in der Kieler Rechtsmedizin untersucht worden waren.

Weitere Verletzungen durch stumpfe Gewalteinwirkung, wie Frakturen, oder durch scharfe Gewalt, zum Beispiel als Resultat von Messerstichen oder -schnitten, waren an dem stark fäulnisveränderten Arm nicht festzustellen.

Heinrich von Waldstamm wich Herzfeld die ganze Zeit über bei der Untersuchung des Arms nicht von der Seite. Er stellte zwischendurch neugierig Fragen zu Herzfelds Ergebnissen und den daraus von ihm gezogenen Rückschlüssen, die der Rechtsmediziner bereitwillig beantwortete. Herzfeld mochte den Sektionsassistenten mit dem massigen Körper und der dicken Hornbrille, der immer am Siegelring mit dem Familienwappen an seiner linken Hand drehte, wenn er nervös war.

Nachdem Herzfeld zunächst rein objektiv, ohne irgendeine Wertung oder gutachterliche Würdigung, die von ihm erhobenen Befunde diktierte, führte er am Ende seiner rechtsmedizinischen Stellungnahme aus, dass es sich sehr wahrscheinlich aufgrund der Knochenmaße um den Arm eines Mannes handelte – eine Überprüfung mittels DNA-Analyse zur Geschlechtsbestimmung würde zeitnah erfolgen –, und dass der Verlust eines Armes ohne sofortige, adäquate medizinische Versorgung und Transport des Betreffenden in eine Klinik nicht mit dem Leben vereinbar war. Insofern war davon auszugehen, dass der Besitzer des Armes tot war, denn bei sofortiger notärztlicher Versorgung wäre der Arm nicht am Unfallort zurückgelassen worden.

Als er sein Diktat beendet hatte, wandte sich Herzfeld an den Sektionsassistenten.

»Herr von Waldstamm, bitte sägen Sie, wenn ich hier fertig bin, ein jeweils sechs bis sieben Zentimeter langes Stück aus der Mitte von Elle und Speiche heraus, das Ganze kommt in Asservatenbeutel, und dann ab damit in die Minus-zwanzig-Grad-Truhe, für die spätere DNA-Analyse.«

Der Angesprochene zuckte zusammen. Von Waldstamm schien in Gedanken gänzlich anderswo, denn er sah Herzfeld für einen kurzen Moment irritiert an.

»Äh … ja. Für DNA … geht klar«, antwortete er schließlich.

Herzfeld ergriff eines der stabilen Sektionsmesser und trennte zwei pflaumengroße Gewebestücke von dem Arm ab – ein Stück vom Oberarm, ein anderes vom Unterarm – und legte sie in die für chemisch-toxikologische Untersuchungen vorgesehenen Asservatenbehälter.

»Die hier«, sagte Herzfeld und hielt die beiden Behälter vor von Waldstamm in die Höhe, »etikettieren Sie bitte mit der Fallnummer und bringen sie direkt zu Doktor Uhlemann ins Labor.«

Auf von Waldstamms Stirn bildeten sich plötzlich Schweißperlen, trotz der kühlen neunzehn Grad, auf die der Sektionssaal auch am heutigen Tag temperiert war. Auch unter seinen Achseln färbte sich der blaue Schlupfkasack zunehmend dunkel.

»Geht es Ihnen nicht gut, Herr von Waldstamm?«

»Äh … ja. Ich meine, nein … es ist nichts«, sagte der korpulente Sektionsassistent hastig.

»Sicher, dass alles in Ordnung ist?«, insistierte Herzfeld.

»Ja. Es geht schon wieder«, entgegnete von Waldstamm mit dünner Stimme und tastete nervös mit seiner rechten Hand nach dem unter einem Gummihandschuh verborgenen Siegelring an seiner Linken.

Komisch, dachte Herzfeld. *Erst kann er gar nicht genug Infos zu dem Fall und meinen rechtsmedizinischen Schlussfolgerungen bekommen, fragt mir regelrecht Löcher in den Bauch, und jetzt scheint er hier fast zusammenzuklappen. Eine seltsame Mischung aus Neugier und Nervosität, die er heute an den Tag legt.*

Dem auffälligen Verhalten des Sektionsassistenten maß Herzfeld allerdings kurze Zeit später keinerlei Bedeutung mehr bei. Was sich im Nachhinein als Fehler erweisen sollte.

13

21. August, 12.03 Uhr

Kiel. Institut für Rechtsmedizin der Universität, Büro Professor Schwan

Zum zweiten Mal an diesem Vormittag saß Herzfeld auf dem ausladenden Ledersessel seinem Chef gegenüber. Zu seiner Rechten hatte eine untersetzte Frau mit blondem Pagenkopf, die ein knielanges, hellgrünes Seidenkleid trug, Platz genommen, die sich ihm wenige Augenblicke zuvor als Doktor Julia Schmidt-Thychsen, Leiterin des Kieler Gesundheitsamtes, vorgestellt hatte.

»Bitte, Frau Kollegin Schmidt-Thychsen …«, sagte Schwan, wobei er seinem weiblichen Gast, den Herzfeld auf etwa Mitte vierzig schätzte, kurz auffordernd zunickte.

»Vielen Dank, Herr Professor Schwan, dass Sie sich die Zeit nehmen. Und auch Ihnen …«, sagte die Leiterin des Kieler Gesundheitsamtes. Sie lächelte zunächst Schwan, dann Herzfeld an. »Ich fange der Reihe nach an. Vor zwei Tagen ging bei der Onlinewache der Kieler Polizei eine anonyme Anzeige gegen ein privates, in Kiel-Mettenhof ansässiges Institut ein, das Vorbereitungskurse für angehende Medizinstudenten anbietet.«

Herzfeld spitzte die Ohren. Und auch Schwan hörte aufmerksam zu.

»Gegenstand der anonymen Anzeige ist die Durchführung nicht genehmigter Obduktionen. Im Rahmen eines Amtshilfeersuchens möchte ich Sie bitten, dass ein Kollege aus der Rechtsmedizin bei der morgigen Begehung der

Räumlichkeiten zugegen ist. Unser Besuch ist dem Leiter des Instituts angekündigt.«

»Dieser *Kollege* sind Sie, wenn Sie nichts dagegen einzuwenden haben, lieber Herzfeld«, wandte sich Schwan an Herzfeld.

»Ich bin gern dabei. Hört sich spannend an, ungewöhnlich«, erwiderte Herzfeld. »Haben Sie von so etwas schon mal gehört, Chef? Von nicht genehmigten Obduktionen?«

»Noch nie«, entgegnete Schwan. »Aber zu oft habe ich in meinen vierzig Jahren als Rechtsmediziner schon feststellen müssen, dass es nichts gibt, was es nicht gibt. Insofern hält sich meine Verwunderung in Grenzen.«

»Wir vom Kieler Gesundheitsamt hatten mit einem solchen Fall auch noch nie zu tun. *Ungewöhnlich* trifft es wohl in der Tat«, warf Schmidt-Thychsen ein. Sie griff neben sich und hob eine dunkelblaue Lederaktentasche auf ihren Schoß. Nach kurzer Suche beförderte sie einen Computerausdruck hervor, den sie Herzfeld gab, während sie fortfuhr: »Das ist die Adresse des Instituts in Mettenhof. Geschäftsführer ist ein Doktor Alessio Alvarez. Hört sich spanisch an. Was für ein Doktor er ist oder von welcher Universität er kommt, kann ich nicht sagen. An der hiesigen Medizinischen Fakultät ist er jedenfalls nicht bekannt, das habe ich recherchiert.«

Herzfeld überflog den Ausdruck.

»Treffpunkt ist morgen früh um zehn Uhr vor der Tür des Instituts. Ich werde da sein und auch Kräfte der Polizei. Ein Vertreter der Staatsanwaltschaft allerdings nicht, so zumindest Stand heute. Falls sich dort tatsächlich menschliche Überreste finden, können die Polizeibeamten vor Ort gleich eine Beschlagnahme und die Überführung der Asservate zu Ihnen hier in die Rechtsmedizin veranlassen. Ich gehe allerdings davon aus, dass es sich wohl eher um Schweineherzen oder anatomische Sammlungsstücke handeln dürfte als um echte Leichenteile«, erklärte Schmidt-Thychsen.

14

21. August, 18.12 Uhr
Kiel. Institut für Rechtsmedizin der Universität,
Büro Paul Herzfeld

»Und dann hat Opa mit meiner Schippe zwei dicke Würmer ausgebuddelt. Wackwürmer, Papa! Die hatten richtige Haare. Würmer mit Haaren, Papa! Stell dir das mal vor!«

Herzfeld musste grinsen, als er der Erzählung seiner Tochter Hannah am Telefon lauschte.

»WATT! Wattwürmer, Prinzessin«, sagte eine männliche Stimme im Hintergrund am anderen Ende der Leitung. Das war Hannahs Großvater, Herzfelds zukünftiger Schwiegervater.

»Egal, Opa. Jedenfalls haben sie Haare«, flötete Hannah.

»Es ist toll, dass du so viel Spaß hast, Mäuschen«, sagte Herzfeld. »Ihr müsst ja prima Wetter in Sankt Peter-Ording haben. Wir hier aber auch. Ich freue mich schon darauf, wenn wir uns am Wochenende wiedersehen. Ist Mama zu sprechen?«

»Ja, warte. MAMA! Papa will dich sprechen«, ertönte Hannahs hohe Kinderstimme.

Einen Moment später sagte Petra: »Hallo, Schatz!«

»Hallo, Petra. Euch geht's scheinbar sehr gut?«

»Es ist herrlich, Paul! Schade, dass du nicht hier sein kannst. Wie ist die Woche ohne uns bisher gelaufen?«

»Na ja«, sagte Herzfeld. »Ich vermisse euch. Abends allein in der stillen Wohnung zu sitzen, macht keinen Spaß. Aber ansonsten läuft es gut. Ich stürze mich in die Arbeit, du kennst mich ja.«

»Übertreib es nicht sofort wieder«, mahnte Petra.

Doch bevor sich Herzfeld auch nur rechtfertigen konnte, hörte er, wie Hannah im Hintergrund rief: »Papa, Papa, wir feiern Hochzeit im Kaufladen, und ich bekomme auch ein Kleid!«

Herzfeld lächelte. »Aha, ich nehme an, das Hotel Kieler Kaufmann hat unseren Termin für die Feier bestätigt?«

»Ja, heute Mittag kam die Zusage, und erste Menü-Vorschläge haben sie auch gleich geschickt. Aber das besprechen wir nach unserem Urlaub. Sag mal, hast du auch die Blumen gegossen?«

»Ja, das habe ich nicht vergessen. Und unser neuer Golf ist endlich zugelassen worden, ich habe ihn gestern abgeholt. Mein Wunschkennzeichen ist auch dran, KI – PH 273. Ich dachte, das freut dich. PH – für Petra Herzfeld.«

Für einen Moment war Stille in der Leitung.

»Oder Paul Herzfeld, alles eine Frage der Perspektive, mein Lieber. Aber im Ernst: Petra Herzfeld, das hört sich ungewohnt an. Daran werde ich mich nach so vielen Jahren erst gewöhnen müssen«, erwiderte sie lachend und wechselte das Thema. »Ich bin jedes Mal erstaunt, um wie viel rauer das Wetter hier an der Nordsee ist. Dieser ständige Wind. Ganz anders als bei uns an der Ostsee. Aber es ist herrlich. Hannah hat übrigens einen kleinen Freund kennengelernt. Die beiden sind fast unzertrennlich. Paul, ich muss jetzt Schluss machen. Hannah soll noch in die Badewanne, um sieben Uhr haben wir einen Tisch in einem Restaurant direkt am Wasser. Wir rufen dich morgen wieder an.«

15

21. August, 22.33 Uhr
Kiel-Mettenhof. Epimetheus Institut

»Du nervst, weißt du das?«, zischte Milan Gavrilovic in einem abfälligen Tonfall. »Vorgestern schreist du noch nach Nachschub, und jetzt kannst du die Körper nicht schnell genug wieder loswerden? Mir ist das scheißegal, aber es kostet dich noch mal eine ganze Stange Geld extra, das ist dir klar, oder?«

Der untersetzte Direktor des Epimetheus Instituts, gut zwei Köpfe kleiner als Gavrilovic, murmelte zunächst etwas Unverständliches in sich hinein, ehe er erwiderte: »Es ist, wie es ist. Morgen muss hier alles sauber sein. Die drei kompletten Leichen müssen schleunigst verschwinden. Für die zwei Oberkörper, die Skelette und die Extremitäten-Feuchtpräparate bekomme ich zeitnah – und so lange werde ich die Herrschaften von den Behörden hinhalten – rückdatierte Kaufnachweise, Einfuhrgenehmigungen und Zollpapiere. Die kriege ich für deine Toten nicht …«

»Meine Toten?«, entfuhr es Gavrilovic. Die Arroganz dieses Typen ärgerte ihn schon lange, aber wer bezahlte, durfte auch die Musik bestellen. Das war nun mal der Deal. Deshalb biss sich Gavrilovic auf die Lippen und schluckte die restlichen Worte, die schon auf seiner Zungenspitze lagen, herunter.

»Was ist mit dem Typ aus der Rechtsmedizin? Der dir die Arme und Beine besorgt hat. Hält der sein Maul, oder fällt der um?«, fragte Gavrilovic stattdessen.

»Der? Der ist harmlos. Ein gutmütiger Trottel – naiv, gutgläubig, überengagiert. Der ist gut zu führen, stellt keinerlei Gefahr dar, glaub mir, Milan.«

Ich kann nur hoffen, dass du recht behältst, dachte Gavrilovic.

Die beiden Männer durchquerten nacheinander mehrere ineinander übergehende Räume, die von grell leuchtenden Neonröhren in ein kaltes Licht getaucht wurden. Im zweiten Raum, den sie passierten, standen die drei metallenen Tische, die Sektionstischen nachempfunden waren und auf denen Gavrilovic normalerweise den Nachschub zunächst deponierte, ehe die Körper in die mit Konservierungsmittel gefüllten Plastikbecken im vierten Raum gelegt wurden.

Dort angekommen, sagte Gavrilovics Auftraggeber: »Wir holen sie jetzt aus dem Becken und bringen sie runter in die Tiefgarage. Einen nach dem anderen. Der Sprinter …?«

»Steht da, wo er immer steht, auf deinem Firmenparkplatz«, erwiderte Gavrilovic genervt.

»Okay, Serbe. Dann mal los …« Doch der untersetzte Mann hielt plötzlich inne. »Eines musst du mir noch sagen. Damit ich weiß, was los ist, auf dem Laufenden bin …«

Gavrilovic wusste nur zu gut, worauf sein Auftraggeber anspielte, weil er fast jedes Mal danach fragte. »Nur so viel«, unterbrach Gavrilovic ihn. »Ist nicht weit weg von hier. Und ich muss weder graben noch einen der Typen im Krematorium bestechen, mal wieder außer der Reihe was in den Ofen zu schieben. Mehr brauchst du nicht zu wissen. Ist eine hundertprozentige Nummer. *Razumen?*«

Der andere schnaufte unwirsch, widersprach aber nicht.

Du kleiner Bastard, dachte Gavrilovic grimmig. *Als ob ich mir von dir meine Geschäftsidee klauen lasse oder mich erpressbar mache.* Ein Lächeln huschte über sein Gesicht, als er an die Bad Segeberger Kalkberghöhle dachte, mit über zweitausendzweihundert Metern Länge die längste zugängliche Gipshöhle Deutschlands. Ideal, um Leichen für immer verschwinden zu lassen.

16

22. August, 08.32 Uhr

Kiel. Institut für Rechtsmedizin der Universität, Abteilung für Toxikologie

»Midazolam und Clozapin, in beiden Proben. Noch was?«, blaffte Doktor Theo Uhlemann Herzfeld an.

Herzfeld war den schroffen Tonfall des Leiters der chemisch-toxikologischen Abteilung im Kieler Institut für Rechtsmedizin gewohnt. Für diejenigen jedoch, die Uhlemann nicht näher kannten, vermittelte seine mürrische Art den Eindruck, es sei eine ungeheuerliche Zumutung, dass man es überhaupt gewagt hatte, ihn anzusprechen, geschweige denn, ihn etwas zu fragen.

Doch nicht nur Uhlemanns Ruppigkeit war Thema unter den Kollegen, sondern auch sein undefinierbares Alter – ein Umstand, der darauf begründet war, dass der Mediziner weder auf dem Kopf noch im Gesicht auch nur ein einziges Haar hatte.

Herzfeld kannte ihn mittlerweile lange genug, um zu wissen, dass er es nicht böse meinte. Der kahlköpfige Mann konnte einfach nicht anders. Und er, Herzfeld, beging nicht den Fehler wie einige seiner Kollegen, sein unwirsches Verhalten persönlich zu nehmen.

Herzfeld hatte sich vor wenigen Minuten in das toxikologische Labor im ersten Stock des Institutsgebäudes begeben, obwohl er den Laborleiter zuvor telefonisch nicht erreicht hatte. Aufgrund der Tatsache, dass er bei seiner Ankunft auf dem Universitätscampus am Morgen Uhlemanns auffälliges mitternachtsblaues Maserati-Cabrio auf dem Institutsparkplatz gesehen hatte, war er sich jedoch sicher, dass er im Institut sein musste. Herzfeld ging es um die Ergebnisse der chemisch-toxikologischen Untersuchungen der Gewebeproben, die er am Vortag von dem Ober- und Unterarm entnommen hatte, der auf einer Wiese unweit der Abfahrt Blumenthal von der A7 gefunden worden war und die von Waldstamm in Uhlemanns Labor gebracht hatte. Manchmal konnte das Wissen, welche speziellen Medikamente eine Person vor ihrem Tode eingenommen hatte, wertvolle Hinweise zum weiteren Vorgehen hinsichtlich der Identifizierung eines Unbekannten bringen. So konnte zum Beispiel der Nachweis von Methadon – einer Substanz, die bei der Substitutionstherapie Heroinabhängiger eingesetzt wurde – Anhaltspunkte dafür geben, dass es sich um jemanden handeln musste, der sich in einer Drogenersatztherapie befand. Der postmortale Nachweis von Blutverdünnern wiederum konnte ein Hinweis darauf sein, dass jemand zu Lebzeiten als Patient mit Herzrhythmusstörungen oder früheren Thrombosen in den Beinen in Behandlung gewesen war. Mit diesem Wissen konnten polizeiliche Nachforschungen in die entsprechende Richtung gelenkt werden, um eine Brücke zwischen einem unbekannten Toten zu einer vermissten Person zu schlagen. Natürlich war die DNA-Analyse die von allen Ermittlern favorisierte Allzweckwaffe, um Menschen sicher zu identifizieren, aber dafür bedurfte es zunächst einer Vermutung, um wen es sich bei einem Toten überhaupt handeln könnte – und es bedurfte einer Vergleichs-DNA. Was den herrenlosen Arm betraf, stocherten die Ermittler in dieser Hinsicht allerdings noch völlig im Dunkeln.

»Also war es jemand, der wegen einer psychiatrischen Erkrankung behandelt wurde«, sagte Herzfeld.

»Korrekt. Clozapin ist ja ein Neuroleptikum, das zur Behandlung von Schizophrenie eingesetzt wird. Allerdings muss es sich bei dem Betreffenden um eine ansonsten therapieresistente Schizophrenie gehandelt haben, wenn Sie mich fragen, denn Clozapin ist nicht unbedingt das Mittel der ersten Wahl zur Behandlung der Schizophrenie«, erwiderte Uhlemann sichtlich ungehalten.

Okay, das schränkt den Kreis der Fälle, bei denen die Kollegen von der Kripo suchen müssen, schon mal ein, ging es Herzfeld durch den Kopf.

Währenddessen fuhr Uhlemann in fast schon gehässigem Tonfall fort: »Und mit Midazolam kann man kurzfristig eine ganze Kompanie lahmlegen. Muss zu Erregungszuständen geneigt haben, der Betreffende. Schriftlicher Befund folgt. Gibt es sonst noch was, Herr Herzfeld?«

»Nein, Herr Uhlemann, das hilft mir schon mal weiter«, sagte Herzfeld, konnte sich aber nicht verkneifen, noch ein »Danke für das nette Gespräch« hinterherzuschieben, was der Laborleiter mit einem grimmigen Gesichtsausdruck quittierte.

Gerade als Herzfeld das Labor verlassen wollte, klingelte sein Handy, woraufhin Uhlemann demonstrativ empört seine Augen verdrehte.

Er verließ eiligen Schrittes Uhlemanns Reich und trat in den langen, mit dunklem Steinboden ausgelegten Flur im ersten Stock des Institutsgebäudes. Dort nahm er das Gespräch entgegen.

»Moin, Herr Herzfeld«, ertönte die Bassstimme von Oberkommissar Tomforde aus dem Handy. »Es geht um den jungen Mann aus Aserbaidschan. Der aus dem Nichtsesshaften-Milieu des Kieler Hauptbahnhofs. Den Sie am Neunzehnten seziert haben.«

»Ich weiß Bescheid. Irgendetwas Neues zu dem Fall, Herr Tomforde?«

»Nicht wirklich. Die Damen und Herren rund um den Kieler Hauptbahnhof sind ja so schon nicht die Gesprächigsten, und ein paar von den Stammgästen tauchen dort in letzter Zeit auch nicht mehr auf … Darum geht es jetzt aber nicht. Ich habe mit Staatsanwalt Löwen Rücksprache gehalten, Ihren Vorschlag betreffend, das Herz des Mannes auf eine Myokarditis zu untersuchen. Er hat sein Okay gegeben. Die Histologie ist hiermit beauftragt.«

»Ich kümmere mich«, erwiderte Herzfeld, und die beiden Männer beendeten das Gespräch.

17

22. August, 09.54 Uhr
Kiel-Mettenhof. Epimetheus Institut

Auch der wolkenlose, blaue Himmel und die strahlende Sonne konnten der Großwohnsiedlung von Mettenhof nicht die ihr eigene Tristesse nehmen. Die zwölf- bis sechzehnstöckigen Hochhäuser waren in den 1960er- und 1970er-Jahren am westlichen Stadtrand der schleswig-holsteinischen Landeshauptstadt erbaut worden. Einzige Ausnahme bildete der sogenannte »Weiße Riese«, ein riesiger Wohnblock mit fünfundzwanzig Etagen. In den 1980ern und 1990ern hatte Mettenhof als sozialer Brennpunkt gegolten.

Diese Zeit war zwar längst vorbei, aber Herzfeld konnte den Asphaltschluchten mit den fast menschenleeren Straßen und spärlichen Grünanlagen, die überwiegend aus verdorrten Sträuchern und vertrocknetem, gelbbraunem Rasen bestanden, trotz des herrlichen Sommerwetters nichts abgewinnen.

Er hatte seinen VW Golf vor der notierten Adresse geparkt, als ein Streifenwagen langsam in die Straße einbog und etwa dreißig Meter vor ihm auf der gegenüberliegenden Seite parkte. Zwei uniformierte Beamte stiegen aus und traten auf dem Bürgersteig neben ihrem Streifenwagen in den Schatten des Hauses.

Kurz darauf bog ein hellbraunmetallic lackierter Audi A4 mit jaulendem Motor in die Straße ein, bremste scharf hinter dem Streifenwagen ab und kam dort zum Stehen. Die Leiterin des Kieler Gesundheitsamtes stieg aus und ging mit raschen Schritten auf die beiden Beamten zu.

Auch Herzfeld verließ nun seinen Wagen und ging auf die Gruppe zu. Frau Doktor Schmidt-Thychsen trug wieder ein knielanges Seidenkleid, diesmal allerdings in Mitternachtsblau und mit deutlich tiefer ausgeschnittenem Dekolleté, auf dem eine weiße Perlenkette ruhte. Sie hielt ihre dunkelblaue Lederaktentasche in der Hand. Als Herzfeld näher kam, erkannte er unzählige kleine Lachfalten um ihre blauen Augen, die ihm am Vortag in Schwans Büro nicht aufgefallen waren.

Der ältere der beiden uniformierten Polizeibeamten war ein hagerer Mann, dessen Gesicht von zu vielen Nachtschichten, Schlafmangel und Zigaretten gezeichnet war. Der jüngere der beiden – Herzfeld schätzte ihn auf Anfang zwanzig – war ein pausbäckiger Typ mit geröteten Wangen, der stark schwitzte.

Herzfeld begrüßte die drei und stellte sich den beiden Beamten vor, die seinen Gruß jeweils mit einem kurzen »Moin!« erwiderten.

Daraufhin ergriff Schmidt-Thychsen das Wort: »Danke, dass Sie, Kollege Herzfeld, und Sie, meine Herren, das Kieler Gesundheitsamt unterstützen. Hier, in diesem Hochhaus«, sie zeigte mit ihrer freien Hand auf das grauweiße Hochhaus hinter sich, »… im sechzehnten Stock ist ein Privatinstitut untergebracht, das Epimetheus Institut, das, so steht es zumindest auf deren Webseite, Vorbereitungskurse für angehende Medizinstudenten anbietet. Geschäftsführer ist ein Doktor Alessio Alvarez. Es ist Strafanzeige gegen ihn erstattet worden. Der oder die anonyme Anzeigende behauptet, Doktor Alvarez würde nicht genehmigte Obduktionen in den Räumlichkeiten durchführen.«

»Was ist, wenn er uns nicht öffnet?«, fragte der ältere der beiden Polizeibeamten.

»Oder wenn keiner da ist?«, schob der jüngere geflissentlich hinterher und erntete für diese Bemerkung einen tadelnden Blick seines ranghöheren Kollegen.

»Davon gehe ich nicht aus«, sagte die Leiterin des Kieler Gesundheitsamts. »Ich habe gestern ein kurzes Telefonat mit Doktor Alvarez geführt und unseren heutigen Besuch angekündigt. Ich wollte schon mal vorab von ihm hören, was er in seinem Institut so treibt. Er war in dem Telefonat durchaus freundlich zugewandt. Ich bin zwar nicht schlau aus seinen Aussagen geworden, aber offenbar ist der Mann ziemlich selbstbewusst. Ich denke deshalb schon, dass er uns hereinbitten und uns sein Institut zeigen wird. Falls wider Erwarten doch nicht …«, bei diesen Worten sah Schmidt-Thychsen zu den Beamten, »… bleiben Sie beide vor der Tür, um zu verhindern, dass Doktor Alvarez mögliche Beweismittel beiseiteschafft. Ich kehre dann mit einem Durchsuchungsbeschluss des Kieler Amtsgerichts zurück, ehe er weiß, wie ihm geschieht.«

Herzfeld gefiel die resolute Art der kleinen Frau.

»Aber ich denke nicht«, fuhr sie fort, »dass es so weit kommen wird. Wahrscheinlich ist überhaupt nichts an den Vorwürfen dran, und wir finden gleich ein paar im Medizinbedarf frei erhältliche Plastikskelette, Plastikschädel und medizinische Modelle. Die erforderliche Genehmigung zur Aufbewahrung von Leichen nach dem entsprechenden Paragrafen des Schleswig-Holsteinischen Bestattungsgesetzes hat Herr Alvarez jedenfalls von unserer Gesundheitsbehörde nicht erhalten, so viel ist schon mal klar. Und wie sollte der gute Mann überhaupt an echte Leichenteile geschweige denn ganze Leichen kommen?«

Es gibt nichts, was es nicht gibt, rief sich Herzfeld die gestrigen Worte seines Chefs Professor Schwan ins Gedächtnis.

Sollten die vier Besucher aufgrund des Namens Alessio Alvarez einen heißspornigen Spanier mit glühendem Blick und schwarzen Haaren vom Typ eines Antonio Banderas erwartet haben, wurden sie enttäuscht. Der etwa einen Meter siebzig große Mann mit dem kräftigen Bauchansatz und den schütteren, jedoch akkurat zurückgegelten Haaren, der ihnen die Tür öffnete, neben der ein riesiges Schild mit der Inschrift EPIMETHEUS INSTITUT prangte, stellte sich mit breitem, norddeutschem Dialekt als Institutsdirektor vor. Sein Erscheinungsbild entsprach so gar nicht dem eines temperamentvollen Spaniers.

Aber Herzfeld wusste nur zu gut, dass der erste Eindruck oft täuschte und gewisse Äußerlichkeiten bei Menschen häufig dazu verleiteten, sie falsch einzuschätzen oder zu unterschätzen.

Auch Frau Doktor Schmidt-Thychsen stellte sich und ihre Begleiter an der Tür kurz vor.

Alvarez, der trotz der hochsommerlichen Temperaturen einen hellgrauen Anzug mit hellblauem Hemd und pinkfarbener Seidenkrawatte mit darauf dezent eingesticktem Monogramm »*Dr. AA*« trug, bat sie mit einer jovialen Geste herein. Dann führte er sie durch einen langen Flur, der mit edel anmutendem Holzparkett ausgelegt war, in einen geräumigen Konferenzraum, der von einem imposanten, mit schneeweißem Klavierlack überzogenen Konferenztisch dominiert wurde.

Der Direktor des Instituts bot ihnen an, auf den mit weißem Leder bezogenen Konferenzstühlen, die perfekt zu dem pompösen Konferenztisch passten, Platz zu nehmen.

»Leider kann ich Ihnen nur Mineralwasser anbieten. Meine Sekretärin ist heute krank, und nur sie kann unsere italienische Kaffeemaschine bändigen«, sagte Alvarez und grinste selbstgefällig.

Sie lehnten alle dankend ab.

Als Erstes führte Schmidt-Thychsen mit dem einleitenden Hinweis »Fürs Protokoll« aus, dass der Umgang mit menschlichen Leichen und Leichenteilen, sollte es sich tatsächlich um solche handeln, die Alvarez in seinem Institut für medizinische Übungszwecke nutze, an diverse gesetzliche Grundlagen gebunden sei.

Herzfeld ließ seinen Blick aus dem gewaltigen Panoramafenster nach draußen schweifen und wünschte sich, er könnte diesen Ausblick gemeinsam mit seiner Tochter Hannah genießen. Die Sicht war so klar, dass er in der Ferne nicht nur die riesigen Kräne der Howaldtswerke-Deutsche Werft sah, nein, er konnte sogar in der Ferne am Horizont das Marine-Ehrenmal von Laboe ausmachen. *Vielleicht sollte ich mal einen Rundflug mit Hannah unternehmen, wenn sie etwas älter ist. Ihr die ganze Schönheit Kiels und Schleswig-Holsteins aus der Luft zeigen,* dachte er. Doch dann riss er sich mit einem Ruck aus seinen Gedanken.

»Mein Geschäftsmodell beruht darauf, dass ich Abiturienten, deren Abiturschnitt nicht für einen direkten Beginn des Medizinstudiums ausreicht, die Möglichkeit gebe, sich in einem Vorsemester Medizin, wie wir es nennen, optimal auf Auswahlgespräche an Medizinischen Fakultäten und auf Medizinertests vorzubereiten, in denen sie ihre Eignung für ein Medizinstudium nachweisen müssen. Und in meinen

Präparierkursen können sie schon mal die Grundlagen ihrer späteren Arbeit als Ärztin oder Arzt erlernen.«

»In Ihrem *Präparierkurs?* Wie genau darf ich mir den vorstellen, Herr Alvarez?«, fragte Schmidt-Thychsen skeptisch.

»Herr *Doktor* Alvarez, bitte, so viel Zeit muss sein«, erwiderte Alvarez mit einem süffisanten Lächeln und blickte erneut selbstgefällig in die Runde.

»Natürlich, Herr *Doktor* Alvarez«, korrigierte sich Schmidt-Thychsen, ohne dabei die Miene zu verziehen.

»Die angehenden Mediziner lernen bei mir unter fachlicher Anleitung die Grundlagen der Anatomie. Sie präparieren an menschlichen Körperteilen. Völlig legal, versteht sich.«

Herzfeld verfolgte das Gespräch konzentriert. *Jetzt kommt der spannende Teil.*

»Soso. Völlig legal«, murmelte Schmidt-Thychsen. »Und wer gibt diese fachliche Anleitung, wenn ich fragen darf? Sie?«

»Mitnichten. Meine Dozenten übernehmen das. Medizinstudenten in fortgeschrittenen Semestern.«

»Wie viele sogenannte *angehende Mediziner* nehmen Ihre Dienste in Anspruch, und seit wann geht das so?«, erkundigte sich Schmidt-Thychsen.

»Ich denke nicht, dass Geschäftsinterna das Gesundheitsamt irgendetwas angehen. Ich bin meinen Klienten gegenüber zur Verschwiegenheit verpflichtet. Sie werden verstehen …«

Schmidt-Thychsen legte die Stirn in Falten. »Okay, das reicht mir fürs Erste. Dürfen wir uns jetzt einmal umsehen? Selbstverständlich in Ihrer Begleitung. Speziell interessieren mich Ihre Präparate, die Sie in Ihrem Präparierkurs verwenden. Genau diese sind ja der Gegenstand der Anzeige, um die es hier geht. Führen Sie uns einmal durch Ihr … Ihr Institut?«, fragte die Leiterin des Gesundheitsamtes.

Der Direktor des Epimetheus Instituts erhob sich mit einer Behändigkeit von seinem Stuhl, die Herzfeld dem untersetzten Mann nicht zugetraut hätte, und sagte: »Bitte. Nur zu. Folgen Sie mir.«

Alvarez führte seine Besucher durch mehrere, lichtdurchflutete offene Räume von enormer Größe, die ineinander übergingen. Das Sonnenlicht fiel durch große Panoramafenster herein.

Herzfeld registrierte, dass Alvarez für sein Epimetheus Institut die gesamte sechzehnte Etage des Hochhauses angemietet haben musste. In dem ersten der weitläufigen Räume befanden sich mehrere Tische und Stühle, die an ein Klassenzimmer erinnerten, an einer der Wände hing ein Whiteboard, jedoch sah er weder PC, Beamer, Leinwand noch sonstiges Medieninventar. Im zweiten Raum fanden sich drei metallene Tische in Leichtbauweise, die Herzfeld in ihrer Anordnung an Sektionstische in einem Sektionssaal erinnerten, allerdings fand sich nirgendwo ein Wasseranschluss oder Wasserablauf im Boden darunter, was eigentlich zwingend notwendig gewesen wäre, wenn diese Tische für Sektionen menschlicher Leichen herhalten mussten. Unter einem der Metalltische lag ein der Länge nach ausgebreiteter, schwarzer Leichensack auf dem mit hellgrauem Linoleum ausgekleideten Fußboden, der deutliche Gebrauchsspuren aufwies – ein aus der Zeit gefallenes Modell aus gewachstem Baumwolltuch, das so gar nicht zu dem übrigen Interieur oder den im Institut vorhandenen Gegenständen passte. Als sie gerade den dritten Raum durchquerten, der, abgesehen von einigen kleineren Glasvitrinen, leer war, wandte sich

Herzfeld an Alvarez und fragte: »Wo sind denn Ihre Medizinstudenten in spe?«

»Die Vereinbarungen mit unseren Klienten wickeln meine Sekretärin und ich im Vorfeld per E-Mail ab. Nur zu den Vertragsabschlüssen kommen sie hierher. Und natürlich erscheinen die angehenden Medizinstudenten zu den Kursen, wenn diese im Stundenplan vorgesehen sind«, lautete Alvarez' Antwort.

Herzfeld registrierte im Vorbeigehen in den Vitrinen im dritten Raum, die in der Weitläufigkeit des Raums recht verloren aussahen, einige wenige plastinierte Exponate. Er sah die Hälfte eines menschlichen Kopfes und eine Hand, mehrere mazerierte Knochen – also von sämtlichem Weichgewebe befreite Knochen – und Gläser mit einer gelblich verfärbten Konservierungslösung, sehr wahrscheinlich Formalin. In den Behältern schwammen undefinierbare Brocken, vermutlich Organteile. *Das dient wohl eher der Dekoration als der Ausbildung von Medizinern,* ging es ihm in Anbetracht der nur wenigen Anschauungsobjekte durch den Kopf.

»Und Ihre Dozenten? Wo sind die, wenn ich fragen darf?«, schaltete sich Schmidt-Thychsen in das Gespräch ein.

»Kommen auch immer dann, wenn Unterricht ist«, erwiderte Alvarez, diesmal kurz angebunden.

Mittlerweile hatte die Gruppe den letzten der vier Räume erreicht, in dem mehrere riesige graue und blaue Plastikbecken auf dem Boden standen, die allesamt mit dicken, schwarzen Plastikplanen abgedeckt waren.

»Hier drin bewahren wir unsere Präparate auf. Wie gesagt, alles legal«, sagte Alvarez.

»Dann würde ich Ihre Genehmigungen gern nachher sehen. Aber jetzt zeigen Sie uns bitte, was sich in den Becken befindet«, forderte Schmidt-Thychsen den Institutsleiter auf und blieb vor einem der großen Plastikbecken stehen.

Alvarez antwortete etwas darauf, was Herzfeld aber nur mit halbem Ohr hörte. Denn der süßliche Geruch, der in der Luft hing, ließ Herzfeld ahnen, was sie in diesen Becken erwartete.

18

22. August, 10.18 Uhr
Holsteinische Schweiz.
Waldgebiet Nähe Tresdorfer See

Volker Schneider packte die wenigen Sachen, die er besaß, in die verdreckte Reisetasche zu den leeren Getränkeflaschen, die er gesammelt hatte. Ein letztes Mal kontrollierte er den dunklen Bauwagen, um sicherzugehen, dass er nichts vergessen hatte und kein Detail ihn verraten würde. Dann trat er die zwei Stufen vor der Tür hinunter auf den trockenen Waldboden. Unter seinen Schuhen knackten kleine Zweige und vertrocknetes Laub. Der einsame, von seinem ehemaligen Besitzer offenbar vergessene Bauwagen war der ideale Unterschlupf, das perfekte Versteck für ihn gewesen – ein fischreicher See in der Nähe, kein Mensch in zig Kilometern Umkreis, der den Rauch seiner Kochstelle bemerkte. Und vor allen Dingen war kein Jäger weit und breit in dieser als Naturschutzgebiet ausgewiesenen Gegend unterwegs. Trotzdem war es jetzt an der Zeit, die sichere Basis aufzugeben und zu verschwinden. Er musste zu Ende bringen, was er begonnen hatte.

Denn er hatte einen genialen Plan ersonnen. Einen Plan, von dem er wusste, dass er hundertprozentig funktionieren würde. Er würde eine Brandbombe bauen. Nicht einen einfachen Wurfbrandsatz nach Art eines Molotowcocktails, sondern etwas weitaus Gefährlicheres und Perfideres. Er grinste. Alles, was er brauchte, waren drei bis vier Liter Benzin, verteilt auf fünf bis sechs Plastikgetränkeflaschen. Einen Wecker, Batterien, Kabel und ein paar Lüsterklemmen. Es war kein komplizierter Lifehack-Schwachsinn von YouTube oder sonst wo aus dem Internet nötig. Er schüttelte angewidert den Kopf, sodass sich fettige, lange Strähnen lösten und ihm auf seine unrasierten Wangen hingen. Genervt wischte er sie weg. Ein guter alter, über einen provisorischen Zeitzünder gesteuerter Brandsatz. Der Klassiker der RAF und APO. Einfach herzustellen, aber hocheffektiv. Und in jedem Fall tödlich.

Mit großen, federnden Schritten entfernte sich Schneider immer weiter von seinem Versteck.

Keine zehn Minuten später wich das dichte Unterholz der Nadelbäume einer lichten Vegetation aus Laubbäumen, und schließlich erblickte er die Landstraße. Wahrscheinlich schon vor vielen Hundert Jahren angelegt und vor Jahrzehnten dann asphaltiert worden, von großen, sicherlich bald hundert Jahre alten Buchen gesäumt. Genau solche einsamen, fast vergessen erscheinenden Straßen waren es, die er in den nächsten ein, vielleicht zwei Tagen beschreiten würde, um in die Landeshauptstadt des nördlichsten Bundeslandes zu gelangen. Kiel war sein Ziel. Er würde Herzfeld genau dort töten, wo alles begonnen hatte. Nicht im Verborgenen – nein! Alle sollten es diesmal sehen, wie er Herzfeld ein Ende setzen würde. Einen gewaltigen Abgang würde er ihm bescheren – mit großem Knall. Dank dieser Vorstellung ging Schneider beschwingt die Landstraße entlang.

19

22. August, 10.19 Uhr
Kiel-Mettenhof. Epimetheus Institut

Alvarez zog langsam die schwarze Plastikplane des etwa zwei Meter zwanzig durchmessenden blauen Plastikbeckens zurück, dessen Inhalt das Interesse von Schmidt-Thychsen und ihren Begleitern galt. Die schwere Plane rutschte mit einem leisen, knisternden Geräusch auf den Fußboden hinter dem Becken. Der süßliche Geruch, den Herzfeld schon bei Betreten des Raums wahrgenommen hatte, wurde immer intensiver.

Schmidt-Thychsen näherte sich dem Becken und beugte ihren Oberkörper etwas vor. Fast im selben Moment schreckte die Frau mit dem blonden Pagenkopf und dem blauen Seidenkleid jäh zurück.

Inzwischen hatten Alvarez und die beiden Polizeibeamten alle Planen von den insgesamt fünf grauen und blauen Plastikbecken heruntergezogen. Der jüngere der beiden Uniformierten schwitzte zwar immer noch stark, aber sein gerötetes Gesicht war nun aschfahl. In drei der fünf Becken schwammen diverse Körperteile in einer klaren Lösung, die Herzfeld aufgrund ihres charakteristischen Geruchs als Joris erkannt hatte. Ein Konservierungsmittel, das seit vielen Jahren immer häufiger für anatomische Feuchtpräparate verwendet wurde, anstelle des stechend und unangenehm riechenden Formaldehyds, das zudem im Verdacht stand, krebsauslösend zu sein. In den übrigen beiden Becken befanden sich Trockenpräparate, die kein flüssiges Konservierungsmittel benötigten.

Einige der Feuchtpräparate aus den drei mit Konservierungslösung gefüllten Becken waren in weiße Baumwolltücher eingewickelt, andere flottierten frei ohne jegliche Bedeckung in der Flüssigkeit. Es handelte sich definitiv um menschliche Körperteile. Herzfeld erkannte diverse Arme, Beine, einen Torso – der augenscheinlich noch äußerlich intakt war –, mindestens einen weiteren Torso, der sich schon in einem weit fortgeschrittenen Stadium der Präparation befand, und mehrere Köpfe.

In den beiden Plastikbecken ohne Flüssigkeit, die etwas kleiner und flacher als die anderen waren, lagen mehrere anscheinend vollständige Skelette, zwei oder drei komplette Wirbelsäulen und diverse lange Röhrenknochen – auch allesamt menschlichen Ursprungs.

20

22. August, 13.02 Uhr
Kiel. Pkw Paul Herzfeld

Die Freisprechanlage von Herzfelds neuem Golf signalisierte mit einem ungewohnten sonoren Brummton einen eingehenden Anruf, und das Display zeigte:

Eingehender Anruf: Tomforde

Herzfeld nahm das Gespräch entgegen, und Tomforde kam ohne große Umschweife direkt zur Sache.

»Unser Mann aus dem Puff ist seit heute Vormittag identifiziert. Ein gewisser Mika Lehmkühler, hier aus Kiel. Wäre nächste Woche achtunddreißig geworden. Betrieb ein Fitnessstudio in der Holtenauer Straße.«

»Rotlichtmilieu?«, fragte Herzfeld knapp, während er über seine linke Schulter blickte und dann den Blinker setzte.

»Nein. Das dachten wir zunächst auch, aber wir können es definitiv ausschließen. Wir gehen mit an Sicherheit grenzender Wahrscheinlichkeit von einem Suizid aus.«

»Suizid?«, fragte Herzfeld erstaunt und wechselte die Fahrspur.

»Ganz genau. Trennungssituation von seiner Frau vor einem knappen Jahr. Sie hat vor vier Wochen das alleinige Sorgerecht für die beiden gemeinsamen Kinder zugesprochen bekommen. Vorausgegangen sind wohl körperliche Übergriffe gegen sie durch Lehmkühler, wenn er die Kinder in der ehemaligen gemeinsamen Wohnung besuchte. Seine Ex ist auf dem Sprung nach Spanien zu ihrem Neuen. Oder schon weg. Wird gerade gecheckt. So weit sind wir noch nicht.«

Trennungskonflikt, häusliche Gewalt, Sorgerechtsstreitigkeiten …, wiederholte Herzfeld stumm. »Und dann jagt er sich in einem Bordell in die Luft? Passt für mich nicht richtig zusammen. Ist mir ein bisschen *zu* demonstrativ. Etwas sehr drastisch, wenn Sie wissen, was ich meine, Herr Tomforde.«

»Ich weiß, worauf Sie hinauswollen, aber Sie kennen den Rest von Lehmkühlers verkorkster Vita noch nicht. Seit etwa vier Monaten ist er Stammfreier der Dame, die nur zwanzig Lenze jung ist. So zumindest ihre Version.«

»*Ihre* Version? Kennen Sie denn *seine* Version?«

»Das nicht«, erwiderte Tomforde, »was wir aber wissen, ist, dass Lehmkühlers rumänische Stammprostituierte im Dezember letzten Jahres mit einem Touristenvisum in Deutschland eingereist ist. Ich habe da so eine Vermutung, was der Hintergrund seines demonstrativen Abgangs ist, wie Sie es so schön formulierten. Es liegen mehrere Anzeigen der Dame gegen ihn vor. Er hat sie anscheinend gestalkt. Wollte sie auch privat treffen, nicht nur im Puff. Das wollte sie allerdings nicht. Damit kam er wohl nicht klar. Hat ihm anscheinend den Rest gegeben, so zumindest unsere derzeitige Arbeitshypothese.«

»Gibt es denn so etwas wie einen Abschiedsbrief?«

»Nein. Aber die Auswertung des Browserverlaufs des PCs in seinem Fitnessstudio, auf den nur er Zugriff hatte, war recht ergiebig. Und auch die von ihm besuchten Domains ergeben ein gutes Gesamtbild von dem Geschehen. Bis vor ein paar Wochen hat er noch vorrangig recherchiert, welcher Unterlagen es in Deutschland für eine Hochzeit mit rumänischen Staatsbürgern bedarf. Dann hat er in den letzten Tagen sehr intensiv zu den Stichworten ›Selbstmord‹ und ›Selbstmordmethoden‹ recherchiert und ist schließlich bei Explosiv- und Sprengstoffen hängen geblieben. Ihnen dürfte nicht unbekannt sein, dass es jede Menge Anleitungen im Internet gibt, wie man sich eine Bombe bastelt. Unsere Leute tippen auf Ammoniumnitrat als Grundsubstanz, vermischt mit Öl und Benzin. Alles frei erhältlich. Ergebnisse der KT werden für morgen erwartet. Ammoniumnitrat ist in Dünger enthalten, den Sie in jedem Baumarkt oder bei größeren Onlinehändlern bekommen. Bereiten Sie den Dünger entsprechend chemisch auf und extrahieren das Ammoniumnitrat, was Sie auch ohne Chemiestudium mühelos können, und halten Sie sich an die im Internet frei zugänglichen Anleitungen, benötigen Sie nur noch etwas, das als Zünder fungiert. Und dafür kann praktisch jeder größere Chinaböller herhalten.«

Herzfeld war zwar bewusst, dass das Internet so ziemlich für alles, was man benötigte oder wissen wollte, eine Lösung beziehungsweise Antwort parat hielt. Aber er war nach wie vor jedes Mal fassungslos, wie frei verfügbar, auch ohne Zugang ins Darknet, selbst die brisantesten, tödlichsten Informationen waren, die bei jedem Geheimdienst und Militär als geheime Verschlusssachen liefen.

»Lehmkühler hatte im Eros-Center Hausverbot, ist aber vor zwei Tagen da kurz vor halb zwei offensichtlich ungehindert reinspaziert«, fuhr Tomforde fort. »Seine Herzdame hat ihn reingelassen, aber kurze Zeit später unter einem Vorwand das Zimmer verlassen. Sie ist dann zu einer Freundin ein Stockwerk tiefer gelaufen, um den Rausschmeißer von dort aus anzurufen. Keine fünf Minuten später gab es den großen Knall. Ist so weit alles überprüft. Ich sage mal, der Fall ist abgeschlossen. Die Akte liegt seit heute Morgen bei der Staatsanwältin, die sicherlich heute oder spätestens morgen die Freigabe der Leiche … äh, ich meine der Einzelteile von Lehmkühler erteilen wird.«

»Gut, ein offener Fall weniger auf meiner To-do-Liste«, sagte Herzfeld, mehr zu sich selbst als zu Tomforde.

Für einen kurzen Moment herrschte Schweigen in der Leitung.

»Haben Sie das mit der Leichen-Akademie in Mettenhof schon gehört?«, fragte dann Tomforde unvermittelt.

»Da komme ich gerade her«, erwiderte Herzfeld.

»Und?«, wollte Tomforde wissen. »Ist da was dran? Werden dort menschliche Leichenteile aufbewahrt?«

»Jepp«, erwiderte Herzfeld, der plötzlich ein abruptes Bremsmanöver einleiten musste, da auf der Fahrspur neben ihm ein Kleintransporter ausscherte und sich direkt vor seinen VW Golf drängelte.

»Der Fall ist gerade Weber von der Dezernatsleitung übergeholfen worden. Die Staatsanwaltschaft hat ein Todesermittlungsverfahren eingeleitet, weil uns Alvarez die nötigen Genehmigungen immer noch nicht vorgelegt hat. Haben Sie ihn im Epimetheus Institut getroffen?«

»Nein. Meine Arbeit vor Ort ist erledigt. Die *Präparate,* wie ich es als völlig unbefangener Rechtsmediziner mal ausdrücken will, sind schon auf dem Weg ins Institut.«

»Dann haben Sie Weber gerade verpasst. Der Kollege ist hier vor fünfzehn Minuten los nach Mettenhof. Er wird später vielleicht noch bei Ihnen in der Rechtsmedizin aufschlagen und sich den Schlamassel ansehen. Sie machen sich doch sicher gleich ans Werk?«

»Das ist der Plan«, antwortete Herzfeld. »Sobald die Präparate eingetroffen sind, die Frau Doktor Schmidt-Thychsen aus seuchenhygienischen Gründen beschlagnahmt hat.«

»Der Staatsanwalt wird da auch noch ein Wörtchen mitreden wollen. In der Haut der Verantwortlichen des Instituts möchte ich nicht stecken«, sagte Tomforde und verabschiedete sich.

Wenige Minuten später hatte Herzfeld die Schrankenanlage zum Parkplatz vor dem Institut für Rechtsmedizin passiert und seinen Wagen in der Nähe des Nebeneinganges zum Institutsgebäude abgestellt, einem schmucklosen, braunen Backsteinbau mit symmetrischen Fensterreihen.

Als er die Treppen zum Eingang hinaufsteigen wollte, fuhren drei dunkle Bestattungsfahrzeuge vor dem Seiteneingang des Gebäudes vor, der für die Leichenanlieferung und -abholung vorgesehen war.

Herzfeld wusste nur zu genau, welche Fracht sie gerade beförderten: die Leichenteile aus dem Epimetheus Institut.

21

22. August, 13.29 Uhr
Kiel. Institut für Rechtsmedizin der Universität, Prosektur

So ein Mist. So ein verdammter Mist, das darf doch alles nicht wahr sein! Wieso ist der Serbe gestern nicht zur vereinbarten Zeit an der Leichenannahme erschienen? Lässt mich da mit den Extremitäten wie bestellt und nicht abgeholt zwei geschlagene Stunden stehen. Und jetzt das! Warum hat Doktor Alvarez mich nicht informiert, mich nicht gewarnt? Es wird mir bestimmt auf die Füße fallen, dass ich ihm Leichenteile für sein Institut beschafft habe. So ein verdammter Mist!

Der Mann in der blauen Sektionssaalkleidung wischte sich mit dem Rücken seiner rechten Hand, die wie seine linke in einem blauen Latexhandschuh steckte, über die Stirn. Da dies nicht den gewünschten Effekt hatte, hob der massige, hochgewachsene Mann den rechten Arm und tupfte sich mit dem Ärmel seines Schlupfkasacks die schweißnasse Stirn trocken, sorgfältig darauf bedacht, die Gläser seiner Brille nicht zu verschmieren.

Nichts anmerken lassen. Tief durchatmen. Nicht noch nervöser werden. Reiß dich zusammen! Ich könnte mich krankmelden … nein, zu auffällig. Ich mache hier ganz normal weiter.

Obwohl es im Eingangsbereich zur Prosektur deutlich kühler als in der Sommerhitze draußen war, lief ihm der Schweiß jetzt in Strömen herunter. Sein Gesicht fühlte sich heiß an. Er spürte, wie ihn die Panik erneut zu übermannen drohte.

Ich habe mir nichts vorzuwerfen. Ich habe kein Geld von Doktor Alvarez für die Präparate erhalten. Und überhaupt … Ist doch besser, wenn angehende Medizinstudenten daran üben und sich schon mal auf die praktische Anatomie vorbereiten können. Ansonsten würden die Arme und Beine ja eh nur mit dem übrigen Körper im Krematorium verbrannt oder in muffiger Friedhofserde mit dem Rest verrotten. Mein Gewissen ist rein … Auch wenn mich das nicht vor Strafe bewahren wird, wenn herauskommt, dass ich dem Epimetheus Institut die verdammten Gliedmaßen geliefert habe. Trotzdem … schön ruhig bleiben. Nicht auffallen. Ich muss herauskriegen, was sie zur Herkunft der Präparate wissen.

22

22. August, 14.03 Uhr
Kiel. Institut für Rechtsmedizin der Universität, Prosektur

Herzfeld verfolgte das geschäftige Treiben im Eingangsbereich der Prosektur durch die gläserne, graue Schiebetür, die die Leichenannahme vom Vorraum zum Sektionsbereich trennte.

Heinrich von Waldstamm, Annette Bartels und Lukas Radbruch, der erst vor wenigen Wochen zum Team des Instituts gestoßen war, befanden sich alle im Raum zur Leichenannahme.

Herzfeld betrachtete seine Kollegen. Der hochgewachsene von Waldstamm überragte die gedrungene, gerade mal knapp einen Meter sechzig große Sektionsassistentin Annette Bartels um mehr als zwei Köpfe. Radbruch war mit knapp einem Meter achtzig um einiges kleiner als von Waldstamm. Was sie aber einte, war die Leidenschaft für ihren Beruf. Außerdem besaßen beide offensichtlich ein Faible für überdimensionierte Brillen. Von Waldstamm trug eine klobige, altmodische Hornbrille, die aussah, als würde sie in der Familie derer zu Waldstamms von einer männlichen Generation zur nächsten weitervererbt werden. Radbruch hatte eine der modernen Nerdbrillen auf der Nase, denen Herzfeld allerdings nur wenig abgewinnen konnte. Im Gegensatz zu von Waldstamms dunkelblondem Haupthaar, das sich bereits bedrohlich weit von seinem Haaransatz auf der Stirn in Richtung Hinterhaupt zurückgezogen hatte, besaß Radbruch volles, hellblondes Haar. Annette Bartels hatte Herzfelds Anwesenheit nun hinter der Scheibe bemerkt und grüßte ihn stumm.

Herzfeld erwiderte den Gruß. Er schätzte die kompetente achtunddreißigjährige Sektionsassistentin für ihren trockenen Humor und ihre Selbstironie. Dann wandte sich Herzfeld bei seiner Betrachtung wieder der Tätigkeit der drei zu. Von Waldstamm legte die überführten Präparate auf insgesamt fünf dicht nebeneinander aufgereihte Stahlbahren. Teilweise handelte es sich dabei um Arme und Beine, die, um sie vor Austrocknung zu schützen, in feucht glänzende, weiße oder grüne Baumwolltücher eingeschlagen waren. Er wickelte die Extremitäten kurz aus, woraufhin er jedes Mal mit Annette Bartels einige Worte wechselte und die Sektionsassistentin dann jeweils kurze schriftliche Vermerke im Leicheneingangsbuch der Prosektur vornahm. Ein feucht glänzender Schweißfilm aus feinsten, dicht an dicht gedrängten Schweißperlen stand auf von Waldstamms Stirn. Hinter dem dunklen Rahmen seiner Hornbrille flackerten die Augenlider des Sektionsassistenten immer wieder nervös, während er die Präparate aus dem Epimetheus Institut aus- und dann wieder einwickelte.

Radbruch stand etwas verloren in etwa zwei Metern Abstand daneben, offenbar unschlüssig, wem von beiden er wie zur Hand gehen sollte.

Obwohl sich vor Herzfelds Augen die ganz normale Prozedur abspielte, wie immer, wenn Leichen, Leichenteile oder Knochenfunde im Institut eintrafen und zunächst, ehe sie im Sektionssaal untersucht wurden, in der Prosektur im Eingangsbuch registriert wurden, störte ihn unterschwellig etwas. Irgendetwas passte hier nicht ins Bild. Aber in dem Moment, als er versuchte, zu verstehen, was ihn an dem Gesamteindruck störte, klingelte sein Handy. Herzfeld riss sich von dem Geschehen im Eingangsbereich der Prosektur los und nahm den Anruf entgegen. Es war Professor Schwans Sekretärin, die ihm mitteilte, dass sein Chef ihn bei sich im Büro sprechen wolle.

23

22. August, 14.18 Uhr
Kiel. Institut für Rechtsmedizin der Universität

Herzfeld verließ eilig Professor Schwans Büro und lief geradewegs Annette Bartels in die Arme, die er fast umgerannt hätte.

»Entschuldigung, Frau Bartels …«

»Kein Problem, Herr Doktor Herzfeld. Ich wäre dann so weit«, sagte die Sektionsassistentin, die offenbar im Flur vor dem Vorzimmer des Direktors auf ihn gewartet hatte.

»Der Tisch ist gedeckt«, fügte sie mit einem verschmitzten Grinsen hinzu.

»Ich komme. Geben Sie mir noch ein paar Minuten, bis ich mich umgezogen habe«, sagte Herzfeld und wollte gerade an der kleinen Frau vorbeistürmen, als er kurz innehielt und mit einem Augenzwinkern nachschob: »Danke für die Tischreservierung.«

Herzfeld hatte Professor Schwan in knappen Worten von seinem Besuch im Epimetheus Institut und was sie dort vorgefunden hatten berichtet. Er war von dem alten Direktor gebeten worden, ihm am nächsten Tag, wenn die Untersuchung der Leichenteile abgeschlossen war und weitere Ermittlungsergebnisse vonseiten der Kriminalpolizei vorlagen, erneut umfassend Bericht zu erstatten.

Während Herzfeld auf die Umkleide vor dem Sektionssaal zusteuerte, überkam ihn erneut das merkwürdige Gefühl, das ihn schon vorhin im Vorraum zum Sektionsbereich beschlichen hatte, als er von Waldstamm, Annette Bartels und Lukas Radbruch beobachtet hatte. Er beschloss aber, es vorerst zu ignorieren und sich auf die vor ihm liegende Aufgabe zu konzentrieren.

Knappe zwei Stunden später hatte Herzfeld bereits die Präparate auf den ersten drei der insgesamt fünf Bahren mit Unterstützung von Annette Bartels in Augenschein genommen und untersucht. Handelte es sich dabei um mazerierte Knochen, hatte er mithilfe eines Feder-Greifzirkels Aussagen zu Geschlecht, Statur und Körperlänge der Betroffenen machen können. Dieser Zirkel fand ursprünglich in der Anthropologie seine Verwendung, um die Abstände zwischen Knochenvorsprüngen und knöchernen Erhebungen auszumessen, an denen die Sehnen von Muskeln üblicherweise ansetzten.

Bei den drei vollständigen Skeletten handelte es sich offensichtlich um ältere anatomische Sammlungsstücke, wie Herzfeld aus den filigranen und hochwertig gefertigten Scharnier-, Schraub- sowie Drahtverbindungen schloss, die die einzelnen Skelettbestandteile zusammenhielten und teils aus Kupfer waren. Drei komplette Wirbelsäulen, die wie alle anderen Knochen und die Skelette auch vollständig mazeriert waren, komplettierten die Trockenpräparate aus dem Epimetheus Institut.

Dann hatte sich Herzfeld den beiden Torsi aus den Plastikbecken mit den Feuchtpräparaten zugewandt und diese ebenfalls akribisch untersucht. Die Befunde hatte er ebenso detailliert in sein Diktafon protokolliert.

Herzfeld spulte das Aufnahmeband ein gutes Stück zurück und hörte sich zur Überprüfung die letzten Minuten seines Diktats noch einmal an.

»Torso samt Kopf eines männlichen Individuums, geschätztes Alter fünfundsiebzig bis fünfundachtzig Jahre, vermutlich asiatischer Ethnie. Die Extremitäten allesamt abgetrennt. Zeichen einer Fixierung mit Konservierungslösung, wie sie in der Anatomie gebräuchlich ist. Brust- und Bauchhöhle bereits eröffnet, sodass die inneren Organe frei liegen. Diverse, avital imponierende, fotografisch dokumentierte Gewebsdurchtrennungen am Brustkorb links und rechts im Verlauf der vorderen Axillarlinie. Als Todesursache ließ sich eine beidseitige Lungenarterienembolie feststellen, die noch durch mikroskopische Untersuchungen bestätigt und hinsichtlich ihres Alters beziehungsweise der Überlebenszeit untersucht werden muss. Weiterführende toxikologische Untersuchungen erscheinen aufgrund der vorangegangenen Fixierung des Leichnams nicht zielführend.

Zudem ein weiterer männlicher Torso, ohne Kopf, offensichtlich Individuum ursprünglich dunkler Hautfarbe. Auch dieser Torso in Konservierungslösung fixiert. Brust- und Bauchhöhle eröffnet, die Brustorgane vollständig, die Bauchorgane teilweise entfernt. Aufgrund des Vorhandenseins einer Prostata im kleinen Becken handelt es sich um ein männliches Individuum. In der Vorsteherdrüse fanden sich Seeds, radioaktive Implantate von wenigen Millimetern Durchmesser, die einen Tumor von innen her durch radioaktive Strahlung, die sie abgeben, schädigen. Dieser Befund kann gegebenenfalls für die spätere Identifizierung herangezogen werden. Ein Prostatakarzinom konnte grobsichtig nicht diagnostiziert werden, weitergehende Erkenntnisse sind dem Ergebnis der mikroskopischen Untersuchungen vorbehalten. Eine Todesursache lässt sich hier nicht feststellen. Toxikologische Untersuchungen erscheinen auch in diesem Fall nicht zielführend.«

Herzfeld nickte zufrieden und legte das Diktafon auf eines der Sideboards.

»Kaffee?«, hörte er Annette Bartels neben sich fragen.

»Gern, einen Kaffee kann ich jetzt wirklich gut gebrauchen«, erwiderte Herzfeld.

»Kurze Pause?«

»Ich würde sagen, ja, wir sind nicht in Eile. Zwei, maximal zweieinhalb Stunden noch, und wir sind durch«, antwortete er.

»Ich setze einen Kaffee bei uns im Aufenthaltsraum auf«, sagte Annette Bartels, entledigte sich ihrer blauen Plastikhandschuhe, warf sie in einen der zahlreichen Mülleimer und verließ, nachdem sie sich die Hände an einem der Handwaschbecken gewaschen hatte, den Saal.

»Ich komme gleich nach!«, rief Herzfeld ihr hinterher, was die Sektionsassistentin, ohne sich zu Herzfeld umzudrehen, mit ihrem über den Kopf erhobenen rechten Daumen kommentierte.

Herzfeld streckte sich und machte einige Dehnübungen mit seinen Armen nach hinten und zur Seite, um die schmerzhaften Verspannungen der Muskulatur seiner Schulterblätter zu lösen. Auch seine Nackenmuskulatur war bretthart. Beides eine Folge der fast zweistündigen, fast durchgehend vornübergebeugten Position in völliger Konzentration.

Als sich sein Nacken nicht mehr so anfühlte, als würde darauf ein Zwei-Zentner-Koloss sitzen, und die konzentrierte Anspannung langsam aus seinem Kopf wich, war er wieder im Hier und Jetzt des Sektionssaales.

Auf dem Nebentisch obduzierten Doktor Andreas Fleischer und Heike Westphal die Überreste eines jungen Mannes, der – wie Fleischer es ausgedrückt hatte – den Kontakt zu einer Straßenbahn bewusst gesucht und auch gefunden hatte. Der Zweiundzwanzigjährige hatte somit seinem verheißungsvollen Start in sein Jurastudium an der Rechtswissenschaftlichen Fakultät der Kieler Universität schon nach zwei Semestern ein jähes Ende gesetzt. Der junge Student war nie wieder klar im Kopf geworden, wie Fleischer es formuliert hatte, nachdem er auf einer Thailandreise in den Semesterferien Pilze mit psychotropen Inhaltsstoffen, gemeinhin bekannt als *Magic Mushrooms,* konsumiert hatte. So lautete denn auch die Diagnose seines Psychiaters: optische und akustische Halluzinationen. Unter dem Eindruck extrem bedrohlicher, geradezu apokalyptischer Ereignisse, die sich allerdings nur in seinem Kopf abgespielt hatten, war er in völliger Erregung vor eine Straßenbahn gelaufen. Auch wenn an dieser Tatsache kein Zweifel bestand, stand nun die Frage im Raum, ob es sich um einen Suizid oder einen Unfall handelte. Und ob der junge Mann aufgrund akuter Eigengefährdung von seinem Psychiater nicht hätte stationär eingewiesen oder aus psychiatrischer Indikation sogar in einer entsprechenden Einrichtung zwangsuntergebracht werden müssen – anstatt ihn ambulant zu behandeln. Außerdem stellte sich die Frage nach einer fehlerhaften Medikation mit für seinen Zustand ungeeigneten Psychopharmaka. So zumindest fasste Fleischer den Inhalt der Ermittlungsakte Herzfeld gegenüber zusammen, der sich interessiert zu seinen beiden Kollegen an den Tisch gestellt hatte.

Herzfeld wusste, dass dieser Fall nicht mit dem Ergebnis der Obduktion und der nachfolgenden toxikologischen Untersuchungen abgeschlossen sein würde. Sehr wahrscheinlich würden sich mehrere psychiatrische Fachgutachten daran anschließen. Und sollte es zur Anklage und Verhandlung gegen den verantwortlichen Psychiater kommen, wäre ein möglicherweise jahrelanger Rechtsstreit mit Gegengutachten der verschiedenen Parteien nicht unwahrscheinlich. Insofern beneidete er seine Kollegin Heike Westphal nicht. Sie würde nach Fleischers Pensionierung in wenigen Monaten für diesen Fall allein verantwortlich sein. Herzfeld war insgeheim nicht unglücklich darüber, mit dem auf den ersten Blick doch recht unkomplizierten Fall der Präparate aus dem Epimetheus Institut betraut zu sein.

Wie sich im Nachhinein allerdings herausstellte, war dies jedoch eine katastrophale Fehleinschätzung.

24

22. August, 16.32 Uhr
Kiel. Institut für Rechtsmedizin der Universität, Sektionssaal

Etwa zwanzig Minuten später waren Herzfeld und Annette Bartels zurück im Sektionssaal und nahmen sich die Präparate auf den noch verbliebenen beiden Bahren vor. Es handelte sich dabei um jeweils vier Arme und vier Beine, eingeschlagen in weiße oder grüne Baumwolltücher, also insgesamt acht Feuchtpräparate. Feuchtpräparate bedeutete im Gegensatz zu den von Herzfeld zuvor untersuchten Trockenpräparaten, dass diese in Konservierungsflüssigkeit aufbewahrt werden mussten, um Verwesung und Schimmelpilzbefall zu verhindern. Das war das übliche Vorgehen mit sämtlichen anatomischen Präparaten im Medizinstudium, die jeweils vor und nach ihrer Verwendung im anatomischen Präparierkurs so gelagert wurden und immer nur zu Demonstrations- und Übungszwecken aus den großen Behältern, in denen sie in Konservierungslösung lagerten, herausgenommen wurden.

Herzfeld und Bartels schälten regelrecht eine Extremität nach der anderen aus den klebrig an der Haut der Arme und Beine haftenden, mit der süßlich riechenden Konservierungslösung vollgesogenen Tüchern und tupften sie mit blau-grau-weiß karierten Stoffhandtüchern trocken, die im Sektionssaal für solche Zwecke Verwendung fanden und Außenstehende unweigerlich an Geschirrhandtücher erinnerten.

Annette Bartels und ich könnten etwas Unterstützung gebrauchen, dachte Herzfeld. *Von Waldstamm … Wo ist der eigentlich? Er könnte Frau Bartels zur Hand gehen, dann wären wir schneller durch, und die Gute könnte bald Feierabend machen …*

Von Waldstamm hatte sich, nachdem er dabei geholfen hatte, die eingelieferten Leichenteile und Knochen aus dem Epimetheus Institut in der Prosektur aufzunehmen, nicht ein einziges Mal im Sektionssaal blicken lassen – was sehr ungewöhnlich für den fachlich interessierten und immer außergewöhnlich engagierten Sektionsassistenten war. Herzfeld sah auf die Uhr, die an der gegenüberliegenden Wand hing. Von Waldstamm war seit fast drei Stunden wie vom Erdboden verschwunden.

25

22. August, 16.40 Uhr
Kiel. Institut für Rechtsmedizin der Universität, Abstellkammer

Es dauerte nicht lange, bis Doktor Alessio Alvarez am anderen Ende der Leitung das Gespräch mit einem kurzen »Ja, bitte?« entgegennahm.

»Ich bin es. Sie wissen schon … ich soll ja keine Namen am Telefon nennen. Haben Sie gesagt.«

»Warum rufst du mich schon wieder auf dem Handy an?«, fragte Alvarez mit seiner tiefen Bassstimme ungehalten.

»Das … das ist ein Notfall«, stammelte der Anrufer.

»Ich habe jetzt keine Zeit!«

»Nein! Bitte. Nur ganz kurz. Hören Sie mich an. Nur zwei Minuten. Bitte, es ist wichtig!«

»Okay, zwei Minuten, nicht mehr. Was willst du?«

»Der Serbe ist gestern Nacht nicht gekommen, und ich weiß nicht, was passiert ist. Und heute sind dann die Leichenteile, die ich Ihnen das letzte Mal geliefert habe, bei uns in der Rechtsmedizin eingetroffen. Was ist passiert? Warum warnen Sie mich nicht? O mein Gott, ich werde meinen Job verlieren, ich …« Seine Stimme versagte, nur mit Mühe konnte er seine Panik in der dunklen, engen Kammer, die nach scharfen Putzmitteln roch, unterdrücken.

»Keine Details am Telefon!«, brüllte Alvarez.

»Aber … Sie müssen mir helfen! Ich habe schließlich das Risiko auf mich genommen. Wenn das, was ich getan habe, rauskommt, verliere ich meinen Job, das wissen Sie. Aber ich will meinen Job nicht verlieren, er bedeutet mir alles!«

»Beruhige dich. Es wird nichts herauskommen, wenn du dich genau an den Plan gehalten hast.«

»Das habe ich.«

»Du hast mit niemandem darüber gesprochen, was du getan hast, richtig?«

»Richtig.«

»Keiner weiß, dass wir in Kontakt stehen, richtig?«

»Richtig. Ich …«

»Reiß dich verdammt noch mal zusammen und ruf mich auf keinen Fall wieder an. *Ich* melde mich bei dir, verstanden?«

»Aber wenn mein Chef herausfindet, dass …« Doch bevor er den Satz beenden konnte, wurde er jäh unterbrochen.

»Die zwei Minuten sind um«, sagte Alvarez und legte auf.

26

22. August, 16.44 Uhr
Landstraße, südwestlich von Lebrade

Keiner der Pkw-Fahrer auf der holperigen Landstraße nahm Notiz von ihm. So abgerissen, wie er aussah, in dem völlig verschlissenen Hemd und den vor Dreck starrenden Hosen und mit der großen Reisetasche über der rechten Schulter. Zu viele aus Polen oder aus anderen Teilen Osteuropas stammende Landarbeiter waren hier in der Erntesaison unterwegs.

Seine weißblonden Haare waren in den letzten Monaten gewachsen und fielen ihm mittlerweile tief in Stirn und Nacken. Zu Beginn seiner Flucht hatte er überlegt, sich die Haare zu färben. Diesen Gedanken hatte er jedoch schnell wieder verworfen. Mit seiner fast dreißigjährigen Berufserfahrung als Rechtsmediziner wusste er nur zu gut, dass das Auffällige manchmal am unauffälligsten war und man die Menschen auf viel einfachere Weise täuschen konnte. Bereits im Studium war ihm das klar geworden, als er die tumben Idioten von der Burschenschaft ertragen hatte. Oder seinen alten Verbindungsbruder Erwin Bohse, dem er jahrzehntelang echte Freundschaft vorgegaukelt hatte.

Bohse, dieser Schaumschläger und Dünnbrettbohrer. War klar, dass der in die Politik geht. Was hätte er auch sonst machen sollen mit seinem begrenzten IQ? Zum Staatssekretär hat es gereicht. Aber am Ende habe ich ihn doch nur benutzt. Hat mir den Weg geebnet. Wie Schwan auch. Der alte Trottel hat mir doch tatsächlich den roten Teppich ausgerollt. Mich regel-

recht bedrängt, sein Nachfolger am Kieler Institut zu werden. Alles lief perfekt – bis dieser Herzfeld mir auf die Schliche kam!

In etwa dreißig Metern Entfernung erblickte Schneider das Ortsschild von Lebrade, etwa fünfzig Meter dahinter die Anzeigetafeln einer freien Tankstelle. Dies würde sein erster Kontakt mit der Zivilisation seit vielen Wochen sein. Er musste vorsichtig sein. *Will mich an der Tankstelle ein bisschen umsehen … Vielleicht komme ich dort an Geld. Oder an einen altmodischen, batteriebetriebenen Wecker mit analoger Ziffernblattanzeige und Weckfunktion. Die Augen offen halten nach Werkstattmüll oder einer alten, nicht verschlossenen Schrottkarre, aus der ich mir ein paar zweiadrige Elektrokabel abzwacken kann …*

27

22. August, 17.20 Uhr
Kiel. Institut für Rechtsmedizin der Universität, Sektionssaal

Herzfeld hatte sich mittlerweile einen Überblick über die ersten sieben der insgesamt acht Extremitäten verschafft. Sie stammten augenscheinlich alle von männlichen Individuen, wie der Rechtsmediziner anhand der Behaarung von Unterarmen und Unterschenkeln, der Beinmuskulatur, dem Umfang der Handgelenke und der Größe der Hände vermutete. Die Bestätigung hierfür würde die DNA-Untersuchung liefern, die zudem zwingend erforderlich war, um festzustellen, ob es sich um Arme und Beine von zwei oder bis zu acht verschiedenen Individuen handelte. Eventuell würde es sogar einen oder mehrere Treffer in der DNA-Datenbank betreffend vermisst gemeldeter oder mit schweren Straftaten in Erscheinung getretener Personen geben, hoffte Herzfeld.

Zum Alter der Gliedmaßen würde er sich zunächst noch nicht festlegen. Zu ausgeprägt war die Fixierung der Extremitäten durch die Konservierungslösung, als dass Hautfalten, Altersflecken an den Händen oder die Farbe der Körperbehaarung noch hinlänglich zu beurteilen gewesen wären.

Was Herzfeld jedoch mit Sicherheit sagen konnte und in seinem Gutachten auch explizit so festhalten würde: Alle bisher von ihm untersuchten Extremitäten waren professionell vom Körper abgetrennt worden. Das brachte Herzfeld zu der sicheren Annahme, dass der oder die Täter zweifelsohne über sehr gute anatomische Kenntnisse verfügten. Was wiederum dafürsprach, dass der- oder diejenige beruflich in der Medizin oder dem Fleischerhandwerk tätig war oder zumindest eine starke Affinität zu einer der beiden oder zu beiden Berufsgruppen hatte. Die entscheidende Frage, ob eine postmortale Leichenzerstückelung vorlag oder die Gliedmaßen ihrem Besitzer bei lebendigem Leibe abgetrennt worden waren, hatte Herzfeld für sich dahin gehend beantwortet, dass er sicher davon ausging, dass zum Zeitpunkt der Abtrennung der Gliedmaßen keine Kreislauftätigkeit mehr bestanden hatte, da die Wundränder beziehungsweise alle Abtrennungsstellen völlig avital erschienen. Eine eventuelle Blutung wäre von der Konservierungslösung ebenfalls fixiert und somit immer noch gut erkennbar gewesen.

Schließlich hatte er das letzte Untersuchungsstück aus dem Epimetheus Institut vor sich. Der rechte Arm lag mit der Innenseite und der Handfläche nach oben auf der Metallbahre vor ihm. Als er die Extremität zu sich heranzog und dabei leicht drehte, fiel sein Blick auf die Außenseite des Oberarms, und ihm sprang sofort ein mit schwarzer Farbe gestochenes Tattoo ins Auge – eine Schwarze Sonne.

Das ist es, was mir auffiel, als ich von Waldstamm, Bartels und Radbruch vorhin in der Prosektur zugeschaut habe, während die Präparate registriert wurden, ging es Herzfeld durch den Kopf. Schon zu diesem Zeitpunkt war ihm, allerdings unbewusst, die Schwarze Sonne aufgefallen. Die kreisrunde, etwa acht Zentimeter durchmessende Tätowierung erinnerte an ein Rad mit einem äußeren Ring und einem deutlich kleineren Ring rings um das Zentrum, das von einem mit schwarzer Farbe vollständig ausgefüllten Kreis gebildet wurde. Vom äußeren Ring liefen insgesamt zwölf spiegelverkehrt angeordnete Siegrunen – das Symbol, das im Nationalsozialismus von der Schutzstaffel für ihre Abkürzung SS verwendet worden war – ins Zentrum, wo sie sich trafen. In der über dem Bizeps straff gespannten Haut gab es zwei weißlich gräuliche Hautnarben von jeweils etwa zehn Zentimetern Länge, die an der Innenseite des Oberarms begannen und sich dann an der Außenseite unter der Schwarzen Sonne verloren.

Herzfeld verspürte ein Kribbeln im Nacken. Er wusste, dass er exakt dieses Tattoo und diese Narben schon einmal gesehen hatte. Nein, nicht nur gesehen. Vielmehr hatte er den vormaligen Besitzer dieses Armes vor einiger Zeit eigenhändig obduziert. Es gab keinen Zweifel.

28

22. August, 17.20 Uhr
Schrottplatz in der Nähe von Lebrade

Volker Schneider konnte sein Glück kaum fassen. Unzählige zerbeulte und verrostete, ausgeschlachtete Autowracks – allesamt älteren Baujahrs – standen auf einem verlassen wirkenden Freigelände direkt hinter der Tankstelle. *Ein Auto-Schrottplatz! Es würde mich schon sehr wundern, wenn ich hier nicht Kabel und Lüsterklemmen auftreibe …*

Nachdem sich Schneider vergewissert hatte, dass niemand in der Nähe war und der graue Container mit dem Firmenschild »Tareks Gebrauchtwarenhandel – alle Kfz, alle Marken« verlassen wirkte, ging er mit schnellen Schritten vom Tankstellengelände und an dem etwa zwei Meter hohen Zaun entlang, der zu seiner Erleichterung oben nicht mit Stacheldraht oder NATO-Draht abschloss. Als er das riesige Freigelände etwa zur Hälfte umrundet hatte und sich außerhalb der Sicht von Tankstelle und Landstraße befand, ließ er die Reisetasche neben sich auf den sandigen, von Unkraut überwucherten Boden fallen und hob einen etwa unterarmlangen Stock auf. Erneut kontrollierte Schneider seine Umgebung. Er stellte zufrieden fest, dass er immer noch allein war. Dann schlug er kräftig mit dem Knüppel gegen den Zaun, der bei jedem Treffer laut metallisch schepperte. Immer und immer wieder. Nach etwa zwölf bis fünfzehn solcher Schläge ließ Schneider den Stock fallen und wartete.

Aber nichts passierte.

Einen verdammten Köter gibt es auf dem Gelände schon mal nicht, so viel ist sicher. Er wischte sich seine Haare aus der schweißnassen Stirn. Dann trat er einige Meter von dem Zaun zurück, nahm Anlauf und schwang sich darüber.

29

22. August, 18.33 Uhr
Kiel. Institut für Rechtsmedizin der Universität,
Büro Paul Herzfeld

Natürlich hatte Herzfeld in den sieben Jahren, in denen er mittlerweile als Rechtsmediziner tätig war, Tausende von Tattoos gesehen.

Die Skala reichte von laienhaften, selbst gestochenen Tätowierungen in verblichenem Blaugrün bis hin zu formvollendeten, mehrfarbigen Abbildungen, deren Erschaffung viele Stunden und Sitzungen in Anspruch genommen hatte und die regelrechte Kunstwerke darstellten.

Er hatte während seiner Facharztausbildung zum Rechtsmediziner in Hamburg – wo das Team des rechtsmedizinischen Instituts um die tausend Tote pro Jahr obduzierte und ein Vielfaches davon noch einmal bei Leichenschauen in diversen Krematorien sah – jeden neuen wie alten Tattoo-Trend kennengelernt: Old-School-Tattoos, Arschgeweihe, Tribals, Knast-Tätowierungen oder Under-Boob-Tattoos, auch als Brust-Gardinen bezeichnet. Aber nur wenige Tattoos waren ihm in Erinnerung geblieben: entweder wegen ihrer speziellen Lokalisation – weil zum Beispiel eine Brustwarze in ein mehr oder minder kunstvolles Tier-Tattoo integriert war und so dem Tattoo etwas Dreidimensionales gab, da sie die Nase oder den Schwanz des dargestellten Tieres repräsentierte – oder aufgrund des außergewöhnlichen Motivs. Die Schwarze Sonne war eines davon. Ein charakteristisches Nazi-Motiv, ein Tattoo mit hohem Wiedererkennungswert, das allerdings selbst in der rechtsextremen Szene oder bei Neonazis als Tätowierung echten Seltenheitswert hatte. Zumindest, soweit Herzfeld das aus seiner Tattoo-Erfahrung mit Toten beurteilen konnte.

Er saß an seinem Schreibtisch und klickte sich mit der Computermaus durch das digitale Sektionsarchiv des Kieler Instituts. Bei seiner Suche beschränkte er sich auf Männer unter fünfzig Jahren, die er als erster Obduzent untersucht hatte, denn er erinnerte sich dunkel an den Fall.

Schon nach wenigen Minuten wurde er fündig.

Bingo! Habe ich es doch gewusst!

Herzfeld rief die Fotos zu dem Sektionsfall von Leif Steiger auf, einem dreiunddreißig Jahre alt gewordenen Mitglied einer norddeutschen Rockergruppe. Der Mann war im Oktober des vorangegangenen Jahres bei einem Schusswechsel vor einer Flensburger Diskothek getötet worden – Hintergrund waren damals laut Presseberichten wohl Differenzen in der Türsteherszene. Herzfeld scrollte sich durch die Fotos, die während der Obduktion gemacht worden waren, bis er zu einem Bild kam, das die rechte Schulterseite und Oberarmpartie von Leif Steiger auf dem Sektionstisch zeigte.

Kein Zweifel. Dasselbe Tattoo am rechten Oberarm. Und dieselben Narben.

Bei dem Arm, der im Epimetheus Institut als anatomisches Präparat für Medizinstudenten hergehalten hatte, handelte es sich um den Arm eines Mordopfers, dessen Leichnam staatsanwaltlich beschlagnahmt und dann hier von ihm, Herzfeld, gerichtlich obduziert worden war.

Er sah sich die Unterlagen zum Todesfall Steiger aus dem Institutsarchiv genauer an. Der Leichnam war am dreizehnten Oktober des Vorjahres von der Staatsanwaltschaft freigegeben und anschließend von einem Bestatter zur Einäscherung im Krematorium in Flensburg aus der Kieler Rechtsmedizin abgeholt worden.

Der Leichnam sollte längst eingeäschert sein. Es dürfte überhaupt nichts mehr von ihm da sein, dachte Herzfeld. *Ich muss morgen früh mit Schwan sprechen und ihn über diese Vorkommnisse in Kenntnis setzen.*

Herzfeld lehnte sich in seinem Schreibtischstuhl zurück und atmete seufzend aus. *Irgendetwas stinkt hier gewaltig! Da steckt mehr dahinter. Nur was?*

In diesem Moment meldete sich sein Magen und erinnerte ihn mit einem lauten Knurren und einem fast schon schmerzenden Gefühl gähnender Leere, dass er seit dem frühen Morgen nur eine Banane gegessen hatte.

Er erhob sich und wollte gerade das Büro verlassen, als ihm ein weiterer Gedanke durch den Kopf schoss. Er kehrte an seinen Schreibtisch zurück und ruckelte kurz an der Maus auf der Schreibtischplatte. Augenblicklich erwachte sein Computerbildschirm wieder zum Leben. Herzfeld rief erneut das Sektionsprotokoll von Leif Steiger auf.

Beim Blick auf den Bildschirm verengten sich seine Augen zu Schlitzen. Der Sektionsassistent im damaligen Fall war Heinrich von Waldstamm gewesen. Aber das war nicht die einzige interessante Information. Professor Volker Schneider hatte im Todesfall Leif Steiger als Herzfelds gesetzlich vorgeschriebener zweiter Obduzent fungiert!

30

22. August, 18.59 Uhr
Kiel. Pkw Paul Herzfeld

»Paule, du alter Strohwitwer!«, erklang die fröhliche Stimme von Lars Schirmherr über die Freisprechanlage von Herzfelds Auto.

Lars Schirmherr, leitender Redakteur bei den *Kieler Nachrichten* und der jüngere Bruder von Petra. Aber sicher wollte der Neunundzwanzigjährige, der sein Jurastudium vor ein paar Jahren abgebrochen und sich daraufhin sehr erfolgreich dem Journalismus verschrieben hatte, sich nicht mit Herzfeld über Familiengeschichten austauschen. Lars versuchte regelmäßig, Herzfeld Interna zu aufsehenerregenden schleswig-holsteinischen Kriminalfällen zu entlocken, in der Hoffnung, mit neuen, bisher unveröffentlichten Details aufwarten zu können. Insofern ahnte Herzfeld, was gleich kommen würde.

»Was sagt dir Epimetheus, liebster Schwager?«, begann der Journalist auch prompt ganz unverfänglich.

Ich wusste es, dachte Herzfeld.

»Lass mich überlegen, Lars …« Herzfeld legte eine Kunstpause ein, ehe er weitersprach. »Epimetheus ist eine Figur aus der griechischen Mythologie. Er ist aber lange nicht so spannend wie Pandora, seine Frau. Pandora war es, die alles Übel und die Plagen über die Welt brachte, als sie ihre kleine Büchse öffnete. Hannah hat ein Buch mit den schönsten Sagen der griechischen Mythologie. Es waren übrigens deine Eltern, die ihr das zum letzten Geburtstag geschenkt haben.

Ist zwar für Kinder, aber ich kann es dir gern mal ausleihen, wenn du Interesse hast …«

»Haha, sehr witzig«, klang es beleidigt aus der Freisprechanlage. »Du weißt genau, was ich mit Epimetheus meine, das Institut in Mettenhof, dem das Gesundheitsamt heute einen Besuch abgestattet hat. Meine Quellen sagen mir, dass dort illegal Leichenteile aufbewahrt wurden. Und es heißt auch, dass sich die Leichenteile mittlerweile in der Kieler Rechtsmedizin befinden.«

»Du weißt doch, Lars, dass ich dir zu laufenden Ermittlungsverfahren nichts sagen kann. Wende dich an die Pressestelle der Kieler Staatsanwaltschaft. Die hat ein Todesermittlungsverfahren eingeleitet und …«

»PAUL!«

»Nichts *Paul,* Lars. Wir sehen uns sicherlich bald mal wieder. Und dann reden wir – privat. Ich muss jetzt Schluss machen«, sagte Herzfeld und beendete das Gespräch so abrupt, dass sein zukünftiger Schwager nicht einmal mehr dazu kam, zu widersprechen.

Die Informationen, über die Herzfeld verfügte, durften zum jetzigen Zeitpunkt definitiv nicht an die Presse gelangen. Er hatte beschlossen, sich zunächst einmal ein genaueres Bild von dem zu machen, was im Epimetheus Institut ablief. Und wie er damit umgehen würde, dass sich der rechte Arm von Leif Steiger schon früher einmal in der Kieler Rechtsmedizin befunden beziehungsweise seinen beruflichen Weg gekreuzt hatte.

31

22. August, 19.45 Uhr
Kiel. Wohnung Paul Herzfeld

Herzfeld öffnete die Wohnungstür und nahm, wie jedes Mal, wenn er sein neues Zuhause betrat, den Geruch von neuen Möbeln und Teppichen wahr. Seit ihrem spontanen Umzug aus der alten Wohnung, in der Petra damals von seinem wahnsinnigen Vorgesetzten Schneider entführt worden war, waren nur wenige Wochen vergangen. Nachdem sich Petra auch lange nach den schrecklichen Ereignissen in den eigenen vier Wänden nicht mehr wohlgefühlt hatte, sich ständig an die grausame Tat erinnert fühlte und ihre Beziehung immer bedrohlicher kriselte, hatten sie sich für einen Neustart in beiderlei Hinsicht entschieden. Durch Zufall hatte Petra über eine Arbeitskollegin von einer Erdgeschoss-Altbauwohnung mit kleinem Garten erfahren. Die großzügige Dreizimmerwohnung lag zudem in einem der ruhigeren Viertel von Kiel.

Hannah hatte sich sofort in den kleinen Garten verliebt. Herzfeld hatte ihr zwischen zwei alten Obstbäumen eine Holzschaukel montiert, auf der seine Tochter gefühlt Stunden verbrachte.

Er zog seine Schuhe aus und schob sie achtlos zur Seite. Sein Magen knurrte erneut. Er betrat die helle Wohnküche, deren Fenster Richtung Garten gingen, stellte die Pizzaschachtel mit einer köstlich duftenden Frutti Di Mare auf der Arbeitsplatte ab und suchte in der obersten Schublade nach dem Pizza-Roller – ein Geschenk von einem Doktoranden, mit dem er mehrere Jahre lang in unregelmäßigen Abständen dessen Forschungsergebnisse in einer Pizzeria in Hamburg-Eimsbüttel diskutiert hatte. Herzfeld schnitt die Pizza in acht annähernd gleich große Stücke und goss sich ein Glas Rotwein ein, einen Edizione Farnese. Dann setzte er sich mit seinem Abendbrot und seinem Laptop an den Küchentisch.

Wirklich professionell gemacht. Die Webseite des Epimetheus Instituts war ansprechend gestaltet, wie Herzfeld fand. Auf der Homepage fanden sich schlaglichtartige Sätze wie

Die ideale Vorbereitung auf das
Medizinstudium mit unserem Vorsemester Medizin
Mit Medizin-Profis zum erfolgreichen Studium

oder

Wir vermitteln alle wichtigen Grundlagen
für angehende Medizinstudenten

Angesprochen wurden einerseits Abiturienten, deren Notendurchschnitt nicht für einen Medizinstudienplatz ausreichte, die aber den sehnlichen Wunsch hegten, Mediziner zu werden – vielleicht waren es aber eher die finanzkräftigen Eltern, die hinter diesem Wunsch standen und hier angesprochen werden sollten.

Herzfeld scrollte weiter nach unten, dort hieß es:

Bewerber ohne Einser-Abitur müssen
in Deutschland zurzeit bis zu sieben Jahre
auf ihren Studienplatz in Medizin warten.
Es gibt jedoch eine Möglichkeit,
die Wartezeit zu verkürzen.

Er las weiter:

Erfolg durch Vorsemester Medizin:
75 Prozent der Teilnehmer
erhalten Medizinstudienplatz

Es gibt für angehende Medizinstudenten jetzt die Möglichkeit, durch das Vorsemester Medizin am Epimetheus Institut die Wartezeit sinnvoll zu nutzen und deutlich schneller an einen der begehrten Medizinstudienplätze zu gelangen. Unser Vorsemester Medizin bereitet gezielt auf das Studium und die Auswahltests der Universitäten vor. Neben den für das Physikum wichtigen Grundfächern Chemie, Physik und Biologie lernen die Studierenden bei uns auch Anatomie und Physiologie.
Höhepunkt des Vorsemesters Medizin ist unser anatomisches Praktikum, mit der Möglichkeit für unsere Studierenden, an Leichenteilen Sektionsübungen durchzuführen, die sie hervorragend auf den anatomischen Präparierkurs im Studium vorbereiten.
Durch das abgerundete Gesamtkonzept unseres Vorsemesters Medizin können unsere Studierenden überprüfen, ob der Arztberuf das Richtige für sie ist. 75 Prozent der Teilnehmer des letzten Jahres haben ihren Wunschstudienplatz erhalten. Diese Quote spricht für sich.

Die Bezeichnung »Studierende« für die Kursteilnehmer ist ja schon mal interessant, um nicht zu sagen etwas hoch gegriffen, da sie ja noch an gar keiner Universität immatrikuliert sind, dachte Herzfeld. Und woraus die fünfundsiebzigprozentige Erfolgsaussicht, im Folgejahr einen Medizinstudienplatz zu erhalten, resultieren sollte, erschloss sich ihm genauso wenig wie die Beantwortung der Frage, wie ein Vorsemester Medizin bei einem privaten Anbieter die Wartezeit auf einen Medizinstudienplatz an einer regulären Universität überhaupt verkürzen sollte. Das war nicht Gegenstand der Ausführungen auf der Homepage des Epimetheus Instituts.

Was kostet der Spaß eigentlich?

Herzfeld scrollte auf der Homepage zu einem Reiter mit dem Titel »Kosten«. Als er sich dorthin geklickt und ein PDF mit der Preisliste geöffnet hatte, entfuhr ihm ein leiser Pfiff. Für den Vorsemesterkurs Medizin mit wöchentlich zwanzig Unterrichtsstunden wurden für einen Zeitraum von drei Monaten fünftausendfünfhundert Euro berechnet. Die Zielgruppe waren definitiv Söhne und Töchter aus betuchten Familien, deren Eltern weniger aufs Geld achteten als vielmehr auf die guten Karriereaussichten ihrer Sprösslinge. Zudem wurden

Schnuppertage mit Besuch unserer anatomischen
Präparate-Sammlung und Teilnahme an Sektionsübungen

für einen Tagessatz von zweihundertfünfzig Euro angeboten. *Da kommt schnell ein beträchtliches Sümmchen im Jahr zusammen,* rechnete Herzfeld im Kopf.

Er ging zurück auf die Homepage und blieb an einem mit »Geschäftsführung« bezeichneten Reiter hängen, den er anklickte.

Doktor Alessio Alvarez. *Komisch, es steht hinter seinem Doktortitel gar nicht, in welcher Fachrichtung er promoviert hat. Wenn er Mediziner wäre, hätte er bestimmt den med.-Zusatz vermerkt,* dachte Herzfeld. *Per Gesetz sind alle approbierten Ärzte Pflichtmitglieder der Ärztekammer des*

Bundeslandes, in dem sie ihren Beruf ausüben, überlegte er weiter und rief auf dem Bildschirm des Laptops die Homepage der Kieler Ärztekammer auf. Dann loggte er sich mit seinem Benutzernamen und Passwort ein und klickte sich zum Mitgliederverzeichnis durch. Ein Alessio Alvarez war dort nicht verzeichnet. Anschließend googelte Herzfeld den Namen und stellte fest, dass es im Internet keinerlei Vermerke oder Hinweise auf einen Arzt mit dem Namen Alessio Alvarez in Deutschland gab. Er zog kurz in Erwägung, Tomforde anzurufen und ihn um polizeiliche Hintergrundinformationen zu dem Direktor des Epimetheus Instituts zu bitten, verwarf den Gedanken aber nach einem Blick auf die Uhr.

Herzfeld ging abermals zurück auf die Webseite des Epimetheus Instituts. Alvarez war dort als Direktor ausgewiesen und auch im Impressum der Seite als Verantwortlicher für deren Inhalt aufgeführt. Weitere Namen von Mitarbeitern und Beschäftigten fanden sich auf der Webseite jedoch nicht.

Merkwürdig … Herzfeld konnte sich keinen Reim darauf machen. Nach kurzem Überlegen recherchierte er weiter im Internet und stellte zu seiner großen Überraschung fest, dass es sich bei der Bezeichnung Direktor um eine ungeschützte Berufsbezeichnung handelte, die im Prinzip jeder führen und sich jeder selbst verleihen konnte. Dasselbe galt für den Begriff Institut. Grundsätzlich konnte laut Internet jeder ein Institut mit wissenschaftlicher Ausrichtung gründen.

Interessant, das wusste ich gar nicht, stellte Herzfeld fest. *Ich könnte mir also ein Schild anfertigen lassen, das mich als Direktor eines Instituts für Rechtsmedizin ausweist, und hier bei uns an der Wohnungstür anbringen … Das ist schon alles verrückt. So viele Dinge sind gesetzlich geregelt beziehungsweise bei uns in Deutschland strikt verboten, aber wenn sich jemand Direktor nennt und sein eigenes Institut gründet, sich also wie dieser Alvarez mit irreführenden Bezeichnungen schmückt, ist das rechtlich zulässig.*

32

23. August, 08.44 Uhr
Kiel. Institut für Rechtsmedizin der Universität,
Büro Paul Herzfeld

Professor Schwans Sekretärin hatte Herzfeld direkt nach dessen Eintreffen im Institut in seinem Büro angerufen, ihm ausgerichtet, dass die Leiterin des Kieler Gesundheitsamtes seinen Rückruf wünsche, und ihm dann deren Handynummer durchgegeben. Frau Schmidt-Thychsen habe neue Informationen, die ihn sicherlich interessieren würden.

Die Leiterin des Kieler Gesundheitsamtes nahm seinen Anruf nach dem zweiten Klingelton entgegen.

»Herr Herzfeld, danke, dass Sie sich so schnell melden. Lassen Sie mich Sie kurz auf den neuesten Stand in Sachen Epimetheus Institut bringen. Zudem bin ich natürlich auch interessiert, von Ihnen aus erster Hand zu erfahren, was Ihre gestrige Obduktion …« Schmidt-Thychsen machte eine Pause, dann fragte sie zögerlich: »Spricht man in solchen Fällen eigentlich von einer *Obduktion?* Oder wie nennt man das bei Leichenteilen?«

»Obduktion ist schon zutreffend, denn wir schneiden und dokumentieren ja. Aber jetzt bin ich ganz Ohr, was Sie mir berichten wollen«, erwiderte Herzfeld und lehnte sich auf seinem Schreibtischstuhl zurück.

»Aus meiner Sicht hat sich der Verdacht erhärtet, dass im Epimetheus Institut der Betrieb einer nicht genehmigten Leichenhalle stattfindet und dass die Beschaffung von Leichenteilen ohne erforderliche Dokumente oder Nachweise erfolgt – zumindest wurden sie bisher nicht vorgelegt. Dies trifft auch auf nicht erlaubte anatomische Sektionen und die Benutzung von Leichenteilen für andere, ebenfalls nicht genehmigte Zwecke zu. Das sieht mein zuständiger Dezernent im Gesundheitsministerium, den ich gestern Nachmittag informiert habe, übrigens genauso. Bei den Leichenteilen handelt es sich nach unserer Einschätzung definitiv nicht um Präparate für die medizinische Ausbildung, sondern sie unterliegen in diesem Fall vielmehr dem Bestattungsgesetz. Sie hätten also nie in dieses – Entschuldigung, wenn ich das jetzt so platt formuliere – *Gruselkabinett* gelangen dürfen.«

Herzfeld musste schmunzeln, enthielt sich aber eines Kommentars, sondern begleitete Schmidt-Thychsens Ausführungen immer mal wieder mit zustimmendem Gemurmel.

»Gestern hat sich dann noch der Anwalt von Doktor Alvarez telefonisch bei mir gemeldet. Ich habe ihm die von der Kieler Gesundheitsbehörde zur Last gelegten Vorwürfe gegen seinen Mandanten mitgeteilt und ihn darüber in Kenntnis gesetzt, dass dem Epimetheus Institut mit sofortiger Wirkung die Verwendung von Leichen und Leichenteilen, insofern sie mit den genannten Vorwürfen in Zusammenhang stehen, untersagt wird. Zu den dort gefundenen Leichen und Leichenteilen, die nach Aussage des Anwalts von Doktor Alvarez bei der Firma Medcure in Portland, USA, gekauft wurden und in gefrorenem Zustand über den Flughafen Frankfurt nach Deutschland kamen, gibt es bisher keine Identitätsnachweise, Leichenschauscheine oder eine Einwilligung der Verstorbenen zu anatomischen Sektionen. Der Anwalt sagte zwar, Alvarez hätte die Papiere und würde sie zeitnah vorlegen, passiert ist diesbezüglich aber wie gesagt bisher nichts.«

»Wie geht es jetzt weiter?«, fragte Herzfeld.

»Die Staatsanwaltschaft hat ein Todesermittlungsverfahren gegen unbekannt eingeleitet, parallel läuft jetzt ein Bußgeldverfahren gegen Alvarez wegen des Betriebs seines Instituts in der bisherigen Form. Die Mitteilung über die Untersagung wurde ihm und seinem Anwalt durch die Polizei auch schon schriftlich zugestellt. Insofern: Keine Gefahr im Verzug in dieser Sache.« Bei diesen Worten atmete Schmidt-Thychsen am anderen Ende der Leitung seufzend aus, ehe sie hinzufügte: »Aber jetzt bin ich gespannt, was Sie mir von Ihrer gestrigen Untersuchung der Leichenteile berichten können, Herr Kollege Herzfeld. Irgendwelche Erkenntnisse, die für die Gesundheitsbehörde von Relevanz sind?«

Herzfeld berichtete der Amtsärztin in den nächsten Minuten von seinen Untersuchungsergebnissen des vergangenen Tages, bezüglich der diversen einzelnen Knochen und Wirbelsäulen, der drei vollständigen Skelette, bei denen es sich augenscheinlich um ältere anatomische Sammlungsstücke handelte, sowie der Feuchtpräparate – die beiden Torsi und die vier Arme und vier Beine. Wobei er es tunlichst vermied, zu erwähnen, dass einer der Arme schon einmal vor ihm auf seinem Obduktionstisch gelegen hatte. Als er seine Ausführungen beendet hatte, sagte Schmidt-Thychsen: »Herr Herzfeld, ich habe aus meinem fünfundzwanzig Jahre zurückliegenden Medizinstudium zwar nur noch rudimentäre Kenntnisse der Rechtsmedizin, aber das, was Sie mir da gerade geschildert haben, weckt alte Famulatur-Erinnerungen. Ich danke Ihnen herzlich für die Amtshilfe. Ich bezweifle, dass wir in dieser Angelegenheit noch einmal miteinander zu tun haben werden, denn jetzt sind Ordnungsamt und Staatsanwaltschaft am Zug. Ich bin mir hingegen sicher, dass sich unsere beruflichen Wege in unserer schönen Landeshauptstadt irgendwann wieder kreuzen werden. Es war sehr angenehm, mit Ihnen zusammenzuarbeiten, Herr Herzfeld.«

»Das Kompliment kann ich nur erwidern, Frau Schmidt-Thychsen.«

33

23. August, 09.08 Uhr
Kiel. Institut für Rechtsmedizin der Universität,
Büro Professor Schwan

Herzfeld saß, wie schon zwei Tage zuvor, in einem der wuchtigen braunen Ledersessel im Büro des Direktors. Er berichtete seinem Chef, wie gerade auch schon der Leiterin des Kieler Gesundheitsamtes, über die am Vortag von ihm erhobenen Befunde und beantwortete dessen gelegentliche Zwischenfragen. Seine Ausführungen quittierte der alte Direktor immer mal wieder mit einem zustimmenden Nicken.

»Gute Arbeit, Kollege Herzfeld. Mir war klar, dass Sie der Richtige für diesen Job sind. Gibt es aus Ihrer Sicht sonst noch irgendetwas anzumerken?«

Herzfeld wusste, dass jetzt der Zeitpunkt gekommen war, seinem Chef von dem Zusammenhang zwischen dem aufgefundenen Arm und dem alten Fall des toten Rockers Leif Steiger zu berichten, aber er biss sich auf die Zunge und sagte nichts. Im Laufe des Gesprächs mit Schwan hatte er entschieden, zunächst den Dialog mit Heinrich von Waldstamm zu suchen. Sein Bauchgefühl sagte ihm, dass der junge Sektionsassistent vielleicht nicht der Schlüssel, aber der richtige Ansprechpartner für seine weiteren Nachforschungen sein könnte.

Und Schneider?, überlegte Herzfeld. *Er war damals der zweite Obduzent im Todesfall Leif Steiger gewesen. Kann es sein, dass er in diese Sache verwickelt war? Zu seinen damaligen dunklen Machenschaften würde es jedenfalls passen!*

34

23. August, 09.44 Uhr
Kiel. Institut für Rechtsmedizin der Universität, Sektionssaal

Der Tote vor Herzfeld und Westphal war ein siebenundsiebzig Jahre alt gewordener Pensionär, früherer Beamter der schleswig-holsteinischen Landesregierung. Der Mann war unbekleidet in Rechtsseitenlage in der mit Wasser gefüllten Badewanne seiner Villa im schicken Kieler Stadtteil Düsternbrook tot aufgefunden worden. Die Atemöffnungen hatten sich bei der Entdeckung des Leichnams unter Wasser befunden. Zur Auffindung des Toten war es durch den Anruf einer Nachbarin bei der Feuerwehr gekommen, die den Pensionär, mit dem sie üblicherweise in regem Kontakt stand, schon ein paar Tage nicht mehr erreicht hatte.

Jetzt hatten die beiden Rechtsmediziner die äußere Leichenschau beendet, bei der ihnen neben den typischen Zeichen für einen längeren Aufenthalt im Wasser wie Waschhautbildung – eine schrumpelige Aufquellung der Hornhaut von Händen und Füßen – und ein Schaumpilz vor Mund und Nase nichts Ungewöhnliches aufgefallen war.

Dieser Schaumpilz, ein weißliches, feinblasiges, pilzartiges Gebilde im Bereich von Mund- und Nasenöffnung und nichts anderes als eiweißreiches, mit Luft und Wasser vermischtes Sekret aus Luftröhre und Bronchien, war für die Obduzenten allerdings schon der entscheidende Hinweis auf die sehr wahrscheinliche Todesursache.

Annette Bartels zog die Kopfschwarte vom Hinterkopf bis

zur Stirn, was ein schmatzendes Geräusch erzeugte. Zuvor hatte sie mit einem etwa fünfundzwanzig Zentimeter langen Schnitt, der von einem Ohr des Toten zum anderen verlief, die Kopfhaut bis auf den Schädelknochen durchtrennt. Jetzt lag der obere, fast halbkugelförmige Anteil des knöchernen Schädeldaches, die hellgräulich milchig gefärbte Kalotte, vollständig frei. Mit einem hohen, kreischenden Geräusch sprang die oszillierende Säge in den Händen von Annette Bartels an, und die Sektionsassistentin setzte das kreisrunde, etwa acht Zentimeter durchmessende Sägeblatt auf dem Schädelknochen an. Spätestens das war immer der Moment, in dem auch die hartgesottensten Ermittler instinktiv die Flucht aus dem Sektionssaal antreten wollten, wie Herzfeld aus Erfahrung wusste. Aber im aktuellen Fall waren weder ein Vertreter der Staatsanwaltschaft noch Polizeibeamte bei der Obduktion zugegen, da sich ermittlungsseitig kein konkreter Verdacht auf ein Tötungsdelikt ergeben hatte – was jetzt durch die Sektion überprüft wurde.

Herzfeld und seine Kollegen in der Rechtsmedizin hatten sich schon lange an diese Prozedur der Schädelöffnung mit der elektrischen Säge gewöhnt, aber auch nach so vielen Jahren im Sektionssaal hatte sich Herzfeld nie mit dem Geruch arrangieren können, der an verbranntes Horn erinnerte und den Sektionssaal für kurze Zeit erfüllte, wenn das oszillierende Sägeblatt den Schädelknochen mit einem glatten Schnitt durchtrennte.

35

23. August, 11.50 Uhr
Kiel. Institut für Rechtsmedizin der Universität,
Büro Paul Herzfeld

Zwei Stunden später war die Obduktion des toten Pensionärs aus der Badewanne beendet gewesen. Anhaltspunkte oder Zeichen einer Gewalteinwirkung gegen den Körper des Mannes hatten Herzfeld und Westphal durch eine gezielte Präparation auch der Körperrückseite sowie der Arme und Beine nicht festgestellt, die sie jeweils in ihrer gesamten Länge mit einem einzigen Schnitt eröffnet hatten, ehe sie schichtweise das goldgelbe Unterhautfettgewebe und die bräunliche Muskulatur präparierten. Die Todesursache war, wie von den beiden Obduzenten schon bei der äußeren Leichenschau wegen des Schaumpilzes vor Mund und Nase vermutet, ein Ertrinken. Belegt wurde das in diesem Fall eindrücklich durch die typischen Ertrinkungslungen – voluminös überblähte Lungenflügel mit schaumigem, hellgräulichem Inhalt in den Luftwegen. Eine frische Hirnmassenblutung, eine typischerweise durch Bluthochdruck und vorgeschädigte Hirnschlagadern – also schon lange vorbestehende Erkrankungen – verursachte Einblutung in das Hirngewebe war der Auslöser für diesen tödlichen Badeunfall gewesen. Eine Fremdeinwirkung konnte sicher ausgeschlossen werden.

Heike Westphal war in ihrer Rolle der ersten Obduzentin gerade noch dabei gewesen, das Sektionsprotokoll zu diktieren, als Herzfeld den Sektionssaal verlassen hatte.

Jetzt saß er in seinem Büro, in dem es nach frisch gekochtem Kaffee duftete. Herzfeld nahm einen großen Schluck aus dem nicht gerade filigran gearbeiteten und trotzdem von ihm heiß geliebten Kaffeebecher, den Petra und Hannah in einer Töpferwerkstatt selbst hergestellt und ihm geschenkt hatten.

Plötzlich fiel ihm ein, dass Uhlemann, der ihm vorhin auf dem Flur kurz begegnet war, ihn gebeten hatte, bei ihm im Labor vorbeizuschauen. Hastig nahm er noch einen großen Schluck Kaffee und verließ sein Büro.

36

23. August, 12.02 Uhr
Kiel. Institut für Rechtsmedizin der Universität,
Toxikologisches Labor

Wenige Minuten später saß Herzfeld bei Doktor Theo Uhlemann in einem der Laborräume der Toxikologie im ersten Stock des Institutsgebäudes und hörte sich an, was der missmutig dreinblickende Laborleiter ihm zu berichten hatte.

»Der Aserbaidschaner, der junge Mann aus der Obdachlosenszene am Hauptbahnhof, den Sie vor vier Tagen obduziert haben, hatte eine Blutalkoholkonzentration von zwei Komma zwei Promille.«

Hm, als Todesursache kommen die etwas mehr als zwei Promille bei einem Trinkgewohnten nicht in Betracht, überlegte Herzfeld. *Und dieser Mann war definitiv trinkgewohnt, wenn ich mir das Erscheinungsbild seiner Leber in Erinnerung rufe.*

Der postmortal im Schenkelvenenblut von Verstorbenen festgestellte Alkoholwert gab ziemlich genau den Alkoholisierungsgrad zum Zeitpunkt des Todes wieder. Grund dafür war, dass das in alkoholischen Getränken enthaltene und für deren berauschende Wirkung verantwortliche Ethanol nach dem Tode keinerlei Abbauprozessen mehr unterlag. Denn die Leber, die für den Alkoholabbau im Körper verantwortlich war, stellte – wie alle anderen Organe auch – mit dem Tod des Betreffenden ihre Funktion vollständig ein.

Umso wichtiger, dass ich mir sein Herzgewebe mal unter dem Mikroskop anschaue, dachte Herzfeld gerade, als er

Uhlemann neben sich bellen hörte: »Das war es auch schon, Herr Herzfeld. Wenn Sie jetzt bitte nicht länger meine Zeit in Anspruch nehmen würden. Ich habe noch genug zu tun!«

»Bin schon weg«, erwiderte Herzfeld und verließ Uhlemanns Reich.

37

23. August, 12.38 Uhr
Kiel. Institut für Rechtsmedizin der Universität,
Büro Paul Herzfeld

Heinrich von Waldstamm fühlte sich überhaupt nicht wohl in seiner Haut. Und er ahnte, dass Doktor Paul Herzfeld genau das auch registrierte. Immer wieder griff von Waldstamm unbewusst an seine linke Hand und drehte an dem großen Siegelring. Sein Mund war völlig trocken, und sein Atem ging stoßweise. Er versuchte, ruhig zu atmen – erfolglos.

Herzfeld hatte ihm gerade berichtet, dass einer der Arme, die als Präparat im Epimetheus Institut beschlagnahmt worden waren, vermutlich von einem vor zehn Monaten im Institut untersuchten Opfer eines Tötungsdelikts stammte.

Wie gelähmt vor Schreck hatte er zugehört und beharrlich geschwiegen.

»Bitte, Herr von Waldstamm, das ist noch kein Jahr her. Erzählen Sie mir nicht, dass Sie sich nicht erinnern. Sagen Sie mir, was los ist. Verdammt, reden Sie doch mit mir!«, fuhr Doktor Herzfeld ihn jetzt an, wechselte dann aber zu einem deutlich versöhnlicheren Tonfall, als er hinzufügte: »Sie waren in diesem Fall nicht nur der zuständige Sektionsassistent, sondern auch für die ordnungsgemäße Übergabe des Toten an den Bestatter verantwortlich. Der Mann, um dessen Leichnam beziehungsweise rechten Arm es hier aller Voraussicht nach geht, hieß übrigens Leif Steiger.«

Von Waldstamm drehte hektisch an seinem Siegelring und schwieg weiter.

»Und ausweislich dieses Dokuments hier haben Sie Leif Steigers sterbliche Überreste an ein Flensburger Bestattungsunternehmen übergeben«, fuhr Doktor Herzfeld fort, jetzt wieder in einem energischen Tonfall, und wedelte mit einem Zettel, den von Waldstamm als Kopie eines Leichenübergabescheins erkannte.

Unwillkürlich zog er den Kopf ein, wie eine Schildkröte, die sich in ihrem Panzer verkroch. Noch hatte der Rechtsmediziner ihm keine konkreten Vorwürfe gemacht oder ihn gar als verantwortlich beschuldigt, dass der Teil eines Körpers, der sich in seiner Obhut und Verantwortung befunden hatte, unter so ungewöhnlichen Umständen zum zweiten Mal den Weg in den Sektionssaal gefunden hatte. Von Waldstamm war aber intelligent genug, zu wissen, dass sein Vorgesetzter nicht eher lockerlassen würde, bis er erfahren hatte, was los war.

Was von Waldstamm allerdings nicht wusste, war, wie er jetzt mit dieser Situation umgehen sollte. Deshalb sagte er lieber weiterhin gar nichts und starrte nur stumm vor sich auf den Linoleumboden in Doktor Herzfelds Büro.

38

23. August, 12.44 Uhr
Kiel. Institut für Rechtsmedizin der Universität, Büro Paul Herzfeld

»Mann, von Waldstamm, machen Sie mir es doch nicht so schwer! Ich will lediglich wissen, ob Sie irgendeine Erklärung oder Idee haben«, sagte Herzfeld mittlerweile zum dritten oder vierten Mal zu dem Sektionsassistenten, unter dessen massiger Statur der Besucherstuhl fast vollständig verschwand. Doch der junge Mann mit der Hornbrille schwieg stoisch.

Komisch. Was ist nur mit von Waldstamm los?, fragte sich Herzfeld. *Ich kann mir beim besten Willen nicht vorstellen, dass er mit der Sache etwas zu tun hat. Aber dass er jetzt hier einen auf Mutismus macht und gar nichts sagt, ist wirklich sehr eigenartig.*

Herzfeld beobachtete, wie von Waldstamm seinen Blick mied und wild an dem Siegelring an seinem linken Ringfinger drehte, als würde er sich selbst damit wie eine Uhr aufziehen wollen.

Es kommen prima vista *nicht viele Personen in Betracht, die etwas mit dem Verschwinden und dem späteren Auftauchen des Arms von Leif Steiger zu tun haben könnten. Innerhalb des Instituts bin einerseits ich das als erster Obduzent. Ich falle aber schon mal aus dem Kreis der Verdächtigen raus. Dann Schneider als zweiter Obduzent … Den kann ich nicht fragen. Zuzutrauen ist ihm aber alles. Dann drittens von Waldstamm, der uns assistiert hat und der hier jetzt diese komische Num-*

mer abzieht … Und dann natürlich die Mitarbeiter des Flensburger Bestattungsunternehmens. Die kann ich aber zum jetzigen Zeitpunkt auch nicht befragen beziehungsweise mit Mutmaßungen oder Anschuldigungen konfrontieren. Denn es würde, wenn sie nichts damit zu tun haben, zu ziemlich viel Aufregung und Befremden führen, dass Leichenteile einfach so aus der Kieler Rechtsmedizin verschwinden. Wäre gar nicht gut, wenn so was an die Presse gelangt. Also zunächst von Waldstamm. Ich muss herausfinden, ob er etwas damit zu tun hat. Natürlich ist nicht auszuschließen, dass eine andere Person involviert ist – entweder aus dem Institut oder jemand Außenstehendes, der wie auch immer Zugang hat –, aber das ist dann Sache der Polizei, wenn ich mit von Waldstamm nicht weiterkomme.

»Gut, Herr von Waldstamm. Ich sage Ihnen, was ich jetzt tun werde. Ich habe mir vorhin die zum Sektionsfall von Leif Steiger gehörende Blutprobe aus unserem Kühlraum mit den Asservaten geholt.« Herzfeld deutete auf den Tisch neben von Waldstamm, wo zwei Plastikröhrchen in einem Reagenzglasständer standen, eines davon mit dunkler, fast schwarzer Flüssigkeit und das andere mit einem Stück Gewebe. »Und das daneben ist ein Stück Muskulatur, das von dem Arm stammt, der gestern im Epimetheus Institut beschlagnahmt wurde und von dem ich vermute, dass er zu dem von uns beiden im letzten Jahr obduzierten Leif Steiger gehört. Den damaligen zweiten Obduzenten, Professor Schneider, kann ich aus bekannten Gründen nicht dazu befragen. Also ist es momentan eine Angelegenheit zwischen uns beiden. Ich werde im Anschluss an unser Gespräch beide Proben in unsere Forensische Genetik bringen. Ich habe Frau Doktor Heber vorhin telefonisch bereits darüber informiert und sie gebeten, sehr zeitnah festzustellen, ob die beiden Proben von ein und derselben Person stammen, nämlich von Leif Steiger – wovon ich derzeit ausgehe. Doktor Heber hat zugesagt, mir das Ergebnis morgen bis Dienstschluss mitzuteilen. Wenn ich hundertprozentige Gewissheit habe, dass es sich bei dem rechten Arm um den von Leif Steiger handelt, kann ich diese Information unmöglich für mich behalten, sondern muss sie in mein Gutachten einfließen lassen und parallel sofort den Chef informieren. Wenn Professor Schwan davon erfährt, *muss* er die Polizei einschalten und eine Selbstanzeige das Institut betreffend erstatten, um mit offenen Karten zu spielen. Das wird weit über universitätsinterne Ermittlungen hinausgehen. Um es Ihnen in aller Deutlichkeit zu sagen, Herr von Waldstamm: Wenn Ihnen vorher noch irgendetwas dazu einfallen sollte, falls Sie irgendwann Ihre Sprache wiedergefunden haben, sollten Sie mit mir reden. Und zwar vor Dienstschluss morgen. Das ist kein Ultimatum und auch keine Drohung, das ist das Zeitfenster, in dem sich vielleicht noch Dinge aufklären lassen, ehe uns das Ganze um die Ohren fliegt.«

Schwerfällig erhob sich von Waldstamm aus dem Stuhl und verabschiedete sich nur mit einem Nicken.

Während Herzfeld ihm auf seinem Weg aus dem Büro hinterhersah, klingelte das Telefon auf seinem Schreibtisch. Es war das Sekretariat von Professor Schwan, wie ihm die Nummer auf dem Display anzeigte.

39

23. August, 12.53 Uhr
Kiel. Institut für Rechtsmedizin der Universität,
Büro Professor Schwan

Der Institutsdirektor saß auch diesmal wieder an seinem ausladenden, antiken Schreibtisch und winkte Herzfeld, der gerade den Kopf durch die Tür steckte, zu sich herein.

»Nehmen Sie Platz, lieber Herzfeld«, sagte Schwan.

Herzfeld registrierte einmal mehr das altmodische Aftershave seines Chefs, das zu ihm herüberwehte. Er spürte, dass Schwan aufgewühlt war.

»Das wird alles immer absurder«, murmelte dieser, scheinbar mehr zu sich selbst als zu Herzfeld.

»Kollegin Schmidt-Thychsen hat mich gerade angerufen. Es ging noch mal um diesen Doktor Alvarez vom Epimetheus Institut. Oder vielmehr diesen *falschen* Doktor Alvarez.«

Herzfeld zog fragend die Augenbrauen hoch.

»Der Mann ist weder promoviert noch sonst in irgendeiner Form berechtigt, einen Doktortitel zu tragen, nicht mal ehrenhalber.«

Herzfeld dachte an seine Recherchen am heimischen Küchentisch und fühlte sich in seinem Gefühl bestätigt, dass diese Institutsnummer von vorn bis hinten ein großer und womöglich krimineller Schwindel war.

»Ich fasse mal zusammen, was mir Frau Schmidt-Thychsen in den letzten zwanzig Minuten am Telefon berichtet hat«, fuhr Schwan fort. »Alessio Alvarez ist weder berechtigt, einen Doktortitel zu führen, auch wenn er gern so firmiert, noch heißt er mit richtigem Namen Alessio Alvarez alias Falk von Burghagen alias Professor Umberto Massino, sondern schlicht und ergreifend Marco Behrendt. Die anderen Namen benutzt er allerdings auch hin und wieder.«

Der Typ hat mehr falsche Identitäten und Aliasnamen als andere Leute Unterhosen im Schrank, ging es Herzfeld durch den Kopf. *Gestern wirkte der Mann so gelassen. Regelrecht souverän ist er mit der Situation umgegangen, dass er Polizei, Gesundheitsamt und Rechtsmedizin in seinen Geschäftsräumen zu Besuch hatte. Pokerface. Ein guter Schauspieler, ein echter Profi.*

»Leider ist das nicht mal Grund genug für einen Haftbefehl! Da er einen festen Wohnsitz hat, bleibt er auf freiem Fuß. Was sagt man dazu?«, empörte sich Schwan.

Herzfeld zuckte sprachlos mit den Schultern.

»Er hat weder eine Genehmigung zum Betreiben einer Leichenhalle noch zum öffentlichen Ausstellen von Leichen oder Leichenteilen, wie das zum Beispiel bei Gunther von Hagens' ›Körperwelten‹ der Fall ist, und auch keine Erlaubnis zur Durchführung anatomischer Sektionen. Er hat das einfach *gemacht* …« Professor Schwan blieb regelrecht die Luft weg, die ganze Angelegenheit regte ihn sichtlich auf. Nach einer kurzen Pause fuhr der Direktor fort: »Weder er noch sein Anwalt konnten Leichenschauscheine oder Identitätsnachweise der Verstorbenen, von denen die Torsi, Skelette und Extremitäten stammen, vorweisen, oder von den anderen Präparaten, die der falsche Doktor in seinen Räumlichkeiten hatte. Keine Einwilligung von Körperspendern, rein gar nichts. Es gibt da wohl auch ein paar Plastinate, die von einer in Heidelberg ansässigen Firma angefertigt wurden …«

Herzfeld erinnerte sich an die Vitrinen im dritten Raum mit vereinzelten plastinierten Exponaten darin.

»… die scheint er legal erworben zu haben. Aber der Rest? Angeblich sind die Feuchtpräparate von einer Firma in den USA hergestellt und an das Epimetheus Institut verkauft worden, aber es gibt nur anonymisierte Identifikationsnummern, die keine Rückschlüsse auf die Verstorbenen zulassen. Unsere Behörden tappen völlig im Dunkeln, von wem die Körperteile stammen.«

Nicht gut, dachte Herzfeld. *Überhaupt nicht gut. Vielleicht sollte ich Schwan …* Doch dann verwarf er den Gedanken sofort wieder. Er wollte das Ergebnis der morgigen DNA-Vergleichsanalyse abwarten, um dann mit harten, beweisfesten Fakten aufzuwarten. Er hoffte zudem immer noch, dass von Waldstamm etwas einfallen und er damit zur Aufklärung beitragen würde. Herzfeld hatte nach wie vor das unbestimmte Gefühl, dass der Sektionsassistent etwas verschwieg.

»Marco Behrendt ist wegen Betrügereien schon mehrfach vorbestraft, auch wegen Insolvenzverschleppung«, fuhr Schwan mit der Liste der Verfehlungen des falschen Doktor Alvarez fort.

Daran merkt man, dass er anscheinend ähnliche Unternehmungen – wenn wahrscheinlich auch ohne Leichen und Leichenteile, sondern in einem ganz anderen Business – schon öfters durchgezogen hat, überlegte Herzfeld. *Und sein jetziges Geschäftsmodell ist anscheinend finanziell recht erfolgreich, so wie er in seinem Institut im sechzehnten Stock über den Dächern Kiels residiert.*

»Und wissen Sie was, Kollege Herzfeld?«, riss Schwan ihn aus seinen Gedanken.

Er schüttelte den Kopf.

»Der kommt damit davon! Einfach so. Auch grobe Verstöße gegen das Bestattungsgesetz sowie das Sektionsgesetz laufen unter Ordnungswidrigkeiten und werden nur als solche geahndet.«

»Was ist mit Störung der Totenruhe, Paragraf 168, Strafgesetzbuch?«, warf Herzfeld ein.

»Eher unwahrscheinlich, wenn Sie mich fragen. Für Störung der Totenruhe muss ein Straftatbestand vorliegen, bei dem jemand unbefugt den Körper oder Teile eines Verstorbenen aus dem Gewahrsam eines dazu Berechtigten wegnimmt oder daran ›beschimpfenden Unfug verübt‹, wie es im Gesetzestext wörtlich heißt«, erwiderte Schwan. »Dieser Gedanke ist mir vorhin auch gekommen. Ich habe recherchiert und kann Ihnen sagen, dass kein Staatsanwalt seinen Fall zur Anklage bringen wird, weil er sich dabei nur die Finger verbrennen würde. Denn von einer unbefugten Entfernung aus dem Gewahrsam des Berechtigten kann im vorliegenden Fall nicht ausgegangen werden, da Behrendt alias Alvarez ja behauptet, er habe die Feuchtpräparate in den USA und die Plastinate in Heidelberg käuflich erworben. Und eine Einschätzung seiner Präparations- und Demonstrationsübungen als ›beschimpfender Unfug‹ bedarf, wie es im Kommentar zum Gesetzestext heißt, ›sehr grober Verstöße gegen den gebotenen sittlichen Anstand‹. Es wird zur Erfüllung dieses Tatbestands gefordert, dass ›der Täter dem Toten gegenüber seine Verachtung ausdrücken will‹, und das ist hier weiß Gott bestimmt nicht der Fall gewesen. Man kann Behrendt einiges vorwerfen, aber das sicherlich nicht.«

Herzfeld nickte zustimmend.

»Aber jetzt zurück zur Tagesordnung«, fuhr Schwan fort. »Ich will Sie nicht weiter aufhalten, Herr Herzfeld. Ich informiere Sie, wenn es etwas Neues gibt. Und Sie mich bitte auch …«

Worauf Sie wetten können, dachte Herzfeld beim Verlassen von Schwans Büro.

40

23. August, 13.22 Uhr
Kiel. Institut für Rechtsmedizin der Universität,
Büro Paul Herzfeld

Herzfeld nahm einen der gläsernen Objektträger, die ihm von einer der medizinisch-technischen Assistentinnen aus dem hauseigenen Histologielabor in einer Pappmappe in sein Fach im Sekretariat gelegt worden waren, und hielt ihn prüfend vor sich in das durch sein Bürofenster hereinfallende Sonnenlicht. Mit der Qualität zufrieden, legte er den auf die kleine Glasplatte aufgezogenen hauchdünnen Schnitt eines winzigen Stückes der Herzmuskulatur des Aserbaidschaners auf den Objekttisch seines Mikroskops. Der Mann war zwar zum Todeszeitpunkt erheblich alkoholisiert gewesen, wie Uhlemanns Analysen ergeben hatten, aber definitiv nicht an einer Alkoholintoxikation gestorben.

Herzfeld schob den Objektträger mit seiner linken Hand auf dem Objekttisch hin und her. Konzentriert blickte er durch die beiden Okulare des Mikroskops, wobei er immer wieder zwischen den Objektiven für die verschiedenen Vergrößerungen hin und her wechselte, während er dabei mit seiner rechten Hand an den beiden Rädchen zur Einstellung der Schärfe des jeweiligen Bildausschnittes drehte.

»*Yes!*«, rief er fast triumphierend nach wenigen Augenblicken. Er hatte mit seiner Vermutung richtiggelegen. Der eingestellte Bildausschnitt zeigte deutlich, wie die blassrosa angefärbten Herzmuskelfasern des jungen Mannes durch dichte, dunkle Zellinfiltrate – Entzündungszellen, die dort üblicherweise nichts zu suchen hatten – auseinandergedrängt wurden. Die Herzmuskelfasern hatten teilweise ihre typische Längs- und Querstreifung verloren und erschienen fragmentiert, nicht mehr in ihrer ursprünglichen Form. Das war ein Hinweis darauf, dass sie zum Teil nekrotisch, also abgestorben, waren.

Herzfeld nahm sich noch einige weitere der Objektträger aus der Pappmappe vor und stellte zufrieden fest, dass sich in fast allen Anschnitten des Herzmuskels des jungen Mannes ein identisches Bild bot. Damit war die Todesursache klar. Der junge Obdachlose war an einer akuten Herzmuskelentzündung verstorben. Aufgrund des charakteristischen Erscheinungsbilds der Entzündungszellen unter dem Mikroskop handelte es sich mit sehr hoher Wahrscheinlichkeit um eine virale Myokarditis. Damit stand fest, dass sie von einem natürlichen Tod ausgehen konnten.

Herzfeld überlegte, ob er seinen Befundbericht für die Staatsanwaltschaft diktieren oder doch zuerst Heike Westphal anrufen und über das Ergebnis informieren sollte, als ihn der Klingelton seines Handys aus seinen Gedanken riss.

Herzfeld nahm den Anruf von Oberkommissar Tomforde entgegen.

»Professor Schneider ist aufgetaucht!«, sagte der Ermittler gehetzt und ohne Umschweife.

»Was?«, entfuhr es Herzfeld. Er setzte sich kerzengerade vor dem Mikroskop auf, sein Mund wurde schlagartig trocken.

»Es hat gestern einen bewaffneten Überfall auf eine Tankstelle in Lebrade, einer kleinen Gemeinde im Kreis Plön, etwa dreißig Kilometer südöstlich von Kiel gegeben.«

»Das heißt, Schneider lebt? Und er hat eine Tankstelle überfallen?«

»Ja und nein. Nicht Schneider, sondern zwei maskierte Typen haben die Tankstelle gestern am späten Abend überfallen«, antwortete Tomforde. »Im Zuge der Ermittlungen wurden sämtliche Videoaufnahmen der Überwachungskamera der Tankstelle ausgewertet. Auch das noch vorhandene Material der Stunden zuvor. Um zu sehen, ob verdächtige Gestalten vielleicht im Vorfeld des Überfalls rumlungerten, um sich von den Gegebenheiten vor Ort ein Bild zu machen. Mein Kollege Weber hat das komplette Material gesichtet und dabei Schneider entdeckt.«

Atemlos lauschte Herzfeld den Worten Tomfordes. *Ich kann es nicht glauben! Ich muss mir selbst ein Bild machen, ob er es wirklich ist,* fand er.

»Thomas Weber war schon öfter bei Sektionen in der Rechtsmedizin dabei. Er kennt Schneider von früheren Besuchen im Sektionssaal also ziemlich gut, wie er sagt. Vor wenigen Minuten ist er mit seinem Laptop zu mir ins Büro gekommen und hat mir die Aufnahmen gezeigt. Und auch für mich gibt es keinen Zweifel, dass es sich bei dem Mann auf dem Überwachungsvideo um Ihren ehemaligen Vorgesetzten und wegen mehrfachen Mordes mit Haftbefehl gesuchten Professor Volker Schneider handelt. Ich schicke Ihnen einen Screenshot von der Person auf den Aufnahmen, dann können Sie sich selbst ein Bild machen.«

»Ich möchte mir die Aufnahmen bitte selbst ansehen, kann ich vorbeikommen?«, fragte Herzfeld aufgeregt.

»Ja, natürlich. Ich bin im Präsidium, Sie wissen ja, wo Sie mich finden«, antwortete der Oberkommissar.

»Ich bin in spätestens zwanzig Minuten bei Ihnen. Bis gleich!«, sagte Herzfeld und legte auf.

O nein. Schneider! Es geht wieder los. Nimmt dieser Alb-

traum denn nie ein Ende?, dachte er, während er sein Handy in einer der vorderen Jeanstaschen verstaute. Dann ergriff er seinen Autoschlüssel und sein Portemonnaie mit dem Dienstausweis und sprintete aus dem Büro.

41

23. August, 13.41 Uhr
Kiel. Polizeipräsidium,
Büro Oberkommissar Michael Tomforde

Herzfeld hatte keine fünfzehn Minuten bis zum Kieler Polizeipräsidium gebraucht, einem grauen Waschbetonbau aus den 1970er-Jahren mit einer straßenseitig völlig verdreckten Fensterfront. Der missmutig dreinblickende Beamte an der Sicherheitskontrolle im Erdgeschoss hatte Herzfeld nach kurzem Überprüfen seines Dienstausweises und einem Anruf bei Tomforde einen weißen Plastikbesucherausweis ausgehändigt und dem Rechtsmediziner langatmig den Weg zu den Fahrstühlen erklärt. Was nicht nötig gewesen wäre, denn Herzfeld kannte sich in dem Gebäude bestens aus. Er war kurz vor den Fahrstühlen ins Treppenhaus abgebogen und dann, immer zwei Stufen auf einmal nehmend, in den dritten Stock gelaufen, wo Tomfordes Büro lag, das der Oberkommissar mit zwei weiteren Kollegen der Kriminalpolizei nutzte.

Jetzt saß er neben Tomforde an einem kleinen, abgeschabten Konferenztisch vor einem ebenfalls schon in die Jahre gekommenen Laptop. Das auf dem Monitor sichtbare Standbild zeigte aus einer Perspektive von schräg oben den Tankplatz einer Tankstelle – die Kamera war sehr wahrscheinlich unter dem Dach des Gebäudes angebracht –, drei Reihen mit jeweils zwei Zapfsäulen, vor denen zu diesem Zeitpunkt lediglich ein Fahrzeug abgestellt war. Der dazugehörige Fahrer stand – im Bild eingefroren – im Bereich des Hecks seines Fahrzeugs und betankte sein Auto.

Tomforde betätigte die Wiedergabetaste. Zunächst passierte einige Sekunden lang nichts, und lediglich an kaum wahrnehmbaren Bewegungen der Person war festzustellen, dass die Videoaufzeichnung lief. Herzfeld registrierte das Datum, 22. August, in der rechten oberen Bildecke, die Zeitanzeige zeigte 16.55 Uhr. Dann erschien an der oberen linken Ecke des Laptopmonitors eine Gestalt auf der Bildfläche. Es handelte sich um einen Mann mit längeren, strähnig herabhängenden Haaren. Er trug ein Hemd, und von seiner rechten Schulter hing eine große Umhängetasche herab. Die Schwarz-Weiß-Aufnahmen ließen keinen Rückschluss auf die Haarfarbe des Mannes zu, aber es waren in jedem Fall helle Haare. Aufgrund der schlechten Qualität der Aufnahmen konnte Herzfeld beim ersten Betrachten das mutmaßliche Alter des Mannes nicht wirklich einschätzen. Was er aber sofort registrierte – eine Erkenntnis, die sein Körper mit einer Gänsehaut und einem Frösteln quittierte –, waren der raubtierhafte Gang und die ausholenden Armbewegungen des Mannes, während er mit federnden Schritten das Tankstellengelände überquerte.

Wieder und immer wieder ließ sich Herzfeld die lediglich acht Sekunden lange Sequenz von Tomforde vorspielen.

Auch für ihn gab es danach keinen Zweifel mehr. Der Mann auf dem Video war Volker Schneider.

42

23. August, 14.02 Uhr
Kiel-Mettenhof. Epimetheus Institut

Marco Behrendt alias Doktor Alessio Alvarez strich mit seinen Fingern über die Tischplatte des hochpreisigen Konferenztisches vor sich. Er lehnte sich auf dem bequemen Stuhl zurück, drehte leicht den Kopf zur Seite und blickte aus dem breiten Panoramafenster in Richtung des Kieler Ostufers. An diesem klaren Tag waren die entfernt gelegenen Kräne der Kieler Werftanlagen, riesige orange-blaue Stahlungetüme, und das spiegelnde Wasser der Kieler Innenförde, auf dem sich die Sonnenstrahlen brachen, gut zu erkennen.

Die luxuriöse Ausstattung seiner Geschäftsräume, der spektakuläre Ausblick – ein Blick, der ihm in den letzten Monaten ein erhabenes Gefühl von Größe gegeben hatte –, all das würde er jetzt hinter sich lassen. Aber auch vermissen? Nein! Dazu hatte er schon zu oft einen florierenden Geschäftszweig aufgeben und Hals über Kopf aus einer Stadt verschwinden müssen, viele unbezahlte Rechnungen und offene Forderungen zurücklassend, um irgendwo anders wieder ganz neu anzufangen. Er hatte nicht nur einen ausgezeichneten Spürsinn für lukrative Geschäfte – häufig abseits des Alltäglichen –, er war auch jemand, der von einem Augenblick auf den anderen seine Zelte abbrechen konnte, ohne zurückzuschauen. Und er verstand es wie kaum ein Zweiter, seinen Kopf im letzten Moment aus der Schlinge zu ziehen. Was nicht nur der in seinen Augen viel zu wirkungslosen, sondern auch völlig überarbeiteten deutschen Justiz und dem Föderalismus geschuldet war, der die Zusammenarbeit von Behörden und staatlichen Institutionen in Deutschland erschwerte und komplizierte. Behrendt war schon immer ein Meister darin gewesen, Schlupflöcher zu erkennen und auszunutzen.

Sein alter Freund in Nürnberg hatte ihm zugesagt, die gefälschten Zollpapiere für die Präparatelieferung aus den USA noch heute per Kurier zu ihm nach Kiel zu schicken. Mit denen würde er diese Pute vom Gesundheitsamt mundtot machen. Sie würde seine Steilvorlage dankbar annehmen, und bis das alles überprüft war, hatte er die Nummer hier abgewickelt und war längst über alle Berge. Die hochpreisige Ausstattung war mit Ratenzahlung finanziert und noch lange nicht abbezahlt. Was auch niemals geschehen würde, denn das alles war nicht wirklich wichtig. Viel wichtiger war sein Bankkonto in Puerto Rico, auf das er fast alle seine Einnahmen einzahlte – via Umweg über ein Bankhaus in Liechtenstein, wo er jeden Monat einmal mit einem Koffer Bargeld vorstellig wurde, das er sich wiederum von seinem aktuellen deutschen Geschäftskonto auszahlen ließ. Noch ein oder zwei Deals, vielleicht noch mal etwas richtig Großes, dann würde er Deutschland für immer den Rücken kehren. *Immer gutes Wetter, heiße Chicas und eine schöne Motorjacht …*

Sein Handy vibrierte in der Innentasche seines Jacketts und riss ihn aus seinen Träumen. Er zog das Gerät hervor und schaute aufs Display. *Nicht der schon wieder …*

»Ich hatte doch gestern am Telefon klipp und klar gesagt, dass du nicht anrufen sollst! Was ist daran so schwer zu verstehen?«, blaffte er.

»Herzfeld … er weiß Bescheid!«, hörte Behrendt die atemlose Stimme am anderen Ende der Leitung.

»Ach, dieser neugierige Rechtsmediziner. Was weiß er? Sprich Klartext!«

»Er weiß, dass Leichenteile, die Sie für Ihren Unterricht verwendet haben, hier aus dem Institut stammen.«

43

23. August, 14.04 Uhr
Kiel. Polizeipräsidium,
Büro Oberkommissar Michael Tomforde

Schneider! Er ist es wirklich! Aus dem Augenwinkel sah Herzfeld, wie Tomforde, der neben ihm saß, ihn mit aufmerksamem Blick taxierte. Herzfeld rang nach Worten, aber zu viele Gedankenfetzen jagten gleichzeitig durch sein Gehirn.

»Das ist alles?«, fragte er mit belegter Stimme. »Ich meine, gibt es noch weitere Videosequenzen, die ihn zeigen?«

»Nein, das ist alles«, erwiderte Tomforde brummig.

Er schien selbst verärgert zu sein, dass er Herzfeld nicht mehr anbieten konnte.

»Draußen hängt an der Tankstelle nur diese eine Überwachungskamera. Im Verkaufsraum ist zwar auch noch eine, aber Schneider hat das Gebäude nicht betreten. Das ist leider alles, was wir zwischen einundzwanzigstem August null Uhr und dem zweiundzwanzigsten haben. Die Aufnahmen werden nach achtundvierzig Stunden automatisch gelöscht. Weber hat das komplette Material gesichtet. Der Mann hier …«, der Ermittler zeigte auf die wieder zum Standbild eingefrorene Gestalt, die gerade in der unteren rechten Ecke des Monitors die Szenerie verließ, »… taucht nur dieses eine Mal auf.«

Herzfeld, immer noch fassungslos, rieb sich seine angestrengten Augen. »Und jetzt? Ich meine, wie geht es jetzt weiter?«

»Weber ist bereits mit einer Kollegin auf dem Weg nach Lebrade. Sie haben ihn nur knapp verpasst«, antwortete der

Oberkommissar. »Er hat Fahndungsfotos von Schneider dabei und trifft sich mit dem Angestellten, der gestern die Frühschicht hatte. Vielleicht kann der noch irgendetwas Erhellendes beitragen. Vielleicht hat er Schneider früher schon einmal in der Umgebung der Tankstelle gesehen, oder ihm ist sonst etwas aufgefallen, was uns weiterbringt.«

»Was treibt Schneider da? Ich meine, in der Gegend«, entfuhr es Herzfeld, ohne dass er auf Tomfordes Ausführungen einging. »Was will er da? Lebrade … Hat er einen persönlichen Bezug dorthin? Sie haben doch sein ganzes persönliches Umfeld im Zuge Ihrer Ermittlungen umgekrempelt, Herr Tomforde. Klingelt es bei Lebrade oder der Region bei Ihnen?«

»Ich habe keine Ahnung. Die Gegend ist, soweit wir wissen, bisher ein weißer Fleck auf Schneiders Lebens- und Aktivitätenlandkarte, wenn ich das mal so ausdrücken darf.«

»Was gibt es da? Rings um Lebrade?«, wollte Herzfeld wissen.

»Viel Natur, einsame Waldgebiete, jede Menge größere und kleinere Seen, unzugängliche Knicklandschaften«, erwiderte der Ermittler.

»Was hat ihn ausgerechnet dorthin geführt? Sie sind der Kriminalbeamte, Sie werden doch eine Vermutung haben.«

»Wenn Sie mich fragen, ist die Gegend der ideale Ort, um sich zu verstecken. Eine menschenleere Ecke in unserem ansonsten sowieso dünn besiedelten Schleswig-Holstein.«

Einen Moment lang herrschte Schweigen zwischen den beiden Männern.

»Wir können jetzt viel und trefflich spekulieren«, sagte Tomforde schließlich. »Aber viel wichtiger als das, was wir noch nicht wissen, ist das, was das Überwachungsvideo uns über Schneider erzählt.«

»Was meinen Sie?«, fragte Herzfeld irritiert.

»Wir wissen jetzt drei Dinge über Volker Schneider, die uns bisher unbekannt waren.«

»Und die wären?«

»Erstens, er lebt. Zweitens, er hält sich noch immer in Schleswig-Holstein auf. Und drittens …« Tomforde schien nach den richtigen Worten zu suchen.

»Ja? Was ist der dritte Punkt?«, drängelte Herzfeld.

»Er ist unachtsam geworden«, antwortete Tomforde.

Oder es steckt noch etwas ganz anderes dahinter, ergänzte Herzfeld in Gedanken.

44

23. August, 14.06 Uhr
Kiel-Mettenhof. Epimetheus Institut

»Weiß noch jemand außer Herzfeld von der Sache?«, fragte Behrendt.

»Nein.«

»Weiß er, dass du damit etwas zu tun hast?«

»Nein. Aber er ahnt wohl was«, antwortete der Anrufer am anderen Ende der Leitung. »Und ich kenne Herzfeld, der lässt nicht locker. Wenn er morgen Nachmittag den DNA-Beweis hat, dass das der Arm von dem Rocker ist, bei dem ich die Arme und Beine abgetrennt habe, dann ist hier die Hölle los.«

»Kann man mit Herzfeld darüber reden?«

»Natürlich. Man kann mit Doktor Herzfeld über alles reden, nur …«

»Du Schwachkopf! Ich meine, ob er käuflich ist. Ob wir uns sein Schweigen erkaufen können!«, brüllte Behrendt in sein Handy.

Am anderen Ende war für kurze Zeit nur ein schweres Atmen zu hören. Dann sagte der Anrufer: »Definitiv nicht. Herzfeld ist der geradlinigste, unbestechlichste Typ, den Sie sich vorstellen können. Der …«

»Aber reden kann man mit ihm? Ich meine, von Mann zu Mann. Er und ich. Dann erkläre ich ihm, dass du nichts damit zu tun hast.«

»Das würden Sie wirklich für mich tun? Das wäre ja … Danke! Danke!«, erklang es aufgeregt am anderen Ende der Leitung. »Sie wissen, mein Job bedeutet mir alles. Ich will schließlich noch Medizin studieren. Und nach dem Studium in die Rechtsmedizin zurückkehren. Als Arzt. Als richtiger Rechtsmediziner an einer Universität. Wo ich forschen kann. Und Studenten ausbilden …«

»Jaja.« Behrendt versuchte, den Redefluss des anderen abzuwürgen, der war jedoch in seinem Element und sprach unbeirrt weiter. »Deshalb wollte ich ja auch als Dozent für Sie arbeiten. Weil ich denke, dass ich der Richtige bin, angehende Medizinstudenten auszubilden. Und später dann echte Studierende. Nur deshalb habe ich mich darauf eingelassen. Aber jetzt … Sie würden das wirklich für mich tun? Mit Herzfeld sprechen und ihm sagen, wie es dazu kam? Was meine eigentliche Intention war, das mit den Leichenteilen zu machen?«

»Klar mache ich das«, ergriff Behrendt wieder das Wort. »Pass auf: Ich melde mich heute Abend bei dir und sage dir, wann und wo ich Herzfeld treffen will. Dann rufst du ihn an und bestellst ihn dorthin, okay? Dir wird schon was einfallen, womit du ihn locken kannst. Am besten sagst du, du willst mit ihm über die Sache reden. Okay?«

»Okay, aber …«

»Nichts aber. Ich arrangiere das. Bleib erreichbar über Handy, alles klar? Hast du mich verstanden? Ich organisiere, wann und wo das Treffen stattfindet, und melde mich später. Ich lege jetzt auf.«

Behrendt beendete das Gespräch, ohne eine Reaktion abzuwarten, und knallte das Handy auf die Tischplatte des Konferenztisches.

Scheiße! Fuck, fuck, fuck! Dieser naive Idiot! Jetzt ist es kompliziert geworden. Und nur noch bedingt kalkulierbar für mich … Wie ich so etwas hasse!

45

23. August, 14.15 Uhr
Kiel. Polizeipräsidium,
Büro Oberkommissar Michael Tomforde

Tomforde hatte für sich und Herzfeld jeweils einen Becher Kaffee geholt, der viel zu dünn und zu bitter schmeckte, aber Herzfeld war das in diesem Moment völlig egal.

Er atmete tief durch und sagte: »Wie geht es jetzt weiter? Was werden Sie unternehmen, außer dass Ihr Kollege Weber vor Ort der Sache nachgeht? Immerhin sind bereits knapp sechsundzwanzig Stunden zwischen der Aufnahme und jetzt vergangen. Eine enorme Zeitspanne für einen flüchtigen sechsfachen Mörder, oder nicht? Schneider kann im Prinzip schon wieder überall sein.«

»Das ist richtig. Deshalb habe ich in weniger als einer Stunde, um fünfzehn Uhr, einen Termin genau zu diesem Thema mit den Zielfahndern vom Landeskriminalamt. Die waren nach Schneiders Abgang von der Schleibrücke im Januar und unserer anschließenden beispiellosen wie auch erfolglosen Suche nach ihm schon einmal beteiligt.«

»Und?«, fragte Herzfeld.

»Schneider ist ein absoluter Profi. Er hat allein von Berufs wegen die Abläufe im Polizeiapparat jahrzehntelang mitbekommen und, so wie ich ihn einschätze, regelrecht studiert. Unser Problem ist, dass wir, seit er auf der Flucht ist, keinerlei *Ankerpunkte,* wie wir es nennen, mehr haben. Das bedeutet, er hat keinen festen Wohnsitz, kein Handy, er hat alle persönlichen Kontakte aufgegeben. Da ist es verdammt schwer, irgendwo anzusetzen.« Tomforde machte eine Pause. Er schien zu überlegen. »Es sei denn, man hat die Gelegenheit, seine Spur, das lose Ende, wieder aufzunehmen. Aber ich bezweifle, dass wir oder vielmehr die Kollegen vom Fachkommissariat für Zielfahndung damit Erfolg haben werden.«

»Warum nicht?«, fragte Herzfeld.

»Weil Schneider sieben Monate komplett von der Bildfläche verschwunden war. Völlig unsichtbar. Nicht existent. Wir konnten bisher ja nicht einmal seinen Tod ausschließen, so gut war seine Tarnung beziehungsweise sein Versteck. Und um ehrlich zu sein, wir werden Schneider nicht finden, es sei denn, er *will* gefunden werden.«

Herzfeld sah den Ermittler fragend an.

»Es könnte doch sein, dass er Rache nehmen will.«

Herzfeld wurde schwindelig.

46

23. August, 14.17 Uhr
Preetz. Aral-Tankstelle,
an der Bundesstraße 76

Volker Schneider steuerte zielstrebig auf den Verkaufsraum der an der Bundesstraße 76 kurz vor dem Ortsausgangsschild von Preetz gelegenen Aral-Tankstelle zu. Halb verborgen hinter einem Buswartehäuschen auf der gegenüberliegenden Seite, hatte er zuvor ausgeharrt, bis die Frau mit der knallroten Kurzhaarfrisur in ihren vollgetankten, himmelblauen Toyota Corolla gestiegen und vom Tankstellengelände gefahren war. Auch wenn die Tankstelle, wie jede andere auf seinem Weg von Lebrade hierher, videoüberwacht war und es sich nicht verhindern ließ, dass er auf diesen Aufnahmen zu sehen sein würde, wollte er den Kontakt mit anderen Menschen nach wie vor auf ein Minimum reduzieren. Zu groß war die Gefahr, dass man ihn aufgrund der öffentlichen Fahndungsaufrufe erkennen und die Polizei verständigen würde. Er musste nach wie vor vorsichtig sein. *Auch wenn es mir zunehmend schwerfällt … Sollen sie doch wissen, dass ich wieder da bin! Oder vielmehr, dass ich niemals weg war!*

Der junge Mann hinter dem Verkaufstresen, der mit einem ratternden Geräusch gerade Belege aus der elektronischen Registrierkasse ausdruckte, würdigte Schneider zu dessen Erleichterung keines Blickes. Dieser marschierte direkt auf das Sortiment mit Autozubehör zu, ergriff einen Fünf-Liter-Benzinkanister und wollte gerade den jungen Mann informieren, dass er den Kanister zunächst an einer der Zapfsäulen befüllen und dann zusammen mit dem Benzin bezahlen würde, als in einem Nebenraum hinter dem Verkaufstresen ein Telefon klingelte. Bevor Schneider ein Wort sagen konnte, war der Tankstellenangestellte auch schon dorthin verschwunden.

Schneider näherte sich dem Tresen, während er dabei einen prüfenden Blick durch die große Panoramascheibe nach draußen warf. *Immer noch keine weiteren Personen auf der Tankstelle.* Er nickte zufrieden. Dann sah er sich verstohlen im Verkaufsraum um. Hier drinnen konnte er keine Überwachungskameras entdecken. Er hörte den Angestellten telefonieren. Die elektronische Registrierkasse war mittlerweile wieder geschlossen. Beim Blick auf die verlockende Auslage mit den belegten Brötchen meldete sich sein Magen mit einem lauten Knurren, aber er riss seine Augen sofort wieder los. *Nicht schwach werden … Die knapp fünfzehn Euro, die du noch hast, gehen locker für den Kanister und das Benzin drauf.* Er ließ seinen Blick über den gesamten Verkaufstresen schweifen – und musste plötzlich grinsen. *Das ist ein Zeichen! Der Zeitzünder für meine Brandbombe! Das letzte Puzzlestück!* Mit einer blitzschnellen Bewegung beugte sich Schneider vor, nahm mit der rechten Hand einen alten, analogen Wecker und langte danach mit der linken in die Brötchen-Auslage. Er bekam ein unterarmlanges Salami-Käse-Baguette zu fassen. Beides stopfte er in Windeseile in die große Reisetasche, die er bei sich führte, hielt dann inne und lauschte. Der Tankstellenmitarbeiter telefonierte immer noch.

Mit schnellen Schritten verließ Schneider, den Benzinkanister in seiner rechten Hand, den Verkaufsraum der Tankstelle und steuerte auf die nächste Zapfsäule zu. Hier befüllte er den Fünf-Liter-Kanister mit Super-Benzin, während er immer wieder nervöse Blicke in den Verkaufsraum warf. Dabei fiel sein Blick auf eine der Videokameras zwischen den Tankplätzen, die dort in etwa drei Metern Höhe unter der Überdachung der Zapfsäulen befestigt war. Der Kanister war mittlerweile mit knapp vier Litern Super befüllt. *Das reicht …* Schneider hängte die Zapfpistole zurück in die Vorrichtung. *Nichts wie weg hier!*, ging es ihm durch den Kopf. Er verschloss den Kanister. *Das Glück nicht noch weiter herausfordern … bloß schnell weg! Ein ruhiges Plätzchen suchen und dann den Brandsatz zusammenbauen. Jetzt habe ich alles zusammen. Die Getränkeflaschen mit dem Benzin befüllen … Es wird perfekt. Muss los …*

Doch irgendetwas hielt den ehemaligen Leitenden Oberarzt der Kieler Rechtsmedizin unbewusst zurück. Wie magisch angezogen schweifte sein Blick erneut zu der Überwachungskamera über ihm. *Ich muss … Ich kann nicht anders. ER soll wissen, was ihm blüht!* Mit diesen Gedanken trat Schneider ein paar Schritte vor, genau unter die Kamera. Und dann sah er geradewegs in die Linse, über der ein kleines, rotes Lämpchen leuchtete, das signalisierte, dass das Geschehen auf dem Tankstellengelände gerade aufgezeichnet wurde.

47

23. August, 14.18 Uhr
Kiel-Mettenhof. Epimetheus Institut

Behrendt ging an der langen Fensterfront des Konferenzraums auf und ab wie ein Tiger im Käfig. Die atemberaubende Aussicht würdigte er keines Blickes mehr. Er musste seine Gedanken ordnen, sein Risiko einschätzen und die richtigen Entscheidungen treffen! Jenen wichtigen entscheidenden Schritt voraus sein, der ihn immer rettete.

Wie viel wusste dieser neugierige Rechtsmediziner? Der Mann hatte einen wachen Eindruck gemacht bei ihrer ersten und einzigen Begegnung im Institut. Nicht zu vergleichen mit dem überengagierten Fettsack, der sich für einen Dozenten hielt und ihm jetzt seinen sauberen Abgang gefährdete.

Behrendt setzte sich an den Konferenztisch, öffnete seinen Laptop und gab den Namen Paul Herzfeld in die Suchliste des Browsers ein. Eine beeindruckende Anzahl an Ergebnissen erschien. Hauptsächlich handelte es sich um rechtsmedizinische Artikel, doch auch einige Zeitungsartikel waren darunter, unter anderem von den *Kieler Nachrichten.* Neugierig scrollte er durch den Artikel mit der Überschrift »Itzehoer Mobil-Skandal weitet sich aus«, und sein Lächeln verschwand mit jeder Zeile, die er las. Paul Herzfeld war ein Spürhund, der nicht lockerließ. *Das ist nicht gut, gar nicht gut,* dachte Behrendt und öffnete seinen Hemdkragen. Er brach seine Recherche ab, ging zu einem der Sideboards an der langen Innenseite des Konferenzraums und goss sich ein Glas Mineralwasser ein, das er hastig in einem Zug austrank.

Dann hielt er für einen Moment inne, und ein perfides Grinsen umspielte seine Mundwinkel. *Gavrilovic!*

Es war mal wieder Zeit, den Serben ins Spiel zu bringen. Seinen Mann fürs Grobe. Behrendt ging zum Konferenztisch zurück, griff nach seinem Billighandy und kontaktierte den Serben auf dem üblichen sicheren Weg.

»*Da slušam*«, ertönte es am anderen Ende der Leitung.

»Es gibt Arbeit. Wo bist du gerade? Ich brauche dich hier in Kiel.«

48

23. August, 14.35 Uhr
Kiel. Pkw Paul Herzfeld

»PAAAPIII!«

Die glockenhelle Stimme seiner sechsjährigen Tochter riss Herzfeld aus seinen dunklen Gedanken. Geistesabwesend hatte er das Telefonat über die Freisprecheinrichtung seines Wagens angenommen, ohne zu registrieren, wer ihn da gerade anrief.

»In zwei Tagen sehe ich dich endlich wieder, Papi«, flötete Hannah, ohne eine Reaktion ihres Vaters abzuwarten.

»Sie ist so aufgeregt, Paul, sie wollte dich unbedingt anrufen. Entschuldige, wenn wir dich bei der Arbeit stören«, schaltete sich im Hintergrund jetzt die Stimme von Petra ein.

»Nein, nein, ihr stört überhaupt nicht«, erwiderte Herzfeld. »Ich komme gerade aus dem Polizeipräsidium.«

»Geht's dir gut, Paul? Du hörst dich so … so komisch an. Ist alles in Ordnung?«, fragte Petra, die jetzt offensichtlich das Handy von ihrer Tochter übernommen hatte.

»Jaja«, erwiderte Herzfeld hastig. »Ich sitze im Auto, vielleicht deshalb.«

»Gut, dann übergebe ich dich jetzt wieder an deine Tochter. Die möchte dir nämlich dringend etwas mitteilen. Wir beide können ja heute Abend noch mal telefonieren«, verabschiedete sich Petra.

Herzfeld atmete erleichtert auf. Er wollte auf keinen Fall, dass Petra erfuhr, wie aufgewühlt und vor allen Dingen auch beunruhigt er war. Und noch viel weniger durfte Petra zum jetzigen Zeitpunkt erfahren, dass Schneider, der Mann, der sie vor sieben Monaten entführt und zu töten versucht hatte, nicht nur am Leben war, sondern sich auch noch in der Nähe aufhielt.

Aber nun erzählte ihm Hannah zum Glück atemlos und ohne Punkt und Komma von einer Katze. Das Tier schien auf dem Gelände des Hotels zu leben – zumindest schloss Herzfeld das aus den aufgeregten Ausführungen seiner Tochter – und hatte sechs Junge bekommen. Am Ende ihres Berichtes über die Katzenmutter und ihre Katzenbabys wurde Herzfelds Tochter dann aber von irgendetwas abgelenkt und beendete ihrerseits das Telefonat mit einem »Tschüss, Papi!«.

Dass sich Hannah auf ihr Wiedersehen in zwei Tagen freute, war alles, was für Herzfeld in diesem Augenblick zählte.

Kurze Zeit später bog der Rechtsmediziner durch die Schrankenanlage auf den Institutsparkplatz ein. Seine Gedanken kreisten wie wild um die Videosequenz von Schneider. Tomforde hatte versprochen, sich bei ihm zu melden, wenn Weber aus Lebrade zurückgekehrt war. Vielleicht hatte er ja neue Informationen zu Schneider. In der Zwischenzeit würde er selbst versuchen, sich mit Arbeit abzulenken. Mehr konnte er momentan nicht tun.

49

23. August, 14.40 Uhr

Kiel-Mettenhof. Epimetheus Institut

»Es gibt aktuell ein Problem mit einer bestimmten Person, die ihre Nase sehr tief in Dinge steckt, die sie nichts angehen …«, begann Behrendt.

»Das ist bei dir ja nichts Neues«, unterbrach ihn Gavrilovic.

»Und damit kommst du ins Spiel – ist ja auch nichts Neues«, erwiderte Behrendt in leicht schnippischem Tonfall. »Also, wo bist du?«

»In der Nähe«, ertönte es heiser aus dem Billighandy.

Behrendt wusste, dass sich Gavrilovic die meiste Zeit des Jahres in Hamburg als Geldeintreiber für eine serbische Familie, wie er es nannte, verdingte. Und dass mit »Familie« euphemistisch nichts anderes als die Mafia gemeint war.

»Ich mache mich im Laufe des Nachmittags auf den Weg nach Kiel. Treffpunkt wie immer?«

»Wie immer. Ich bin da und erwarte dich«, erwiderte Behrendt und beendete das Gespräch.

Er war beruhigt, dass Gavrilovic nicht nur sofort verstanden hatte, dass der Zeitfaktor in dieser Angelegenheit der kritische Moment war, sondern auch, dass er in der Nähe und verfügbar war. Gavrilovics Einsatz würde für ihn zwar nicht billig werden, aber sich am Ende doch rechnen. Wie jedes Mal. Und wie jedes Mal würde Gavrilovic eine Summe nennen, die nicht verhandelbar war, und er, Behrendt, würde zähneknirschend zustimmen. Gute Arbeit hatte eben ihren Preis.

Er holte die Prepaidkarte aus dem Handy und brach sie mit einem leisen Klacken in der Mitte durch. Dann legte er die Füße, ohne seine hochpreisigen italienischen Maßschuhe auszuziehen, vor sich auf der weiß lackierten Tischplatte ab und lehnte sich in dem komfortablen Stuhl weit zurück. Wenn er später mit Gavrilovic einen Plan erdacht hatte, wie, wo und wann Herzfeld beseitigt werden sollte, dann würde er den Trottel von Waldstamm anrufen und ihn als Lockvogel für Herzfeld einsetzen.

Ein selbstgefälliges Grinsen huschte über Behrendts Gesicht. Da war es wieder, das Stichwort Mafia. Er bediente sich gerade einer klassischen Strategie der Mafia. Eine Person, der das Opfer vertraute, wurde als Lockvogel eingesetzt. In seinem Fall der Fettsack aus der Rechtsmedizin, der ihm bisher auch schon willfährig zu Diensten gewesen war und geradezu blind vertraut hatte. Und die Krönung war, dass Gavrilovic dann gleich beide beseitigen würde. Was würde sich wohl morgen ereignen? Ein bedauerlicher Unfall? Er musste das mit Gavrilovic besprechen. Von seinen eigenen Überlegungen regelrecht euphorisiert, schlug sich Behrendt mit beiden Händen auf die Oberschenkel, wo seine schweißnassen Handinnenflächen zwei feuchte Abdrücke in dem Stoff der feinen Stoffhose, einem Mix aus Seide und Schurwolle, hinterließen.

Zwei Fliegen mit einer Klappe. Bald gibt es ein paar freie Stellen in der Kieler Rechtsmedizin. Vielleicht sollte ich umschulen und Rechtsmediziner werden … Bei diesem Gedanken fing Behrendt schallend an zu lachen.

50

23. August, 15.01 Uhr
Waldstück zwischen Preetz und Raisdorf, nahe der Bundesstraße 76

Die Rolle Panzertape, die er neben anderen nützlichen Utensilien auf seiner Flucht in jenem leer stehenden Ferienhaus am Schönberger Strand gestohlen hatte, in dem er sich einige Wochen versteckt hatte, leistete ihm jetzt gute Dienste. Volker Schneider saß auf dem trockenen Laubboden, im Schatten der Kronen dicht stehender Laubbäume, neben sich die offene große Reisetasche, der er zuvor die fünf 0,7-Liter-Plastikflaschen entnommen hatte. Bei ihrer Auswahl hatte er penibel auf die auf ihrer Bodenprägung angegebene Kunststoffzusammensetzung geachtet, damit sie – mit Benzin befüllt – nicht porös und durchlässig wurden. Das Benzin aus dem Kanister hatte Schneider gleichmäßig auf die fünf Flaschen verteilt. Zuvor hatte er die Elektrokabel über die mit kleinen Löchern perforierten Plastikverschlüsse in die Flaschenhälse geschoben.

Im Hintergrund war das leise Rauschen der viel befahrenen Bundesstraße 76 zu hören. Schneider fixierte jetzt die Kabel an den Flaschendeckeln mit dem Panzertape und stellte gleichzeitig sicher, dass kein Benzin auslief. Dann führte er die verschiedenen von den Flaschen abgehenden Kabellagen alle in eine Seite der großen Lüsterklemme ein, die er sich auf dem Schrottplatz in Lebrade beschafft hatte. Mit der Spitze seines Messers drehte er die kleinen Schrauben in die Lüsterklemme und fixierte die Kabel. Das auf der anderen Seite abgehende zweiadrige Elektrokabel, das er zuvor bereits dort befestigt hatte – eines der vielen Kabel, die er ebenfalls auf dem Schrottplatz hatte mitgehen lassen –, ließ er jetzt in der zu der Alarmfunktion des Weckers gehörenden Platine münden. In Ermangelung eines Lötkolbens verwendete Schneider auch hier Panzertape zur Befestigung. Schließlich verband er mit dem Rest die fünf Flaschen in einer Reihe nebeneinander. Dabei achtete er darauf, dass sie nicht zu fest miteinander verbunden waren, sondern eine flexible Einheit ergaben.

Zufrieden besah er sich schließlich sein Werk. Dann griff er in die offene Reisetasche, holte das gestohlene Salami-Käse-Baguette heraus und biss herzhaft hinein.

Morgen würde ein guter Tag werden, da war sich Volker Schneider ganz sicher.

51

23. August, 15.24 Uhr
Kiel. Institut für Rechtsmedizin der Universität, Sektionssaal

Herzfelds Wunsch, sich durch Arbeit von seinen dunklen Gedanken abzulenken, ging knapp eine Stunde später, nachdem er von Tomforde aus dem Polizeipräsidium ins Institut zurückgekehrt war, in Erfüllung.

In einem Abwasserschacht in Kiel-Gaarden war im Rahmen von Wartungsarbeiten durch zwei Mitarbeiter der Stadtentwässerungsbetriebe eine hochgradig fäulnisveränderte Leiche gefunden worden. Die gesamte Körperoberfläche des Leichnams – der jetzt vor Herzfeld, Lukas Radbruch und Annette Bartels auf dem Sektionstisch lag und von seinem beißenden Geruch her zwischen Jauchegrube und wochenalten Fischabfällen angesiedelt gewesen war – war fast komplett grünfaul verfärbt.

Die gesamte Haut hatte sich beinahe vollständig pergamentartig abgelöst und hing wie feines, völlig verschmutztes Seidenpapier girlandenartig vom Körper herab. Die Kopfhaare waren – aufgrund des warm-feuchten Milieus, in dem sich der Körper längere Zeit befunden haben musste – komplett ausgefallen. Die Lippen waren grotesk froschmaulartig von den Fäulnisgasen aufgebläht, und auch der Oberkörper war nur noch eine prall gespannte Masse. Zudem fanden sich im Schrittbereich ausgedehnte, von Ratten herrührende Fraßdefekte, weshalb auch das Geschlecht durch die äußere Leichenschau nicht mehr feststellbar war. Von einem Suizid über einen Unfall bis hin zu einem Tötungsdelikt war aufgrund der Auffindesituation alles möglich. Der zuständige Kriminalbeamte, Kommissar Cem Alkan, hatte sich deshalb für eine Sofortobduktion entschieden, was dem innerlich stark aufgewühlten Herzfeld als willkommene Ablenkung sehr gelegen kam.

Cem Alkan wurde von zwei Polizeipraktikantinnen begleitet, die zum ersten Mal einer Sektion beiwohnten.

Radbruch war durch die vielen Besucher im Sektionssaal offensichtlich verunsichert. Leicht abgehackt und sich manchmal selbst korrigierend sprach er unter Herzfelds Aufsicht die Befunde der äußeren Leichenschau in sein Diktafon.

Herzfeld hörte derweil mit einem Ohr, wie Alkan den beiden Praktikantinnen davon berichtete, dass es seit einigen Wochen immer wieder Vermisstenfälle aus der Obdachlosenszene rund um den Kieler Hauptbahnhof gab.

»Und deshalb, meine Damen …«, der türkischstämmige Ermittler machte eine kunstvolle Pause und fuhr dann fort, »… müssen uns die Rechtsmediziner hier jetzt nicht nur Hinweise auf die mögliche Identität dieser Person geben, sondern auch auf Todesursache und Todesart. Wir wissen nicht, ob etwas im Zusammenhang mit diesem Todesfall deliktischen Ursprungs ist, meine Damen. Deshalb: Obacht!«

Herzfeld musste grinsen. Auch heute war Cem Alkan mal wieder mit weißer Baseballjacke, weißen Jeans und weißen Turnschuhen für einen Aufenthalt im Sektionssaal ausgesprochen unpassend gekleidet. Den Praktikantinnen schien es jedoch zu gefallen, zumindest einer.

Die rothaarige, etwas fülligere junge Frau warf Alkan einen schmachtenden Blick zu, den dieser mit einem strahlenden Lächeln erwiderte, bei dem er zwei Reihen tadelloser, weißer Zähne entblößte.

Herzfeld fand, dass sich der Kommissar in Anbetracht des Fäulniszustandes der Leiche mit seiner Erwartung bezüglich der rechtsmedizinischen Ergebnisse der Untersuchung gerade ziemlich weit aus dem Fenster lehnte. Schließlich riss sich Herzfeld von der Alkan-Praktikantinnen-Szenerie los und konzentrierte sich wieder auf Radbruch und dessen äußere Leichenschau.

Am Ende der Obduktion hatten Herzfeld und sein Team Alkans Euphorie tatsächlich deutlich dämpfen müssen, was die Klärung von Identität, Todesart und Todesursache anbelangte. Zeichen einer äußeren Gewalteinwirkung hatten sich an den Knochen und Weichteilen nicht nachweisen lassen – soweit dies aufgrund der Fäulnis noch möglich war. Tief in den verfaulten Weichteilen des kleinen Beckens hatten sich noch Reste einer Vorsteherdrüse befunden, sodass zumindest schon mal feststand, dass es sich um die Überreste eines männlichen Toten handelte. Zur Todesursache und Todesart konnten sie allerdings aufgrund des Zustandes der inneren Organe keinerlei Feststellungen mehr machen. Der Zahnstatus war von Radbruch unter Herzfelds Aufsicht erhoben sowie Lendenmuskulatur und Knochenmark aus dem aufgesägten Oberschenkelknochen des Toten für einen DNA-Abgleich asserviert worden. Blieb zu hoffen, dass sich im Laufe der weiteren Todesermittlungen ein konkreter Verdacht ergeben würde, um wen es sich handelte. Zudem hatten die Obduzenten die notwendigen chemisch-toxikologischen Untersuchungen in Doktor Uhlemanns Labor eingeleitet.

Mehr war nicht möglich gewesen, und der leicht zerknirschte Alkan verließ nun, dicht gefolgt von der ihn immer noch anschmachtenden Praktikantin, den Sektionssaal. Die andere Praktikantin, eine junge Frau mit strohblondem Pferdeschwanz, blieb jedoch plötzlich wie angewurzelt vor der geöffneten, automatischen Schiebetür stehen, die den Sektionssaal von dem Flur zu den Umkleidekabinen trennte. Herzfeld war im Verlaufe der Obduktion angenehm überrascht gewesen, wie gut die beiden jungen Frauen sowohl den Anblick als auch den Geruch der fäulnisveränderten Leiche ausgehalten hatten.

Die blonde Praktikantin schien von irgendetwas auf dem Sektionssaalboden vor ihren Füßen fasziniert, denn sie warf jetzt einen fragenden Blick in Richtung der Obduzenten, die sich noch neben dem Sektionstisch mit dem Toten befanden. Annette Bartels verschloss den Körper an seiner Vorderseite gerade wieder mit gekonnten Stichen.

Da weder Radbruch noch sie den fragenden Blick bemerkten, ging Herzfeld auf sie zu.

»Kann ich Ihnen helfen? Auf dem Boden scheint etwas Ihre Aufmerksamkeit anzuziehen.«

»Vielleicht bin ich zu neugierig, Herr Doktor«, sagte die junge Frau mit den Sommersprossen und dem wippenden Pferdeschwanz fast entschuldigend. »Aber was ist das hier? Wenn es das ist, wofür ich es halte, warum ist der Abfluss so schmal und nicht mittig im Sektionssaal, sondern am Rand eingelassen?«

Sie deutete auf eine etwa einen Meter sechzig lange und vier Zentimeter breite, schlitzförmige Aussparung im Sektionssaalboden genau im Ausgangsbereich zum Flur.

»Guter Punkt. Sie sind sehr aufmerksam, vielen fällt diese Madenrinne nicht auf«, sagte Herzfeld mit einem Lächeln.

»Madenrinne?«, fragte die junge Frau irritiert.

»Ja, Sie haben richtig gehört. So halten wir die Maden, die leider zu unserer Arbeit gehören wie die Vernehmung von Zeugen zu Ihrer, aus unseren übrigen Institutsräumen fern. Wenn Sie sich mal umdrehen …« Herzfeld zeigte zur gegenüberliegenden Seite des Sektionssaales, wo ein Ausgang zum Raum der Leichenannahme führte. »Auch dort gibt es eine Madenrinne. Darin befinden sich Auffangbehälter. Wenn die kleinen Biester versuchen, den Sektionssaal zu verlassen, fallen sie da rein. Jeden Abend werden die auskleidenden Behälter dieser Rinnen geleert und …«

»Danke, vielen Dank, Herr Doktor. *Too much information* …«, sagte die Blonde, aus deren Gesicht jetzt alle Farbe gewichen war. Mit großen Schritten schloss sie eilig zu Cem Alkan und ihrer Kollegin auf.

In diesem Moment trat Lukas Radbruch an Herzfeld heran. »Was war das denn?«, fragte der junge Assistenzarzt erstaunt.

Offensichtlich hatte er nur den Abgang der Praktikantin und nicht Herzfelds Ausführungen mitbekommen.

»Sind Sie verheiratet?«, fragte Herzfeld.

Der Assistenzarzt schüttelte den Kopf.

»Oder liiert?«

Radbruch schüttelte erneut den Kopf.

»Okay, Herr Radbruch. Ich verrate Ihnen jetzt mal etwas. Sie sollten sich schon mal mit dem Gedanken anfreunden, dass nicht jede Frau das, was Sie hier beruflich tun, appetitlich finden wird. Und Sie werden vielleicht auch erleben, dass sich Ihr jetziges privates Umfeld teilweise nicht mit Ihrem neuen beruflichen Umfeld zu arrangieren vermag. Diese Erfahrung werden Sie garantiert noch machen …«

52

23. August, 19.10 Uhr
Kiel. Wohnung Paul Herzfeld

Herzfeld trat aus der Dusche, griff nach dem großen Badehandtuch und fing an, sich abzutrocknen. Jetzt fühlte er sich deutlich besser als noch vor fünfzehn Minuten, als er abgekämpft und mit dem Gefühl, aus allen Poren nach Sektionssaal und fauler Leiche zu riechen, zu Hause eingetroffen war. Er zog T-Shirt und Jogginghose an und bereitete sich gerade sein Abendbrot zu – Wurst- und Käsestullen –, als sein Handy klingelte. Er hatte es im Flur mit seinem Autoschlüssel in der Schlüsselablage deponiert. Nach wenigen Schritten hatte er das Gerät erreicht, ergriff es und warf einen Blick auf das Display. *Tomforde! Endlich!*

»Moin, Doktor Herzfeld«, meldete sich die tiefe Stimme des Ermittlers.

»Und?«, fragte Herzfeld ungeduldig.

»Nichts. Weber ist sozusagen mit leeren Händen aus Lebrade zurückgekehrt.«

»*Überhaupt* nichts?«, entfuhr es Herzfeld, der sich keinerlei Mühe gab, seine Enttäuschung zu verbergen. Wie angewurzelt blieb er im Flur stehen.

»Der Angestellte, der gestern die Tagschicht an der Tankstelle in Lebrade hatte, hat Schneider nicht zu Gesicht bekommen«, erwiderte Tomforde. »Wie bereits befürchtet, da Schneider den Verkaufsraum des Tankstellengebäudes nicht betreten hat.«

»Und sonst? Ich meine, Weber und seine Kollegin werden

ja nicht nach Lebrade gefahren sein, nur um mit einem Angestellten zu sprechen. Das hätte man auch telefonisch klären können!«, brach es regelrecht aus Herzfeld heraus, der die Schärfe seines Tonfalls sofort bereute, wohl wissend, dass Tomforde auf seiner Seite stand und sicherlich nichts unversucht lassen würde, um Schneiders Spur aufzunehmen.

»Gemach, gemach! Das wollte ich Ihnen gerade berichten …«

Wenn der Oberkommissar von Herzfelds Tonfall überrascht war oder sich darüber ärgerte, ließ er es sich zumindest nicht anmerken.

»Tut mir leid, ich wollte nicht unhöflich …«, sagte Herzfeld, aber Tomforde unterbrach jetzt seinerseits den Rechtsmediziner, ehe der den Satz beenden konnte.

»Alles in Ordnung. Ich kann mir vorstellen, wie es in Ihnen aussieht, was seit heute Mittag in Ihrem Kopf vorgehen muss. Also …«

Tomforde machte eine kurze Pause, und Herzfeld hörte das Klicken eines Feuerzeugs am anderen Ende der Leitung, gefolgt von einem leisen Knistern und kurz darauf einem kräftigen Ausatmen. Dann sprach der Ermittler weiter.

»Weber und die Kollegin haben vor Ort mit lokalen Einsatzkräften vier Stunden lang Türklinken geputzt. Sie haben an jedem Haus geklingelt, wo Schneider vorbeigekommen und jemandem aufgefallen sein könnte. Sie sind in jeden Laden rein, haben in jedem Gehöft vorbeigeschaut, keine Möglichkeit ausgelassen. Zudem sind Fahndungsfotos an alle Kollegen im südöstlichen Schleswig-Holstein raus. Wir haben die Soko Mühle wieder reaktiviert. Wie es aussieht, bekommen wir Verstärkung von den Plöner Kollegen. Und sehr wahrscheinlich auch aus Flensburg. Unsere

Beamten sind schon seit heute Nachmittag dabei, alle Überwachungsvideos von Tankstellen, öffentlichen Gebäuden, Parkhäusern und so weiter in einem Umkreis von achtzig Kilometern um Lebrade einzusammeln. Das Material trudelt mittlerweile nach und nach ein. Weber, die bereits von anderen Aufgaben abgezogenen und jetzt für die Soko Mühle tätigen Kieler Kollegen und ich legen heute eine Nachtschicht ein, um die Aufnahmen aus den Überwachungskameras zu sichten. Und wenn das nicht erfolgreich ist, gehen wir morgen mit einem Fahndungsaufruf an die Öffentlichkeit.«

»Shit!«, rief Herzfeld. »Wann wird die Fahndung öffentlich gemacht?«, fragte er Tomforde dann besorgt. *Es darf auf keinen Fall passieren, dass Petra die Information, dass Schneider lebt und sich in Schleswig-Holstein aufhält, aus den Medien erfährt,* schoss ihm durch den Kopf.

»Ich schätze, im Laufe des morgigen Nachmittags«, erklang Tomfordes tiefe Stimme.

Das Mobiltelefon zwischen linker Schulter und Wange eingeklemmt, ging Herzfeld in Richtung Wohnzimmer.

»Wir müssen erst mal abwarten, was die Nacht bringt. Vielleicht entdecken wir Schneider auf den Aufnahmen der Überwachungskameras. Andernfalls müssen wir die Öffentlichkeitsfahndung morgen Vormittag zunächst koordinieren, den einzelnen Abteilungen Gelegenheit geben, sich untereinander abzustimmen, diverse Zustimmungen einholen. Da hängt ein riesiger Rattenschwanz dran, bis die ganze Maschinerie einer Öffentlichkeitsfahndung angelaufen ist. Aber morgen um vierzehn, spätestens fünfzehn Uhr geht das über die Medien und sozialen Netzwerke an die Öffentlichkeit. Sie sehen, Herr Herzfeld, wir lassen nichts unversucht, Schneider zu finden. Und es wird uns gelingen, das verspreche ich

Ihnen. Das wird die größte Menschenjagd in der Geschichte Schleswig-Holsteins, wenn ich das mal so unter uns und ganz außerhalb des Protokolls sagen darf.«

Tomforde und Herzfeld sprachen dann noch kurz über den bereits stark fäulnisveränderten und von Waldtieren angefressenen und weggeschleppten Arm, den eine Frau beim Spaziergang mit ihrem Hund auf einer Wiese gefunden und den Herzfeld vor zwei Tagen seziert hatte. Tomforde berichtete dem Rechtsmediziner, dass bei erneuter Begehung des unmittelbar benachbarten kleinen Waldstücks ein menschlicher Schädel, weitere Knochen, Kleidung und ein Rucksack mit einem darin enthaltenen Abschiedsbrief gefunden worden waren. Schädel und Knochen seien vor wenigen Stunden im Institut angeliefert worden. Es handelte sich nach den bisherigen polizeilichen Erkenntnissen sehr wahrscheinlich um die Überreste eines sechsundvierzigjährigen, stark psychotischen und seit seinem fünfzehnten Lebensjahr an Wahnvorstellungen leidenden Mannes, der seit vier Wochen aus einer nahe gelegenen psychiatrischen Klinik abgängig war. Die endgültige Bestätigung erhofften sich die Ermittlungsbehörden von dem noch ausstehenden Ergebnis der DNA-Analyse.

Herzfeld nahm Tomfordes Ausführungen schweigend zur Kenntnis. Nachdem sie das Telefonat beendet hatten, ließ er sich im Wohnzimmer auf die Couch fallen.

Sein Kopf fühlte sich an, als ob er gleich platzen würde. Herzfeld dachte fieberhaft nach. Er sollte Petra informieren. Am besten jetzt gleich. Das Gespräch, dass Schneider am Leben und womöglich in der Nähe war, keinesfalls auf die lange Bank schieben. *Andererseits … wenn die Polizei Schneider zeitnah zu fassen bekommt und die Öffentlichkeitsfahndung nicht nötig wird, habe ich Petra umsonst verrückt gemacht. Denn verrückt vor Angst wird sie das alles garantiert machen, dieser Wahnsinnige ist schließlich zu allem fähig.* Während Herzfeld noch diesen Gedanken nachhing, meldete sich sein Handy erneut.

Eine SMS eines unbekannten Teilnehmers war eingegangen.

Herzfeld war kurz versucht, zunächst seinem knurrenden, mittlerweile völlig leeren Magen zu gehorchen und erst einmal zu essen. Die SMS konnte er auch später noch lesen. Und es war ja auch scheinbar niemand, mit dem er in näherem Kontakt stand, sonst hätte er die Nummer in seinem Telefonverzeichnis abgespeichert. Aber dann öffnete er doch, einem Impuls folgend, das Nachrichtenmenü seines Handys.

SMS: Unbekannter Teilnehmer
Hallo, Herr Doktor Herzfeld. Entschuldigen Sie bitte die Störung. Hier schreibt Heinrich von Waldstamm.

53

23. August, 19.51 Uhr
Kiel. Wohnung Heinrich von Waldstamm

Mit einem leisen Pling erschien die Textnachricht auf von Waldstamms altem Samsung-Handy.

SMS: Doktor Herzfeld
Ist es dringend?

Das Display des Geräts, das neben zwei aufgerissenen Chipstüten und diversen leeren Schokoladeverpackungen auf dem abgeschabten Couchtisch vor dem Sektionsassistenten lag, wies zahlreiche Risse auf. Es hatte fast eine halbe Stunde gedauert, bis der Doktor ihm geantwortet hatte. Von Waldstamm war mehrfach versucht gewesen, zum Handy zu greifen und ihn einfach anzurufen. Aber das Wissen, dass er ein schlechter Lügner war, hatte ihn immer wieder davon abgehalten. Eigentlich waren es keine richtigen Lügen, vielmehr notwendige und nicht aufschiebbare Maßnahmen im Rahmen einer allgemeinen Schadenbegrenzung für seine Person. Um sich abzulenken, sich zu beruhigen, hatte er angefangen zu essen. Immer wenn er sehr aufgeregt war, ihm Unangenehmes bevorstand oder er Angst vor etwas hatte, musste er essen. Richtig viel essen. Alles, was gerade verfügbar war. Das war schon in seiner Kindheit so gewesen. Seine Mutter, eine geborene Freifrau einer alten westfälischen Adelslinie, pflegte immer zu sagen, dass ihn das viele Essen groß und stark machen würde. Sie hatte recht behalten, wie er während seiner Schulzeit fast täglich durch das Gespött seiner Klassenkameraden über seine Körpergröße und Körperfülle erfahren musste.

Jetzt saß er leicht vornübergebeugt auf der abgesessenen, mit ausgeblichenem und speckigem hellgrünem Veloursleder überzogenen Couch und starrte auf das Handydisplay. *Ich muss ihm antworten. Schließlich hab ich ihn ja kontaktiert. Komm schon, Heinrich …*

Ehe der Dreiundzwanzigjährige die erste SMS an Herzfeld geschrieben hatte, war er eine geschlagene halbe Stunde lang durch seine spärlich eingerichtete, kleine Dachgeschosswohnung im Kieler Süden getigert, hatte auf dem abgeschabten Jute-Teppich seine Bahnen gezogen, nur unterbrochen von kurzen Zwischenstopps am Couchtisch, von dem er dann jedes Mal eine Handvoll Chips und Schokolade genommen und sich in den Mund gestopft hatte.

Nur wenige Minuten zuvor hatte Doktor Alvarez ihn angerufen und instruiert, was er Herzfeld sagen und wohin dieser in aller Herrgottsfrühe am nächsten Morgen kommen sollte. Von Waldstamm hatte sich am Telefon gewunden, einsilbige Antworten gestottert und dann beschlossen, dass er Herzfeld auf keinen Fall anrufen, sondern per Textnachricht kontaktieren würde.

Kurz hatte von Waldstamm überlegt, ob er Doktor Alvarez darauf ansprechen sollte, was an den Gerüchten dran sei, dass er wohl gar nicht Alvarez hieß, dass er kein echter Doktor und weder promoviert noch ein approbierter Arzt sei. Von Waldstamm hatte am Nachmittag zufällig bei einem Gespräch zwischen Doktor Herzfeld und Frau Doktor Westphal diese verstörenden Informationsfetzen aufgeschnappt. Aber er hatte den Gedanken, Alvarez damit zu konfrontieren, sofort wieder verworfen, schließlich hatte er ja mit eigenen Augen bei seinem Besuch im Epimetheus Institut gesehen, dass Alvarez, oder wie immer er auch hieß, der Chef des medizinischen Instituts war. Und deshalb hatte er am Telefon lieber nichts gesagt.

Jetzt tippte von Waldstamm erneut eine Textnachricht in sein Handy.

SMS
Kann leider nicht bis morgen warten, Herr Doktor.

Die Antwort kam sofort.

SMS: Doktor Herzfeld
Tel?

SMS
Schlecht. Kann leider gerade nicht telefonieren.

SMS: Doktor Herzfeld
Okay. Was ist los?

SMS
Mir ist etwas zu dem Arm mit der Schwarzen Sonne eingefallen.

SMS: Doktor Herzfeld
Arm von Leif Steiger?

SMS
Genau. Ich sollte mich ja melden, wenn mir etwas dazu einfällt.

SMS: Doktor Herzfeld
Richtig. Nicht doch besser tel?

Von Waldstamm griff an seine linke Hand und drehte nervös an dem großen Siegelring. Er musste einem Anruf von Herzfeld zuvorkommen, deshalb tippte er hektisch in sein Handy.

SMS
Wir müssen uns treffen. Morgen sehr früh. Noch vor der Arbeit. Nicht in Kiel. Ich werde Ihnen alles erzählen. Es wird sich alles aufklären.

SMS: Doktor Herzfeld
Warum so geheimnisvoll?

Von Waldstamm überlegte kurz, was er darauf antworten sollte, als schon die nächste Textnachricht von Herzfeld eintraf.

SMS: Doktor Herzfeld
Okay. Wann und wo?

Von Waldstamm teilte Herzfeld daraufhin per SMS mit, wann und wo er ihn in den frühen Morgenstunden treffen wollte.

Er verschwieg Herzfeld gegenüber tunlichst, dass auch der Direktor des Epimetheus Instituts höchstpersönlich bei dem Treffen anwesend sein würde. Seine Befürchtung, dass Herzfeld nachfragen würde, warum von Waldstamm ausgerechnet diesen Treffpunkt für die Aussprache gewählt hatte, traf zum Glück nicht ein. Für ihn war die Wahl der Örtlichkeit äußerst befremdlich gewesen, und er hätte auch gar nicht gewusst, was er auf Herzfelds Frage hätte antworten sollen.

Von Waldstamm legte das Handy vor sich auf dem Couchtisch ab und ließ sich mit einem lauten Seufzen erschöpft auf der stockfleckigen, grünen Veloursledercouch zur Seite sinken. *Was für ein Tag …*

Was von Waldstamm zu diesem Zeitpunkt nicht wusste, war, dass er mit dem Umstand, Herzfeld in Behrendts und Gavrilovics Falle zu locken, das Tor zur Hölle aufstieß.

54

23. August, 20.02 Uhr
Kiel. Wohnung Paul Herzfeld

Herzfeld starrte noch einige Sekunden lang ratlos auf das Handydisplay, ehe er das Gerät zur Seite legte. Er wurde nicht recht schlau aus der Intention von Heinrich von Waldstamm, ihn in den frühen Morgenstunden außerhalb von Kiel zu einem klärenden Gespräch treffen zu wollen.

Und dann auch noch in Bad Segeberg? Wie zum Teufel kommt von Waldstamm nur auf diese Idee?

Er war während der Kommunikation mit dem Sektionsassistenten per SMS viel zu hungrig und mit den Gedanken immer noch bei Schneider und der Bedrohung für seine Familie gewesen, als dass er bezüglich der frühen Uhrzeit und des Ortes die Energie und Kraft gehabt hätte, Nachfragen zu stellen.

Obwohl das Gefühl der Leere in seinem Magen mittlerweile einem dumpfen Schmerz gewichen war, der sich von Minute zu Minute in seiner Intensität steigerte, und sich sein Mund ausgetrocknet, regelrecht pelzig anfühlte, blieb er auf der Wohnzimmercouch sitzen.

Seine Gedanken schweiften wieder zu Schneider. Und zu Petra. Er sollte sie am besten jetzt gleich anrufen und informieren. Sein Kopf schien immer noch fast zu platzen. So viele lose Enden, so viele Baustellen in seinem Leben. Mal wieder.

Und er musste Petra auch dringend über Schwans neueste Pläne informieren. Oder besser: über dessen *Vorschlag*, wie es der alte Institutsdirektor vor zwei Tagen ausgedrückt hatte, als er Herzfeld in seinem Büro mitteilte, dass er ihn zu seinem Nachfolger auserkoren hatte. *Professor Paul Herzfeld, Institutsdirektor … Ich habe keine Ahnung, wie Petra das aufnehmen wird. Einerseits sind wir dann finanziell abgesichert, ich habe eine Dauerstelle, es steht fest, dass wir in Kiel bleiben, Hannah in der Nähe ihrer geliebten Großeltern aufwachsen kann, und ich nicht im universitären Zirkus von einer Stadt zur anderen ziehen muss, weil die meisten Unistellen in rechtsmedizinischen Instituten befristet sind. Recht passable Aussichten …*

Ein zufriedenes Gefühl wollte sich bei ihm dennoch nicht einstellen.

Andererseits … Petra ist keine große Freundin meines Berufs – wegen der Gefahren, denen ich aufgrund meiner Tätigkeit immer wieder ausgesetzt bin. Und meine Familie wurde schon einmal viel zu tief mit hineingezogen. Womit ich wieder bei Schneider bin!

Herzfeld schüttelte den Kopf, so als ob er damit den Gedanken an seinen wahnsinnigen Gegenspieler einfach abschütteln könnte. Er versuchte, sich als Direktor der Kieler Rechtsmedizin zu sehen, sich vorzustellen, wie er im Büro von Professor Schwan hinter dem kolossalen Schreibtisch saß und von dort die Geschicke des Instituts leitete. Aber es gelang ihm nicht. Zu schmerzlich war ihm bewusst, dass Schwan bereits jetzt schon, im Vorfeld, fast Unmögliches von ihm verlangte. Er sollte sich neben den ganzen Routinetätigkeiten im Sektionssaal, an Tatorten und als Sachverständiger vor Gericht – von den kräftezehrenden Nachtdiensten ganz abgesehen – innerhalb eines Zeitraums von nur einem Jahr habilitieren. Das bedeutete, noch mindestens zwei wissenschaftliche Publikationen in internationalen Fachzeitschriften auf Englisch zu veröffentlichen, seine bisherige rechtsmedizinische Forschung in einer mindestens einhundert Seiten starken Habilitationsschrift zusammenzufassen, nebenbei noch Dozentenschulungen der Fakultät zu besuchen, weitere Voraussetzungen für die mit der Habilitation einhergehende Lehrbefähigung, die Venia Legendi, zu erfüllen und die für einen Habilitierten vorgesehenen Lehrleistungen im Studierendenunterricht erbringen. Herzfeld wurde schwindlig, schob das aber auf seinen leeren Magen.

Er beschloss, dass er beide Themen – Schneider und Schwans Nachfolge – persönlich mit Petra besprechen musste, am Telefon ergab das überhaupt keinen Sinn. Wenn seine zukünftige Frau übermorgen mit Hannah und ihren Eltern aus Sankt Peter-Ording zurück war, würde er den richtigen Moment abpassen.

Herzfeld erhob sich von der Couch. Es war Zeit, auf andere Gedanken zu kommen. Während er in die Küche ging, um endlich zu essen, dachte er an die für Herbst geplante Hochzeit. *Eine standesamtliche Trauung nur im engsten Familien- und Freundeskreis …* Herzfeld versuchte, sich vorzustellen, wie Petra in einem weißen Hochzeitskleid, strahlend vor Freude und Hannah mit dem Hochzeitsstrauß in der Hand neben ihr, gemeinsam mit ihm vor der Standesbeamtin stand.

Etwa zwanzig Minuten später saß der Rechtsmediziner wieder auf der Couch vor dem Fernseher, neben sich den Teller mit belegten Broten, und zappte durch das Fernsehprogramm. Kurz blieb er bei der Wettervorhersage hängen, die ein herannahendes Sturmtief für die Nacht sowie Gewitter und Regenschauer für den kommenden Morgen in Schleswig-Holstein ankündigte – unterlegt mit dem Hinweis des Sprechers aus dem Off, dass dieser Wetterumschwung von den holsteinischen Landwirten sehnlichst erwartet würde. Dann zappte er weiter. Allerdings fand er weder eine Sendung noch einen Film, die sein Interesse weckten. Immer wieder schweiften seine Gedanken von dem Geschehen auf dem Bildschirm ab. Doch diesmal nicht zu den bevorstehenden Gesprächen und sich daraus sicherlich ergebenden Konflikten mit Petra, sondern zu den aktuellen Ereignissen. Von Waldstamm wollte ihn morgen in aller Herrgottsfrühe in Bad Segeberg treffen und über den Arm des offensichtlich einmal der Neonazi-Szene angehörenden Leif Steiger sprechen. Herzfeld kratzte sich am Hinterkopf. *Wie kann der Arm eines Mordopfers zehn Monate nach der gerichtlichen Obduktion in einem illegalen Institut wieder auftauchen?* So seltsam das alles war, so merkwürdig sich von Waldstamm verhielt, seit gestern der Arm mit der Tätowierung plötzlich aufgetaucht war, hatte Herzfeld dennoch das Gefühl, dass er dem jungen Sektionsassistenten vertrauen konnte. *Wir sind schließlich Kollegen. Von Waldstamm brennt für die Rechtsmedizin. Er will Medizin studieren. Und er hat das Herz am rechten Fleck, auch wenn er ein ziemlicher Sonderling ist. Vielleicht hat er Mist gebaut. Aber wer wäre ich, wenn ich ihm morgen früh nicht die Chance geben würde, das wieder geradezurücken?* Herzfelds Gedanken kehrten zurück zu der Leiche von Leif Steiger, die er im Oktober des vergangenen Jahres obduziert hatte. Er sah das Tattoo auf der Außenseite des rechten Oberarmes von Leif Steiger plastisch vor sich. *Die Schwarze Sonne.*

In diesem Moment kam ihm eine Idee. Herzfeld rief über

den Browser des Smart-TVs YouTube auf und gab »Bad Segeberg« und »Kalkberg« ein. Sofort wurden ihm diverse Dokumentationen angeboten, von denen er sich nach kurzem Durchscrollen für eine knapp sechsminütige Fernsehreportage entschied. Sie war vor einigen Jahren im TV-Programm des Norddeutschen Rundfunks in einer Magazinsendung über Schleswig-Holstein unter dem Titel *Vor siebzig Jahren: Kalkberg wird NS-Kultstätte* gelaufen.

Für Herzfeld war die Kleinstadt Bad Segeberg wie wohl für alle im nördlichsten Bundesland lebenden Menschen kein unbeschriebenes Blatt. Zweimal hatte er bisher mit Hannah und Petra die jährlich im Sommer für mehrere Wochen im Kalkbergstadion stattfindenden Karl-May-Spiele besucht. Das Stadion lag direkt am Fuß des einundneunzig Meter hohen Bad Segeberger Kalkbergs. In dem riesigen, Anfang der 1930er-Jahre in einer durch Gipsabbau entstandenen Grube erbauten Freilichttheater, das einem römischen Amphitheater nachempfunden war und Sitzplätze für etwa siebentausendsiebenhundert Zuschauer bot, hatten Hannah, Petra, Petras Eltern und er *Der Ölprinz* und *Der Schatz im Silbersee* gesehen. Der für dieses Jahr geplante Besuch war dann leider gescheitert, weil Petras Vater, der diesmal für die Kartenbeschaffung zuständig war, es schlicht und einfach vergessen hatte, Tickets für die Familie zu besorgen. Als Petra ihn daran erinnert hatte, waren alle Vorführungen bereits ausverkauft gewesen. Woraufhin Herzfeld kurz dankbar gewesen war, dass dieser Fauxpas nicht ihm passiert war.

Herzfeld folgte der Fernsehreportage des Norddeutschen Rundfunks interessiert. Untermalt von leicht verwackelten Schwarz-Weiß-Bildern, die zunächst Impressionen von Bad Segeberg Anfang der 1930er-Jahre zeigten und danach Arbeiter, die Steine und andere Baumaterialien auf Lkw verluden, berichtete der Sprecher aus dem Off gerade darüber, dass das Kalkbergstadion eine NS-Vergangenheit hatte, von der hauptsächlich die ältere Generation der Bad Segeberger noch wusste. 1937 hatte der damalige Reichspropagandaminister Joseph Goebbels die Anlage als Nordmark-Feierstätte eingeweiht. In nur wenigen Jahren Bauzeit vom Reichsarbeitsdienst errichtet, war das riesige Amphitheater die perfekte Propaganda-Arena für Aufmärsche der NSDAP und anderer Schergen Hitlers gewesen. Die Dokumentation zeigte unter anderem Zehntausende »Heil Hitler!« rufende Menschen und Fackelaufmärsche. Und zu dieser ehemaligen Nazi-Veranstaltungsstätte, genauer gesagt zu einem Seiteneingang der riesigen Anlage in einer an das Gelände grenzenden Straße, hatte von Waldstamm ihn für den nächsten Morgen um fünf Uhr bestellt. Herzfeld überlegte fieberhaft. *Gibt es einen Zusammenhang zwischen dem Arm eines Mannes, der sich sehr wahrscheinlich zu Lebzeiten in rechtsextremen Kreisen bewegte oder mit Neonazis sympathisierte, und dem Ort meines Treffens mit von Waldstamm?* Aber sosehr sich Herzfeld auch sein Hirn zermarterte, er konnte sich keinen Reim darauf machen, ob es sich um eine zufällige Koinzidenz handelte oder tatsächlich ein kausaler Zusammenhang bestand.

Die kurze Fernsehreportage des NDR endete schließlich mit dem Hinweis darauf, dass seit 1952 im Kalkbergstadion jährlich die Karl-May-Spiele stattfanden und welche großartigen und berühmten Schauspieler hier in den verschiedenen Jahrzehnten den Figuren Karl Mays Leben eingehaucht hatten.

Als der Bericht vorbei war, zappte Herzfeld noch kurz durch die von YouTube im Zusammenhang mit der Dokumentation angebotenen Videos, aber seine Gedanken kehrten immer wieder zu den Leichenteilen aus dem Epimetheus

Institut und zu dessen nicht nur zwielichtigem, sondern auch hochkriminellem Direktor zurück.

Herzfeld griff nach seinem Handy, das er vor sich auf dem Couchtisch abgelegt hatte, und schaltete das Display ein. *Gleich 21 Uhr … Soll ich?* Er überlegte kurz und wählte trotz der fortgeschrittenen Uhrzeit die Handynummer von Julia Schmidt-Thychsen. Zu viele drängende und immer noch offene Fragen um die dubiose Person Alessio Alvarez, der in Wahrheit Marco Behrendt hieß, und um dessen illegale Machenschaften schwirrten in seinem Kopf herum. Eine gefühlte Ewigkeit lauschte Herzfeld dem Freizeichen am anderen Ende der Leitung, aber die Amtsärztin nahm seinen Anruf nicht entgegen.

Plötzlich übermannte ihn eine bleierne Müdigkeit. Er sah auf die Uhr. Um gegen fünf Uhr in Bad Segeberg zu sein, musste er allerspätestens um Viertel vor vier Uhr aufstehen. Es würde eine kurze Nacht werden, und er hoffte inständig, schlafen zu können und nicht durch quälende Gedanken an Schneider davon abgehalten zu werden.

Herzfeld stellte auf dem Weg ins Schlafzimmer den Wecker seines Handys und ließ sich in der Dunkelheit des Raums der Länge nach auf sein Bett fallen. Ehe der Schlaf ihn übermannte, dachte er an Hannah und Petra, die übermorgen nach Kiel zurückkehren würden.

Den grellen Blitz, der kurze Zeit später die Dunkelheit durchzuckte und ein heftiges Gewitter einleitete, bekam Herzfeld nicht mehr mit.

55

23. August, 23.42 Uhr
Kiel. Apartmenthaus am Schrevenpark

Auch wenn Behrendts Dreizimmerapartment in zentraler Lage am angesagten Schrevenpark auf den ersten Blick einen mondänen Eindruck machte, waren die Wände aus dünnen Gipskartonplatten. Zum Glück hatte er in den Monaten, die er jetzt hier residierte – mit Pförtnerservice im Erdgeschoss und auch ansonsten recht luxuriös –, nur wenig Zeit in der Wohnung verbracht.

Nachdem gegen zwanzig Uhr die SMS von dem fetten Trottel eingetroffen war, dass Herzfeld, dieser penetrante Möchtegern-Ermittler, zur vereinbarten Zeit am ausgemachten Treffpunkt sein würde, war Behrendt mit Gavrilovic noch einmal den Ablaufplan des morgigen Tages durchgegangen. Zunächst hatte er nicht verstanden, warum Gavrilovic sie einem solchen Risiko aussetzen wollte, in das mit dem Auto eine Dreiviertelstunde entfernte Bad Segeberg zu fahren. Ein weiteres Provinzkaff hier im tristen Norden. Aber dann hatte er die Genialität von Gavrilovics Plan erkannt. Der Serbe war ein bemerkenswerter, überdurchschnittlich gewiefter und zugleich eiskalter Typ.

Bad Segeberg war nicht nur bekannt für sein Kalkbergstadion mit den berühmten Karl-May-Spielen, nein, die Kleinstadt mit ihren etwa siebzehntausend Einwohnern war auch berühmt für ihre Kalkberghöhle. Diese war mit über zweitausendzweihundert Metern Länge die längste zugängliche Gipshöhle Deutschlands. Und somit laut Gavrilovic ideal, um darin Leichen für immer verschwinden zu lassen.

Behrendt überflog noch einmal die SMS von Waldstamm.

Herzfeld ist informiert. Er wird da sein. Wir sehen uns morgen. Danke, dass Sie das für mich tun. Danke, dass Sie ihm alles erklären werden.

Behrendt schüttelte den Kopf über so viel Naivität und lachte schallend.

56

24. August, 02.55 Uhr
Kiel. Ehemalige Adresse Paul Herzfeld

Mit flackerndem Blick überflog der hochgewachsene Mann mit dem knochigen Gesicht und den strähnigen, wild von seinem Kopf herabhängenden Haaren das Klingeltableau. Der Sprühregen, der in sein Gesicht fiel und dessen feinste Tropfen sich jetzt zu größeren Tropfen vereinigten und von seiner Stirn über den Nasenrücken und den kantig hervorstehenden Jochbeinen über die Wangen herunterliefen, störte ihn nicht. Er bemerkte ihn nicht einmal. Genauso wenig wie die nasse Kälte, die ihn hier vor dem Mehrfamilienhaus umgab, in dessen Innerem zu dieser Uhrzeit nicht ein einziges Licht brannte. All das registrierte er nicht. Immer und immer wieder hob und senkte er den Kopf, ging für einen kurzen Moment sogar so nah mit seinem Gesicht an das Klingeltableau heran, dass seine Nasenspitze es fast berührte. Dann trat er mehrere Schritte zurück, warf einen prüfenden Blick auf die nur schwach erleuchtete Hausnummer rechts neben der Haustür etwa auf seiner Augenhöhe, und hätte in diesem Moment ein Außenstehender aus nächster Nähe in die Augen des Mannes gesehen, hätte er festgestellt, dass aus diesen der Wahnsinn funkelte.

»Ich verfluche dich!«, brach es aus Schneider heraus, gefolgt von einem wütenden Aufschrei, der durch die stille Nacht der ruhig gelegenen Wohnstraße schallte.

Dieser verdammte … dieser gottverdammte Herzfeld! Er ist umgezogen. Er wohnt hier nicht mehr!

Der ehemalige stellvertretende Institutsdirektor der Kieler Rechtsmedizin hatte vor zwei Tagen seinen Bauwagen-Unterschlupf in dem Waldstück in der Nähe des Tresdorfer Sees verlassen, weil nun die Zeit gekommen war, sich an Herzfeld zu rächen. In ihm war der Plan gereift, Herzfeld in dessen Wohnung zu überraschen und zu töten. So einfach war ihm das erschienen! In einem riesigen Feuerball würde er Herzfeld amortisieren. Und mit ihm würde er dessen verdammte Verlobte und ihr grässliches Balg töten. Er würde niemanden verschonen. Niemand konnte damit rechnen, dass er plötzlich vor Herzfelds Tür auftauchen würde. *Polizeischutz? Fehlanzeige! Nicht mehr nach dieser langen Zeit, alle gehen mit Sicherheit davon aus, dass ich entweder tot bin oder längst das Land verlassen habe, hatte er gedacht.* Aber er hatte sie alle getäuscht. Er war nie weg gewesen!

Mit einem lauten Stöhnen riss er sich nun aus diesen Gedanken. Er musste sich auf die neue Lage einstellen, sich konzentrieren, schnell einen Plan B schmieden.

Herzfeld wohnt hier nicht mehr. Am Namensschild in der zweiten Etage klingeln und fragen, wohin er verzogen ist? Blödsinn! Da kann ich auch gleich ins Kieler Polizeipräsidium gehen und mich stellen. Denk nach, Volker! Was jetzt? Verdammt … denk nach!

Schneider ließ die verdreckte Reisetasche fallen, die die ganze Zeit über seiner rechten Schulter gehangen hatte, und sie landete mit einem dumpfen Klatschen neben ihm auf den Gehwegplatten. Er fuhr sich mit den Händen durch die nassen Haare, schob sie aus der Stirn, legte sie streng nach hinten. *Zum Institut! Ja, ich gehe zum Institut! Verstecke mich auf dem Gelände und passe ihn ab, wenn er kurz nach sieben da auftaucht … Die Rache ist mein! Nur noch ein paar Stunden. Ja! So werde ich es machen!* Schneider schürzte die Lippen und atmete tief und hörbar aus. Doch sogleich hielt er wieder inne, zog die Stirn in Falten. *Moment … Nein. Zu gefährlich. Wenn ich auf dem Unigelände aufkreuze, dort, wo mich wirklich noch immer jeder kennt … Viel zu gefährlich. Denk nach! Denk nach! Du bist der Beste! Früher hast du sie alle ausgetrickst. Das kannst du immer noch. Denk nach!*

Und plötzlich, als ob eine höhere Macht ihn leitete, wusste Schneider, wie er an Herzfeld herankommen konnte. Er beugte sich nach unten, nahm die Reisetasche und machte sich federnden Schrittes auf den Weg. Dabei stieß er ein kehliges Lachen aus, das wie der Ruf eines unbekannten Tieres durch die Nacht hallte und zwei Amseln in einem Gebüsch aufschreckte, die ängstlich schreiend die Flucht ergriffen.

Sein neues Ziel war nicht weit. Vielleicht fünfzehn, maximal zwanzig Minuten. Jetzt würde der Spaß endlich beginnen …

57

24. August, 03.41 Uhr
Kiel. Wohnung Heinrich von Waldstamm

Als Heinrich von Waldstamm von dem schrillen Ton seiner Wohnungsklingel jäh aus dem Schlaf gerissen wurde, fühlte er sich, als ob er noch kein Auge zugemacht hätte. Die ganze Nacht hatte es stakkatoartig auf die beiden Dachschrägenfenster seiner kleinen Wohnung geregnet, unterbrochen nur von den kanonenartigen Donnerschlägen, die ihn immer wieder aufgeschreckt hatten, auch wenn sie jedes Mal von grell zuckenden Blitzen angekündigt worden waren. Das Gewitter hatte sich stundenlang über der Landeshauptstadt gehalten und war erst weit nach Mitternacht in Richtung des südöstlichen Schleswig-Holsteins weitergezogen. Der Regen hatte jetzt nachgelassen, aber in der Ferne meinte von Waldstamm immer noch vereinzeltes Donnergrollen zu vernehmen.

Die Wohnungsklingel schrillte erneut. Er tastete mühsam nach dem Schalter der Nachttischlampe, knipste sie an und kniff im selben Moment die Augen zusammen, geblendet von der kahlen Glühbirne, die ihm als Lampe diente. Dann griff er nach seiner Brille, setzte sie umständlich auf. Langsam, fast in Zeitlupe, richtete er sich auf und schob seine Füße aus dem Bett, stellte einen neben den anderen auf den Boden, spürte den kühlen Sisalteppich unter seinen Fußsohlen. Ein Blick auf das Handy auf seinem Nachttisch verriet ihm, dass es bald vier war. Der Alarm des Gerätes würde sowieso gleich losgehen. Die Wohnungsklingel schrillte ein weiteres Mal.

»Schon unterwegs …«, murmelte er und erhob sich schwerfällig vom Bett. *Wer mag das nur sein? Bitte nicht die schräge Alte aus der dritten Etage, die sich mal wieder beim Gassi-Gehen mit ihrem Köter zur Unzeit ausgesperrt hat,* dachte er.

Schlaftrunken stolperte von Waldstamm zur Wohnungstür. Dort angekommen, betätigte er die Gegensprechanlage.

»Ja? Wer ist da?«, fragte er mit belegter Stimme.

»Reklame!«, erklang es mit auffällig, fast gekünstelt rollendem R verzerrt aus dem kleinen Lautsprecher.

»Was? Reklame um diese Zeit? Ist es dafür nicht ein bisschen früh?«, murmelte er in die Gegensprechanlage, während er, ohne eine Antwort abzuwarten, instinktiv den Türöffner betätigte. Am anderen Ende der Anlage hörte er ein kurzes, monotones Summen, gefolgt von einem Klicken und schließlich dem dumpfen Geräusch, das signalisierte, dass die Haustür wieder ins Schloss gefallen war. Jemand hatte das Haus betreten.

58

24. August, 03.43 Uhr
Kiel. Apartmenthaus am Schrevenpark

Behrendt schreckte in seinem Bett hoch, blinzelte in die Dunkelheit. Er konnte die schemenhaften Umrisse einer Gestalt im Türrahmen ausmachen, eigentlich war es nicht mehr als ein Schatten. »Verdammt, Milan! Bist du von allen guten Geistern verlassen worden? Mich so zu erschrecken!«, blaffte er in die Dunkelheit.

Anstelle einer Antwort schaltete der Serbe das Deckenlicht ein, woraufhin Behrendt erst einmal die Augen schließen und dann mehrfach zwinkern musste, um sich an die plötzliche Helligkeit zu gewöhnen.

»Steh auf!«, ertönte die heisere Stimme des Serben, der im selben Moment auch schon wieder Behrendts Schlafzimmer verließ.

Marco Behrendt setzte sich auf und atmete mehrmals tief durch, ehe er sich aus dem Bett schwang. Er folgte dem Serben ins Wohnzimmer, wo dieser gerade eine Pistole durchlud, eine Ruger Mk IV mit integriertem Schalldämpfer. Der Serbe sah kurz auf und legte die Waffe auf den Esstisch. Dort befanden sich bereits zwei Ersatzmagazine mit jeweils zehn Schuss Munition, ein Nachtsichtgerät, wie es militärische Spezialeinheiten verwendeten, ein Armeemesser mit einer etwa fünfzehn Zentimeter langen, fest stehenden Klinge, ein mit Gummiband zusammengehaltenes Bündel Kabelbinder, eine Rolle Panzertape und zwei weiße Plastikleichensäcke, jeweils noch eingeschweißt in ihre Originalverpackungen aus durchsichtiger Plastikfolie, zwei weiße Spurensicherungsanzüge und eine Box mit Einmalhandschuhen.

Gavrilovic begutachtete die Ausrüstung auf dem Tisch und nickte zufrieden. Dann verstaute er alles in einer geräumigen Reisetasche aus hellbraunem Leder.

»Es wird Zeit. Ich habe einen Job zu erledigen, Behrendt«, mahnte er.

59

24. August, 03.44 Uhr

Kiel. Wohnung Paul Herzfeld

Herzfeld fand, dass an diesem Tag ungewöhnlich wenige Besucher im Kieler Aquarium unterwegs waren. Es hatte fast den Anschein, als ob Hannah und er sich ganz allein in der abgedunkelten Halle befänden, die sie gerade durchquerten und die lediglich von dem bläulichen Licht beleuchtet wurde, das aus den illuminierten Schaubecken mit einheimischen und exotischen Fischen schien. Er fragte sich, warum sie nicht wie sonst immer vor Betreten des Aquariums einen Abstecher zum frei zugänglichen Seehundbecken direkt neben dem Eingang gemacht hatten. Das hatten sie wohl vergessen …

Hannah rannte vergnügt vor ihm her und zeigte dabei immer wieder aufgeregt auf die Unterwasserwelt hinter den dicken Glasscheiben. Vor der gläsernen Front eines riesigen Beckens blieb sie schließlich stehen und beobachtete einen gigantischen Heringsschwarm, in dem immer wieder einzelne Fische silbrig aufblinkten. Der Fischschwarm zog seine gleichmäßigen Bahnen, in einer wie von Geisterhand orchestrierten Ordnung. Auf einmal entdeckte Herzfeld hinter der rückseitigen Glasfront, auf der anderen Seite des Schaubeckens, eine Person. Ein hochgewachsener Mann, dessen Gesicht er zwar nicht erkennen konnte, dessen völlig regungslose, dunkle Silhouette sich jedoch deutlich von den Bewegungen des Heringsschwarms im Vordergrund absetzte. *Irgendetwas stimmt hier nicht.* Das Denken fiel Herzfeld ungewöhnlich schwer. Sein Gehirn schien nicht zu begreifen, was sich vor seinen Augen abspielte. Von dieser raubtierhaft anmutenden Gestalt ging Gefahr aus. *Gefahr für Hannah ... Schneider! Das ist Schneider! Er hat uns gefunden!* Herzfeld blickte sich suchend um, wollte Hannah warnen, seine Tochter an sich ziehen, mit ihr zum Ausgang flüchten. Aber er konnte Hannah nirgendwo entdecken!

In diesem Moment klingelte der Wecker seines Handys und zog Herzfeld immer weiter aus seinem Traum, empor in das Dunkel seines Schlafzimmers.

Benommen tastete er nach dem Mobiltelefon und schaltete den Weckruf aus. Während die unheimlich realistischen Bilder seines Traums langsam verblassten, kam er im Hier und Jetzt an. *Von Waldstamm. Der Arm von Leif Steiger. Das Epimetheus Institut. Das Treffen in Bad Segeberg.*

Mit einem Schlag war Herzfeld hellwach und schwang sich aus seinem Bett.

60

24. August, 03.45 Uhr
Kiel. Wohnung Heinrich von Waldstamm

Von Waldstamm wollte gerade ins Bad gehen, als es laut und energisch an seiner Wohnungstür klopfte. Irritiert drehte er sich um und schlurfte zurück in den Flur. Es klopfte erneut, jetzt noch dringlicher. Er drehte den von innen im Schloss steckenden Schlüssel zweifach um, schob den kleinen Riegel an der Innenseite der Wohnungstür zurück. Sehr langsam, Stück für Stück öffnete er, wobei er angestrengt durch den Spalt lugte. Während er die Tür vorsichtig, Zentimeter für Zentimeter, weiter öffnete, registrierte er einen strengen Geruch. Der Geruch erinnerte ihn an irgendetwas. Aber an was? *Heringsangeln an der Kieler Förde! Kieler Sprotten! Das ist es … hier riecht es nach Fisch!,* blitzte es genau in dem Moment in seinem Gehirn auf, als jemand von außen die Wohnungstür mit einem heftigen Schwung aufstieß und von Waldstamm aus dem Gleichgewicht geriet. Im Fallen nahm er aus dem Augenwinkel eine Gestalt wahr, die in etwa so groß wie er selbst, vielleicht sogar noch etwas größer war, dafür aber deutlich hagerer und drahtiger, und die jetzt ein paar schnelle, federnde Schritte auf ihn zumachte. Von Waldstamm kniete auf allen vieren auf dem Fußboden. Dann blitzte etwas gefährlich nahe vor seinem Gesicht auf, und der starke Fischgeruch ließ ihn intuitiv zurückweichen. Im nächsten Augenblick erkannte von Waldstamm die Quelle des Geruchs. Der Fischgeruch ging von der langen, sehr spitz zulaufenden Messerklinge aus, die an seiner linken Wange entlangstrich und unter seinem Kinn stoppte. Von Waldstamm sah vorsichtig auf. Und als er in das Gesicht seines Angreifers starrte, registrierte er, wer sich gerade gewaltsamen Zutritt zu seiner Wohnung verschafft hatte.

61

24. August, 03.46 Uhr
Kiel. Schrevenpark

Behrendt trug einen schwarzen Jogginganzug und schwarze Leder-Sneaker an den Füßen. Er beobachtete aus dem Augenwinkel, wie Gavrilovic, der auch komplett in Schwarz gekleidet war, fast geräuschlos die Beifahrertür des anthrazitfarbenen Porsche Panamera öffnete – ein Leasingfahrzeug wie alle Autos, die Marco Behrendt in seinem Leben bisher gefahren hatte. Er startete den Wagen, als der Serbe die Reisetasche aus hellbraunem Leder im Fußraum der Beifahrerseite vor sich abstellte.

Gavrilovic schloss die Beifahrertür genauso geräuschlos wieder, wie er sie zuvor geöffnet hatte, und warf ihm einen fragenden Blick zu.

Behrendt nickte kaum merklich als Erwiderung.

»Wo bekommst du das Zeug her, Milan?«, wollte er von Gavrilovic wissen, während er den Panamera ausparkte. Der Serbe schien die Frage jedoch geflissentlich überhört zu haben, wie er durch einen verstohlenen Blick zu seinem Beifahrer feststellte. Gavrilovic starrte stur geradeaus in die Dunkelheit, die vom Scheinwerferlicht des Porsche, in dem sich die Regentropfen wie Legionen aus kleinsten Käfern widerspiegelten, regelrecht zerteilt wurde.

»Ich meine nicht die Waffe oder den anderen Scheiß«, fügte Behrendt eilig hinzu. »Ich meine die Leichensäcke, den Spurensicherungskram inklusive der Anzüge und so. Interessiert mich nur. Scheiße, wenn du es nicht sagen willst …«

»Tatortreiniger-Bedarf. Und jetzt halt's Maul, ich muss mich konzentrieren!«

Der Serbe klappte den Kragen seiner schwarzen Lederjacke hoch und fuhr die Rückenlehne seines Sitzes mit einem leisen Surren zurück.

Behrendt warf auf dem Armaturenbrett des Fahrzeugs einen Blick auf die Uhrzeit, während er auf den Kieler Westring einbog und den Porsche beschleunigte. *Um sechs Uhr zehn geht die Sonne auf. Bis dahin ist alles vorbei,* beruhigte er sich selbst. Auch wenn er immer stolz darauf gewesen war, »mit allen Wassern gewaschen« und »abgebrüht bis ins Letzte«« zu sein – wie ein ehemaliger Kompagnon einmal fast ehrfürchtig zu ihm gesagt hatte –, war er in diesem Augenblick erleichtert, einen Profi wie Gavrilovic an seiner Seite zu haben. Einen eiskalten Killer.

62

24. August, 04.02 Uhr
Kiel. Wohnhaus Heinrich von Waldstamm

»Los, mach schon, Fettsack. Den Rest erzählst du mir auf der Fahrt.« Volker Schneider gab Heinrich von Waldstamm erneut einen unsanften Stoß in den Rücken und dirigierte ihn weiter Stockwerk um Stockwerk im Treppenhaus vor sich her.

Als Schneider vor fünfzehn Minuten in die Dachgeschosswohnung des vor Angst schlotternden Sektionsassistenten eingedrungen war, war er berauscht gewesen von seiner Idee, dass er mit von Waldstamm einen Köder am Haken hatte, den er Herzfeld servieren würde. Schneider kannte von Waldstamms Adresse, da er in seiner Zeit an der Kieler Rechtsmedizin als stellvertretender Institutsdirektor auch zugleich Personaloberarzt gewesen war. Und in persönlichen Gesprächen mit dem jungen Adeligen hatte Schneider erfahren, dass dieser ein Einzelgänger war, der sehr zurückgezogen lebte. Insofern war er nicht davon ausgegangen, dass sich etwas an der Lebenssituation des Sektionsassistenten geändert hatte. Und Schneider hatte mit seiner Einschätzung recht behalten.

Das Überraschungsmoment war auf seiner Seite gewesen. Der Mann war erst völlig ahnungslos und dann zu Tode erschrocken gewesen, als er, sein ehemaliger Vorgesetzter, in seine Wohnung eingedrungen war. Fast so, als ob er den Leibhaftigen vor sich hätte.

Die ersten Informationen musste er dem am ganzen Körper zitternden und leichenblassen Sektionsassistenten noch stückchenweise aus der Nase ziehen. Sein extrem spitz zulaufendes Klappmesser hatte dann aber wunderbare Überzeugungsarbeit geleistet. Auch seine Drohung, dass er keine Sekunde zögern würde, von Waldstamm die Nase abzuschneiden, hatte eindrucksvolle Wirkung gezeigt. Schließlich wusste der junge Sektionsassistent, wie qualvoll jemand an seinem eigenen Blut ertrinkt – das ihm vom Nasen-Rachen-Raum hinunter in die Luftröhre, von dort in die größeren und dann in die kleineren Bronchien läuft. Von Waldstamm war von dem Moment an sehr kooperativ und deutlich kommunikativer gewesen.

Volker Schneider war hocherfreut darüber, was Heinrich von Waldstamm ihm in abgehackten Sätzen berichtet hatte – immer wieder unterbrochen von einem kehligen Keuchen, als würde er gleich einen Asthmaanfall bekommen. Aber das war nebensächlich gewesen. *Besser kann es ja gar nicht laufen,* hatte Schneider innerlich frohlockt. *Bei Dunkelheit und abseits von Herzfelds gewohntem Terrain sind die beiden jetzt gleich verabredet! Wenn das kein Fingerzeig ist, dass der richtige Zeitpunkt, zuzuschlagen, jetzt endlich gekommen ist!*

Erneut versetzte er von Waldstamm einen Stoß in den Rücken. Die große Reisetasche mit der Brandbombe hing gewichtig von seiner linken Schulter herunter. *Sehr bald wird es ein Feuerwerk geben. Es wird richtig heiß für Herzfeld,* frohlockte Schneider innerlich und freute sich erneut über seinen Wortwitz.

Mittlerweile waren sie im Erdgeschoss angekommen, und Schneider dirigierte den korpulenten Mann in Richtung Haustür.

63

24. August, 04.08 Uhr

Kiel. Straße vor der Wohnung von Paul Herzfeld

Als Herzfeld auf die ruhige Wohnstraße trat, fröstelte es ihn leicht. Feine Sprühregentropfen bedeckten sein Gesicht, und er überlegte kurz, ob er zurück in die Wohnung laufen und seinen Parka holen sollte, verwarf den Gedanken aber nach einem Blick auf seine Armbanduhr wieder. *Keine Zeit … muss los …*

Mit eiligen Schritten lief er zu seinem etwa vierzig Meter entfernt abgestellten Golf. *Keine Ahnung, was von Waldstamm mit mir in Bad Segeberg vorhat, warum wir uns ausgerechnet dort treffen. Was er mir da wohl zeigen will im Zusammenhang mit Leif Steiger und dem Epimetheus Institut?*, ging es ihm durch den Kopf, während er sorgsam darauf bedacht war, den zahlreichen Pfützen auszuweichen, in denen sich das Licht von den Straßenlaternen und aus den wenigen bereits erleuchteten Fenstern der umgebenden Wohnhäuser widerspiegelte.

64

24. August, 04.33 Uhr
Autobahn 21, Höhe Abfahrt Bornhöved,
Pkw Heinrich von Waldstamm

Heinrich von Waldstamm zitterte nach wie vor am ganzen Körper. Zum Anziehen beziehungsweise Umziehen hatte ihm Schneider keine Zeit gelassen. Wahrscheinlich, um ihm keine Gelegenheit zur Flucht zu geben oder um Hilfe zu holen. Jetzt saß er in seinem grauen, ausgeleierten Schlaf-T-Shirt, Jogginghose und Flipflops an den nackten Füßen am Steuer seines in die Jahre gekommenen VW Jetta und schielte durch seine beschlagene Brille verstohlen nach rechts zu seinem Beifahrer. Professor Doktor Schneider! Seitdem sie Kiel verlassen hatten, saß der Mann völlig wort- und regungslos da. Es war ein verstörender Anblick, seinen ehemaligen Vorgesetzten, der sonst immer so distinguiert dahergekommen war, mit eleganter, hochpreisiger Kleidung, die blonden Haare streng nach hinten gekämmt, in solch einem derangierten Zustand zu sehen. In einem völlig verschlissenen, schweißfleckigen Hemd und vor Dreck starrenden Hosen, eine große Reisetasche vor sich auf den Oberschenkeln, mit strähnig herabhängenden Haaren, die ihm tief in die Stirn und den Nacken fielen. Und der Geruch, den der Professor verströmte! Von Waldstamm war eigentlich seit seiner Kindheit immun gegen jegliche Art übler Gerüche. Seit er in seinem elften Lebensjahr die Sommerferien auf der Geflügelfarm seines Onkels in der Nähe von Passau verbracht hatte, gab es für ihn keine abschreckenden olfaktorischen Sen sationen mehr – für die Arbeit in der Rechtsmedizin ein nicht zu unterschätzender Vorteil. Aber hier in seinem Jetta war der Gestank – eine unheilige Mischung aus altem Fisch, Schneiders strengem Körpergeruch nach Schweiß und Exkrementen und seinen eigenen Angstschweißausdünstungen – für von Waldstamm schier unerträglich. Aber noch etwas anderes lag förmlich in der Luft, wie der Sektionsassistent jetzt registrierte. Eine weitere Geruchskomponente. Ein leichter Duft nach Benzin, fast nur ein Hauch, der Professor Schneider zu umgeben schien.

Was Schneider wohl in den letzten sieben Monaten getrieben hat? Wie hat er es geschafft, sich seiner Verhaftung zu entziehen, die halbe Polizei von Schleswig-Holstein auszutricksen?, ging es von Waldstamm durch den Kopf. Doch dann riss er sich aus seinen Gedanken und überlegte fieberhaft, wie Herzfeld und er diesen Tag lebend überstehen konnten. Denn dass mit Schneider nicht zu spaßen war, dass dieser Irre Herzfeld sofort töten würde, bei der ersten Chance, die sich ihm bot, daran hatte von Waldstamm nicht den geringsten Zweifel. *Die Frage ist nur, was Schneider danach mit mir anstellen wird? Alvarez … Alvarez ist meine große Hoffnung. Schneider hat mich nicht gefragt, ob außer mir und Doktor Herzfeld noch weitere Personen an dem Treffen teilnehmen! Ich kann nur hoffen, dass Doktor Alvarez pünktlich ist, am besten schon vor mir da ist und die Situation richtig einschätzt. Dass er merkt, dass ich als Geisel gehalten werde und um mein Leben fürchte. Und dass er einschreitet oder zumindest rechtzeitig Hilfe holt, ehe ein Unglück passiert.*

Quietschend schoben sich die Scheibenwischer über die Frontscheibe. Von Waldstamm registrierte, dass der Regen immer heftiger wurde, je weiter sie sich von Kiel entfernten und je näher sie Bad Segeberg kamen. Ein Windstoß erfasste den Jetta, und er musste hart gegenlenken, um den Wagen auf der regennassen Fahrbahn zu halten. Erneut warf er einen verstohlenen Blick zu Schneider, der nach wie vor völlig teilnahmslos dasaß. Aber von Waldstamm wusste nur zu gut, dass er seinen Beifahrer auf keinen Fall unterschätzen durfte. Dieser Mann war zu allem fähig. Auch wenn es vielleicht nicht danach aussah, war Schneider hoch konzentriert. Wie ein Raubtier, das auf seine Beute lauert.

Als er seine Aufmerksamkeit wieder auf die Fahrbahn vor sich lenkte, bemerkte er das Schild am rechten Fahrbahnrand. Die weiße Schrift auf dem blauen Grund zeigte ihm an, dass es nur noch etwa zwanzig Kilometer bis Bad Segeberg waren.

65

24. August, 04.41 Uhr
Bundesstraße 404, Höhe Nettelsee,
Pkw Paul Herzfeld

O nein, so ein Mist! Herzfeld warf erneut einen Blick auf das Display seines VW Golfs, in der Hoffnung, dass er sich nur verguckt hatte. Aber das hatte er nicht. *Verflucht! Handyakku leer. Und das Ladekabel liegt im Institut … Mist, ich wollte es doch einpacken. Gestern Abend habe ich es auf meinem Schreibtisch liegen lassen …*

Das Multifunktionsdisplay im Armaturenbrett in Verlängerung der Mittelkonsole, über das sich alle möglichen Fahrzeugdaten abrufen ließen und mit dem neben dem Navigationssystem auch die Freisprecheinrichtung bedient wurde, die über Bluetooth mit Herzfelds Handy verbunden war, signalisierte ihm gerade mit einem rot leuchtenden Symbol einer leeren Batterie: *kritischer Ladestatus Telefon.* Sein Handy würde sich also innerhalb der nächsten Minuten aufgrund fehlender Akkukapazität ausschalten. Dann war er nicht mehr in der Lage, mit von Waldstamm Kontakt aufzunehmen, falls dieser nicht am vereinbarten Treffpunkt auftauchen oder er selbst sich verspäten würde.

Mist!

Herzfeld schaltete zurück zur Navigationssystem-Funktion. Die Fahrzeit betrug noch einundzwanzig Minuten.

66

24. August, 04.48 Uhr
Bad Segeberg. Am Kalkberg

Behrendt und Gavrilovic waren vor wenigen Minuten in die Straße Am Kalkberg eingebogen, die das Gelände der Karl-May-Spiele mit Kalkbergstadion, einem Indianer-Tipi, Soldatenfort und Westernstadt in südlicher und westlicher Richtung umgab. Behrendt hatte den Porsche Panamera direkt am südlichen Ende der Straße geparkt, und er und Gavrilovic gingen jetzt im strömenden Regen und im flackernden Schein von zwei in einiger Entfernung stehenden Straßenlaternen mit schnellen Schritten zum Seiteneingang des Festspielgeländes.

Der Regen wurde von Minute zu Minute heftiger, aber weder das noch die Tatsache, dass er gleich zwei Menschen töten würde, schienen den Serben zu tangieren. Im Gegenteil. Die mittlerweile vom Regen dunkel verfärbte Reisetasche baumelte locker über seiner rechten Schulter, und auf einen zufälligen Beobachter hätte Gavrilovic wahrscheinlich den Eindruck erweckt, dass er gerade auf dem Weg zur Arbeit sei, um in wenigen Minuten seine Frühschicht anzutreten.

Behrendt dagegen konnte seine Nervosität kaum unterdrücken, sein Herz schlug ihm bis zum Hals vor Aufregung. Seine Kehle war völlig ausgetrocknet, und er ärgerte sich, dass er an diesem Morgen nicht mehr als eine Tasse Espresso getrunken und keine Wasserflasche mitgenommen hatte.

Kurze Zeit später hatten sie den unscheinbaren Seiteneingang des Festspielgeländes erreicht, der sich hinter einem mit dunkler Folie beklebten Bauzaun befand. Behrendt schlotterte mittlerweile vor Nässe und Kälte und ließ sich von Gavrilovic zu einem in fünfzig Metern Entfernung aus der Dunkelheit aufragenden hölzernen Turm dirigieren. Als Behrendt an dem Dachfirst eines der zur Westernstadt gehörenden Holzhäuser über sich plötzlich eine Überwachungskamera entdeckte, blieb er erschrocken stehen. An Überwachungskameras oder einen damit verknüpften Sicherheitsdienst hatte er bisher überhaupt nicht gedacht! Der Serbe, dem scheinbar sofort klar war, was er dachte, spuckte verächtlich neben sich aus und zog Behrendt unsanft am Arm weiter.

»Die Kameras sind wegen der Bauarbeiten nicht in Betrieb. Weiß ich aus sicherer Quelle. Wir müssen uns jetzt schnellstens in Position bringen. Beeil dich!«

Kurz darauf hatten sie den etwa sechs Meter hohen Turm erreicht, der zur Befestigungsanlage des lediglich aus zwei solchen Holztürmen und einem Palisadenzaun bestehenden Soldatenforts gehörte. Der Zugang zu einer in etwa drei Metern Höhe gelegenen Plattform war unverschlossen. Dort oben angekommen, war Behrendt dankbar, den widrigen Witterungsbedingungen nicht weiter ausgesetzt zu sein und fürs Erste so etwas wie ein Dach über dem Kopf zu haben.

Wenige Augenblicke später hatte auch Gavrilovic seinen Beobachtungsposten auf der Plattform des Turmes bezogen und spähte konzentriert mit dem Nachtsichtgerät in Richtung der von hier aus gut einsehbaren Straße Am Kalkberg.

Keine Minute zu früh, denn fast in demselben Moment vernahm Behrendt ein Motorengeräusch in der Ferne, das näher zu kommen schien, zunächst kaum hörbar, dann etwas lauter. Schließlich sah er auf der Straße in etwa hundert Metern Entfernung langsam ein Scheinwerferpaar durch den jetzt wie eine Wasserwand herunterpeitschenden Regen näher kommen. Nach kurzer Zeit kamen die Scheinwerfer zum Stillstand und erloschen, als auch das Motorengeräusch erstarb.

»Was siehst du?«, raunte Behrendt Gavrilovic zu.

»Ein Wagen ist vorgefahren«, ertönte die heisere Stimme des Serben, der nach wie vor konzentriert durch das Nachtsichtgerät die Straße und den Seiteneingang auf das Gelände kontrollierte.

»Das habe ich auch schon mitbekommen, Milan«, erwiderte Behrendt angespannt. »Ich meine, was spielt sich da genau ab? Siehst du jemanden? Kannst du irgendwas erkennen?« Behrendt machte sich nicht einmal mehr die Mühe, die Nervosität in seiner Stimme zu verbergen.

»Ist ein älteres Modell, das Auto. Warte … Die Fahrertür öffnet sich. Aha … Da steigt der fette Typ aus der Rechtsmedizin aus.«

»Von Waldstamm! Er wird jetzt aufs Gelände gehen, unten an uns vorbei und dann vorn die Stufen im Amphitheater hinunter ins Rondell, und sich dann dort um fünf Uhr mit Herzfeld treffen. So sollte er es an den feinen Doktor Ich-stecke-meine-Nase-tief-in-Sachen-die-mich-nichts-angehen weitergeben«, sprudelte es aus Behrendt heraus, als könne er mit der Schilderung des Plans, den Gavrilovic nicht nur zu gut kannte, sondern selbst ersonnen hatte, seine Anspannung und Nervosität mindern.

»Da haben wir die beiden dann schön auf dem Präsentierteller«, fuhr er fort. »Und dann …«

»Moment«, unterbrach Gavrilovic seinen Auftraggeber. »Da steigt gerade noch einer aus dem Fahrzeug aus. Auch auf der Fahrerseite …«

»Was?«, entfuhr es Behrendt. »Eine zweite Person? Wer

zur Hölle soll das sein? Lass mich mal sehen!« Hektisch riss er dem Serben das Nachtsichtgerät aus den Händen. Ein kurzer Blick genügte ihm, um festzustellen, dass es nicht Herzfeld war, der da soeben hinter von Waldstamm aus dem Auto geklettert war. »Was ist das denn für eine Scheiße!«, entfuhr es Behrendt. *Der feiste Trottel hat tatsächlich jemanden mitgebracht. Das hätte ich ihm nicht zugetraut. Alles – aber nicht, dass er Verstärkung mitbringt. Wieso gibt es weitere Mitwisser? Nicht dass das ein Bulle oder …*

»Kennst du den anderen Typen?«

Die flüsternde Stimme des Serben riss Behrendt aus seinen Überlegungen.

»Nein. Ich habe keine Ahnung, wer das ist.« Marco Behrendt konnte sich beim besten Willen keinen Reim darauf machen, was sich hier gerade vor seinen Augen abspielte. Er versuchte, ruhig zu bleiben. Er musste die Kontrolle über die Situation behalten. Das hier durfte nicht aus dem Ruder laufen!

67

24. August, 04.54 Uhr
Bad Segeberg. Am Kalkberg

Von Waldstamm spürte die Spitze der Messerklinge schmerzhaft im Rücken, als er sich keuchend aus seinem Jetta wuchtete, dicht gefolgt von dem Mann, der ihm das Sezieren beigebracht, sich dann als Wahnsinniger entpuppt und ihn nun als Geisel genommen hatte. Er stieß einen leisen Fluch aus, als er mit seinen nur in Flipflops steckenden nackten Füßen in das eiskalte Wasser einer Pfütze neben dem Auto trat.

»Schön stehen bleiben!«, befahl Schneider und bohrte ihm noch einmal schmerzhaft die Messerklinge in den Rücken. »Ich muss doch das Geschenk für Herzfeld mitnehmen.«

Von Waldstamm sah aus dem Augenwinkel, wie sich sein unheimlicher Begleiter durch die offen stehende Fahrertür zurück in den Jetta beugte und den Reißverschluss der großen Reisetasche aufzog, die er während der ganzen Fahrt wie einen Schatz auf seinem Schoß behütet hatte. Nun zog der hagere Mann einen größeren Gegenstand heraus. Der Geruch nach Benzin intensivierte sich schlagartig.

Von Waldstamm blinzelte, da ihm Regentropfen in die Augen liefen, und er musste zweimal hinsehen, bis er erkannte, was Schneider die ganze Zeit bei sich gehabt hatte. Und die Erkenntnis, dass sein ehemaliger Vorgesetzter nichts anderes als eine Bombe in der Hand hielt, ließ von Waldstamm das Blut in den Adern gefrieren.

»Und? Wo ist jetzt Herzfeld?«, fragte Schneider aufgekratzt.

Dicke Regentropfen prasselten auf die beiden Männer nieder, und innerhalb weniger Sekunden waren beide nass bis auf die Knochen.

»Ich … ich weiß es nicht. Wir sind verabredet … ich meine … wir treffen uns da drin«, stammelte von Waldstamm und zeigte zu dem mit dunkler Folie beklebten Bauzaun, der sich auf der anderen Straßenseite schemenhaft von der umgebenden Dunkelheit abhob. »Da muss es reingehen …«

Schneider schnaufte verächtlich.

»Sein Auto steht jedenfalls nicht hier. Moment … fährt er noch den dunkelblauen Passat?«

»Nein, er hat jetzt einen Golf«, erwiderte von Waldstamm mit matter Stimme.

»Wie auch immer, er scheint noch nicht da zu sein.«

Dann murmelte der ehemalige Leitende Oberarzt der Kieler Rechtsmedizin eine Flut von undeutlichen Worten, die von Waldstamm nicht verstehen konnte.

Langsam, kaum merklich drehte der Sektionsassistent den Kopf über seine rechte Schulter nach hinten und prüfte vorsichtig aus dem Augenwinkel, ob sich eine Möglichkeit zur Flucht bot. Er sah, wie der Regen Schneider in Strömen über das kantige Gesicht lief und von der Spitze seiner Hakennase tropfte. Schneiders Gesicht war noch viel knochiger, als er es in Erinnerung gehabt hatte, und es erinnerte ihn an einen nur mit dünner Haut bespannten Totenschädel. Bei diesem Gedanken überkam ihn ein Schauer, der sein Zittern noch verstärkte.

Den hochgewachsenen Mann – der mit einem Messer und einer Bombe bewaffnet war! – kümmerten der Regen und die Kälte dagegen überhaupt nicht. Und ehe von Waldstamm tatsächlich eruieren konnte, ob sich die Gelegenheit zur Flucht ergab, deutete Schneider mit einer Kopfbewegung in Richtung des Bauzauns.

»Los! Du gehst vor …«

Ihm stieg trotz der morgendlichen Kühle und des kalten Regens ein unbekannter, beängstigender Geruch in die Nase. Heinrich von Waldstamm roch seine eigene Todesangst, die gerade aus jeder Pore seines Körpers strömte.

68

24. August, 04.56 Uhr
Bad Segeberg. Kalkbergstadion

Gute Freunde scheinen die beiden ja nicht gerade zu sein, dachte Behrendt. Der Fettsack aus der Rechtsmedizin ging leicht vornübergebeugt, wie ein Häufchen Elend, setzte staksig einen Fuß vor den anderen. *Irgendetwas ist mit seinen Füßen,* stellte er fest, konnte allerdings aufgrund seines Blickwinkels von der Plattform des Holzturmes aus nicht erkennen, was es war.

Der ältere Mann – Behrendt schätzte ihn auf Ende fünfzig bis Mitte sechzig – ging dicht hinter von Waldstamm, dem er mit seiner linken Hand immer mal wieder einen Stoß in den Rücken gab. *Ein merkwürdiges Gespann. Was zum Teufel ist hier los? Wer ist der Typ da hinter von Waldstamm?,* fragte sich Behrendt gerade, als er das Aufblitzen einer Messerklinge in der rechten Hand des Mannes bemerkte, die locker neben seinem Körper herunterhing. Von Waldstamms Begleiter, der sich fast raubtierhaft bewegte, war offensichtlich zu von Waldstamms Schutz hier. *Interessant …*

Offensichtlich hatte auch Gavrilovic die Klinge in der Hand des Mannes erspäht, denn der Serbe beugte sich zu der geöffneten, hellbraunen Ledertasche vor sich auf dem Boden hinunter und zog blitzschnell seine Waffe hervor.

»Fuck! Der Typ hat eine Bombe bei sich! In was für eine Scheiße hast du mich hier reingezogen, Behrendt?«, zischte Gavrilovic.

Eine Bombe!, hallten Gavrilovics Worte in Behrendts Ohren nach. *O Gott, was wird das alles hier nur?*

Das Nächste, was Behrendt hörte, war, wie der Serbe die Ruger Mk IV in seiner Hand mit einem leisen Klicken entsicherte.

69

24. August, 05.02 Uhr
Bad Segeberg. Am Kalkberg

Herzfeld erkannte von Waldstamms alten Jetta schon von Weitem, als er in die Straße Am Kalkberg einbog. Der großflächige, mit silberfarbenem Panzertape geflickte Unfallschaden am Heck des dunkelgrünen Fahrzeugs sprang ihm regelmäßig auf dem Institutsparkplatz ins Auge. Herzfeld bremste ab und kam schließlich hinter von Waldstamms Wagen am Straßenrand zu stehen. Die Regentropfen hämmerten stakkatoartig auf das Dach und die Windschutzscheibe seines Wagens. Herzfeld blendete kurz das Fernlicht auf. In dem grellen Licht der Xenonscheinwerfer erkannte er, dass der Jetta vor ihm leer war.

Immer noch in seinem Wagen sitzend, sah er sich um, spähte in die Dunkelheit. Von dem Sektionsassistenten keine Spur. *Mist, wäre ich bloß vorhin doch noch mal umgekehrt und hätte meinen Parka geholt …*

Herzfeld griff nach dem Handy in der Mittelkonsole, um von Waldstamm anzurufen, hielt aber in der Bewegung inne. *Akku leer …*

Herzfeld ließ den Blick erneut aus dem Beifahrerfenster schweifen und überlegte. Da entdeckte er rechter Hand auf der anderen Straßenseite den mit schwarzer Folie bespannten Bauzaun, der sich nur unscharf von seiner Umgebung abhob. *Da muss es sein. Diesen Eingang hat von Waldstamm gestern beschrieben. Was auch immer er mir dahinter zeigen will …*

Herzfeld stieg aus und hastete durch den strömenden Regen auf die andere Straßenseite. Am Bauzaun angekommen, hielt er abrupt inne und schaute sich in alle Richtungen um. Er hatte auf einmal das ungute Gefühl, beobachtet zu werden. Aber er konnte niemanden entdecken.

70

24. August, 05.03 Uhr
Kiel. Polizeipräsidium,
Büro Oberkommissar Michael Tomforde

Mit einem lauten Knall flog die Bürotür auf. Tomfordes Kollege Oberkommissar Thomas Weber stürmte herein, einen aufgeklappten Laptop vor sich hertragend. Die durch die weit geöffnete Tür hineinwehende Zugluft führte dazu, dass sich zwölf DIN-A4-Blätter im wahrsten Sinne des Wortes in alle Winde auf dem Fußboden zerstreuten. Es handelte sich um die Ergebnisse von DNA-Analysen, betreffend mehrere bewaffnete Raubüberfälle auf Pensionäre im südöstlichen Schleswig-Holstein, bei denen Tomforde einen Zusammenhang vermutete und die der Ermittler auf dem abgeschabten Konferenztisch in seinem Büro abgelegt hatte.

»Sag mal, Thommy, spinnst du?«, blaffte Tomforde seinen Kollegen an, mit dem er seit der gemeinsamen Zeit in der Polizeischule befreundet war.

»Michael, das *musst* du dir ansehen«, erwiderte Weber atemlos und deutete mit einem Kopfnicken auf den Laptop in seinen Händen.

Tomforde betrachtete seinen bulligen Kollegen mit dem Igel-Haarschnitt und dem auffälligen Ohrring im linken Ohrläppchen. Weber sah müde aus. Völlig übernächtigt wie sicherlich alle Kollegen der Soko Mühle, die seit dem vergangenen Abend auf der Suche nach Schneider die Überwachungsvideos auswerteten und fieberhaft versuchten, die

Aufenthaltsorte der letzten Tage des sechsfachen Mörders zu rekonstruieren.

»Sorry«, sagte Weber mit Blick auf die verstreuten Blätter und sah Tomforde erschöpft aus rot geäderten Augen an.

»Tritt sich fest«, erwiderte Tomforde und signalisierte Weber, an dem kleinen Konferenztisch neben der immer noch offen stehenden Bürotür Platz zu nehmen.

»Was ist los?«, wollte Tomforde wissen, während er sich neben Thomas Weber auf einen unter seinem Gewicht gefährlich knarzenden Holzstuhl setzte.

»Er spricht in die Kamera«, sagte Weber.

»Wer?«, fragte Tomforde verdutzt.

»Schneider. Ich habe ihn gefunden«, entgegnete Weber und zeigte auf den Monitor des Laptops, der jetzt vor den beiden Männern auf der Holztischplatte stand.

Tomforde, der bis vor wenigen Augenblicken noch eine bleierne Müdigkeit verspürt hatte, war sofort hellwach.

»Erzähl schon, Thommy!«

»Ich habe mit Larissa, Knut, Gyde und den beiden uns aus Plön ausgeliehenen Kollegen begonnen, die Überwachungsvideos von zweiundzwanzig Tankstellen zu sichten. Insgesamt knapp zweihundert Stunden Material, weil wir uns ja nicht nur auf gestern beschränken konnten, sondern auch die Tage davor mit einbeziehen mussten. Und dann hat Gyde ihn entdeckt. Schneider! Auf dem Gelände einer Aral-Tankstelle in Preetz, dreizehn Kilometer nordwestlich von Lebrade. Die Aufnahmen stammen von gestern Nachmittag gegen siebzehn Uhr.«

Er scheint sich in Richtung Kiel zu bewegen, Preetz ist nur zwanzig Kilometer von hier entfernt …, schoss es Tomforde durch den Kopf. Er spürte, wie sich seine Nackenhaare aufstellten und seine Kopfhaut kribbelte. »Was meinst du mit: *Er spricht in die Kamera?* Spiel das mal ab, Thommy.«

Nach kurzer Betrachtung der Szene – Schneider, der auf dem Tankstellengelände erscheint, zielgerichtet auf den Verkaufsraum zusteuert und diesen betritt, nach ein paar Minuten mit einem kleinen Benzinkanister zurückkehrt, diesen an einer der Zapfsäulen befüllt, um dann direkt unterhalb der Überwachungskamera Position zu beziehen – war sich auch Tomforde absolut sicher. »Ja, du hast recht, Thommy. Er sagt etwas. In die Kamera. Er spricht direkt in die Kamera.«

»Aber was?«, wollte Weber wissen.

»Ein Wort. Es ist nur ein Wort«, erwiderte Tomforde.

»Herzfeld.«

71

24. August, 05.03 Uhr
Bad Segeberg. Kalkbergstadion

»Hier seid ihr verabredet?«, stieß Schneider ungläubig hervor. Er zeigte auf die etwa sechzig Meter langen, steil angelegten und kurz vor dem Rund der Bühne endenden Treppenabgänge des Kalkbergstadions. »Was ist denn das für ein Unfug, Waldstamm?«, fuhr er den Sektionsassistenten an, der schlotternd vor ihm stand und wie ein Schwachkopf den großen Siegelring an seiner linken Hand, den er anscheinend niemals ablegte, drehte.

»Los, Waldstamm, du gehst da jetzt runter!«, schnauzte Schneider.

Von Waldstamm, der seine Flipflops unterwegs verloren haben musste, machte sich jetzt barfuß, mit jedem Schritt heftiger schnaufend, daran, die Treppen der großen Freilichtbühne hinunterzusteigen.

»Du gehst bis ganz unten. Und da bleibst du, hörst du? Wenn du auf dumme Ideen kommst, abhauen willst oder Mätzchen machst, bist du schneller tot, als du blinzeln kannst!«, brüllte Schneider und wedelte mit der Brandbombe in der einen und dem Messer in der anderen Hand. Er registrierte amüsiert, wie der Dicke schildkrötenartig seinen Kopf zwischen den Schultern einzog.

Und ich bleibe hier oben. Von dort drüben hinter der Absperrung aus Sperrholz habe ich einen guten Überblick, wenn Herzfeld auftaucht …

72

24. August, 05.06 Uhr
Kiel. Polizeipräsidium,
Büro Oberkommissar Michael Tomforde

»Scheiße!«, brüllte Oberkommissar Tomforde und knallte den Hörer seines Bürotelefons mit einer solchen Wucht auf die Gabel, dass der PC-Monitor daneben gefährlich ins Wanken geriet und der immer noch am Konferenztisch sitzende Weber instinktiv den Kopf einzog.

»Verdammt! Herzfelds Handy ist aus.« Tomforde griff erneut nach dem Hörer und tippte die vierstellige Telefonnummer der Wache im Erdgeschoss des Gebäudes ein. »Ich schicke zwei Wagen zu Herzfelds Privatadresse«, sagte er mit Blick zu Weber, während das Freizeichen aus dem Lautsprecher seines Telefons erklang.

73

24. August, 05.06 Uhr
Bad Segeberg. Kalkbergstadion

Da kommt dieser verfluchte Herzfeld, der seine Nase zu tief in Angelegenheiten steckt, die ihn nichts angehen, und der mir diesen Schlamassel hier überhaupt erst eingebrockt hat, dachte Behrendt. Er verfolgte gebannt, wie sich der Rechtsmediziner jetzt in etwa zwanzig Metern Entfernung durch den schmalen Seiteneingang im Bauzaun hindurchzwängte und dann mit zögerlichen Schritten das Gelände betrat. Herzfeld schaute sich suchend um, dann kam er langsam auf den hölzernen Wachturm zu. Er trug ein weißes Oberhemd, mit dem er sich gut von der schummrigen Umgebung abhob, sodass Behrendt problemlos jeden seiner Schritte verfolgen konnte.

Oder ist der andere bei von Waldstamm vielleicht Herzfelds Back-up, seine Rückendeckung? Ich steige hier nicht mehr durch …

Auch Gavrilovic schien gerade ähnliche Gedanken zu haben, denn er raunte zu ihm herüber: »Was zum Teufel ist hier los, Behrendt? Willst du mich verarschen? Was will der Typ mit der Bombe hier? Der ist schwer bewaffnet! Was soll das hier verdammt noch mal werden – ein Scheiß-Bürgerkrieg?«

»Bleib ruhig, Milan«, raunte Behrendt zurück. »Im Moment ist es nur einer mehr als geplant. Keine Ahnung, was der Mann bei von Waldstamm hier zu suchen hat und warum er ein Messer und eine Bombenkonstruktion bei sich hat.« Behrendt kratzte sich an seinem bartstoppeligen Kinn, ehe er flüsternd fortfuhr: »Aber eigentlich ist das völlig egal …« Er machte eine kurze Pause, weil er spürte, wie seine Nervosität seine Stimme immer zittriger klingen ließ.

»Und jetzt? Abbruch?«, fragte Gavrilovic.

»Nein, wir halten am Plan fest, Milan«, antwortete Behrendt nach kurzem Überlegen, wobei er darauf bedacht war, das Zittern in seiner Stimme mit mehreren kleinen Räuspern zu überspielen. *Egal, dann müssen heute eben drei Menschen in den Höhlengewölben unter dem Kalkberg verschwinden.*

74

24. August, 05.07 Uhr
Bad Segeberg. Kalkbergstadion

Herzfeld erkannte den per SMS beschriebenen Weg im matten Licht zweier Laternen, die sich gut in die Westernkulisse einpassten. Der Weg führte zwischen einem hohen Holzturm mit sich daran anschließendem Palisadenzaun zu seiner Rechten und den zu einer Westernstadt gehörenden Holzhäusern zu seiner Linken hindurch. Er war froh, dass er sich von Waldstamms Beschreibung gut eingeprägt hatte und jetzt nicht auf sein Handy angewiesen war. *Auch wenn die Taschenlampenfunktion sicherlich hilfreich wäre …*

Herzfeld hielt kurz inne und blickte sich um. Der Regen erzeugte beim Auftreffen auf die Holzbauten ein Geräusch wie Hunderte kleine, disharmonische Trommelwirbel. Er erinnerte von seinen Besuchen bei den Karl-May-Festspielen, dass sich linker Hand hinter den ersten Westernhäusern eine Art Straße durch die Kulisse zog, auf deren linker Seite sich weitere Holzbauten im Westernstil befanden, die während der Pausen in den Vorstellungen für den Gastronomieverkauf genutzt wurden. Und geradeaus ging es direkt zur riesigen Freilichtbühne im Stil eines Amphitheaters.

Dort wollte von Waldstamm ihn treffen …

75

24. August, 05.07 Uhr
Bad Segeberg. Kalkbergstadion

Herzfeld passierte gerade den zum Westernfort gehörenden hölzernen Wachturm, auf dem sich Behrendt und der Serbe versteckt hielten, und bewegte sich langsam auf das riesige Amphitheater zu. Er sah sich mehrfach um. Weniger, weil er jemanden zu suchen schien, eher, um sich zu orientieren. Zumindest mutmaßte Behrendt das. *Na, wenigstens sind jetzt alle zusammen, denen es hier gleich an den Kragen gehen wird.* Er warf einen kurzen Blick auf seine Armbanduhr. *Vom Zeitplan her alles okay ... Milan wirkt zum Glück wieder hoch konzentriert, so kurz vor seinem Auftritt ...*

Behrendt machte ein paar vorsichtige Schritte nach vorn, bemüht, kein Geräusch zu erzeugen, und lugte über die Brüstung der Plattform des Wachturms in die nur spärlich von dem matten Licht der zwei Laternen unterbrochene Dunkelheit. Er registrierte, dass der Regen nicht mehr so heftig herunterprasselte wie noch vor wenigen Minuten.

Von seiner neuen Position aus konnte er einen genaueren Blick auf Herzfeld erhaschen. Der Rechtsmediziner schien zu Behrendts Verwunderung arglos, seine Schritte wirkten nicht mehr zögerlich, sondern entschlossen. Der Mann erinnerte Behrendt von seinem Habitus her mehr an einen neugierigen Jungen und weniger an das Lamm auf dem Weg zur Schlachtbank, das er ja war.

76

24. August, 05.08 Uhr
Bad Segeberg. Kalkbergstadion

O Mann, von Waldstamm, ich hoffe, du hast eine gute Erklärung für das hier, ich bin nass bis auf die Knochen, schimpfte Herzfeld innerlich, als er das Plateau erreicht hatte, von dem man bei Tageslicht das gesamte Kalkbergstadion überblicken konnte. Sein weißes Oberhemd war mittlerweile völlig durchnässt und klebte ihm am Oberkörper.

Zum Glück brach der Tag allmählich an. Träge begann das Schwarz der Nacht in das Grau der Morgendämmerung überzugehen, und langsam wurden immer mehr Konturen des riesigen Amphitheaters unter ihm sichtbar. Zudem ließ der heftige Regen nach, und die tiefschwarzen Wolken, die bis eben noch so undurchdringlich wie die schwarzen Vorhänge eines Leichenwagens gewesen waren, wurden zunehmend heller.

Etwa einhundert Meter schräg unter ihm, zwischen der großen, halbkreisförmigen Bühne und der untersten Reihe Sitzplätze, bemerkte Herzfeld plötzlich eine Bewegung. Regenwasser lief dem Rechtsmediziner aus seinen tropfnassen Haaren über die Stirn und in die Augen. Er musste mehrmals blinzeln und sich mit dem Handrücken über die Augen wischen, bis er in der beginnenden Morgendämmerung erkannte, dass es von Waldstamm war, der dort unten wohl auf ihn wartete. Er hatte offensichtlich seinerseits Herzfeld entdeckt, denn er winkte ihm hektisch zu. Aber das war kein richtiges Zuwinken, eher ein wildes Gestikulieren. Von

Waldstamm zeigte dabei immer wieder auf ihn. Auch ein weit entferntes Rufen vernahm er, das von dem Sektionsassistenten stammte, aufgrund der Entfernung jedoch unverständlich war. Er winkte zurück und begann, die steil vor ihm abfallenden Stufen in Richtung des Sektionsassistenten hinabzusteigen.

77

24. August, 05.08 Uhr

Bad Segeberg. Kalkbergstadion

Schneider konnte sich kaum noch beherrschen. Am liebsten hätte er laut schreiend seine Deckung hinter der Absperrung aus Sperrholz verlassen und wäre auf Herzfeld zugestürmt, der vor wenigen Sekunden auf der Bildfläche erschienen war, um ihn erst mit dem Messer bis zur Unkenntlichkeit im Gesicht zu massakrieren und dann in Flammen aufgehen zu lassen. Sein Erzfeind war nur noch etwa vierzig Meter von ihm entfernt. So nah war Herzfeld ihm zuletzt vor sieben Monaten gekommen, bei ihrer letzten Begegnung auf der vom Schneesturm umtosten Schleibrücke in Kappeln. Damals hatte er keine Chance gehabt, sich an diesem verdammten Parvenü zu rächen, das zu Ende zu führen, was er an jenem Tag begonnen hatte … und was er sich geschworen hatte, heute zu beenden. *Ruhig! Bleib ruhig! Du musst hinter ihn kommen. Das Überraschungsmoment ausnutzen. Der Hinterhalt ist deine Stärke, so war es schon immer …*

Schneider stellte trotz seiner inneren Anspannung mit Genugtuung fest, dass Herzfeld nicht sonderlich auf der Hut zu sein schien. Er interessierte sich vielmehr für etwas, was sich weit unter ihm im Sand der Freilichtbühne abspielte. Herzfeld hob nun seine rechte Hand. Offensichtlich zum Gruß. Er winkte jemandem zu. *Von Waldstamm … Er hat von Waldstamm entdeckt. Der Fettsack ist ja auch noch da! Verdammt, den habe ich ja völlig … reiß dich zusammen! Vermassele es nicht … Konzentration!*

In dem Moment, als Herzfeld begann, die steil zur großen Freilichtbühne führenden Treppen zwischen den Sitzreihen hinunterzusteigen, verließ Schneider seine Deckung. In geduckter Haltung bewegte er sich Meter um Meter nach vorn, in der rechten Hand das Messer, in der linken die Bombe. Immer näher auf seinen Kontrahenten zu. Wie ein Raubtier. Jederzeit zum Sprung bereit.

78

24. August, 05.08 Uhr

Bad Segeberg. Kalkbergstadion

Von Waldstamm hätte fliehen, sich in der hintersten Ecke des Geländes verstecken können. Aber er war nicht weggelaufen, sondern hatte – wie Schneider es von ihm verlangt hatte – an dem riesigen Halbrund der mit Sand bedeckten Freilichtbühne wie das Kaninchen vor der Schlange an der ihm befohlenen Stelle verharrt. Von Waldstamm hatte so große Angst – Todesangst – wie noch niemals zuvor in seinem Leben.

Er konnte nicht sagen, welcher Gedanke schlimmer war, dass Schneider ihm die Nase abschnitt und er elendig an seinem eigenen Blut ertrank, oder als lebende Fackel in die ewigen Jagdgründe dieser Westernkulisse einzugehen. Unablässig drehte von Waldstamm an seinem großen Siegelring.

Als er dann die Gestalt am Rand des Amphitheaters auf Höhe der obersten Sitzreihe erblickte, befürchtete er zunächst, dass es der wahnsinnige Schneider war, der herunterkommen und ihm den Garaus machen würde. Aber dann sah er mit Erleichterung das weiße Oberhemd der Gestalt. *O Gott, lass es bitte Doktor Alvarez sein!* Dann fügte er in Gedanken hinzu: *Der eigentlich gar nicht Alvarez heißt …* Sekundenbruchteile später erkannte er, um wen es sich bei der Gestalt ganz oben im Amphitheater handelte: Paul Herzfeld.

Ich muss ihn warnen … er steht da oben wie auf dem Präsentierteller. Schneider kann nicht weit sein!

Von Waldstamm begann, wild mit der rechten Hand zu

gestikulieren, zeigte immer wieder in Herzfelds Richtung, um ihm verständlich zu machen, dass er auf seinen Rücken achten, hinter sich schauen sollte, während er gleichzeitig mit der linken Hand einen Trichter um den Mund formte und brüllte: »Schneider! Passen Sie auf! Schneider ist da oben! Hauen Sie ab, rufen Sie die Polizei!«

Doch der knapp einhundert Meter von ihm entfernte Herzfeld schien ihn weder zu hören noch seine Gesten richtig zu deuten. Denn er winkte nur zurück und stieg die steil abfallenden Treppen zu ihm herunter.

In selben Augenblick entdeckte von Waldstamm eine zweite Gestalt, die sich in geduckter Haltung Herzfeld von hinten näherte: Schneider!

79

24. August, 05.09 Uhr
Bad Segeberg. Kalkbergstadion

Volker Schneider konnte nicht mehr an sich halten. Anstatt sich weiter geduckt von hinten an Herzfeld heranzuschleichen, richtete er sich zu seiner vollen Größe auf, streckte seinen Rücken durch und rannte los. Ihn trennten noch etwa dreißig Meter von dem Mann, der ihm alles genommen hatte. Ein Schrei, der in seinem Bauch seinen Anfang nahm, sich dann einen Weg durch seinen Brustkorb bahnte und mit aller Kraft aus seiner Kehle hinausdrängte, versetzte seine Stimmlippen in Schwingungen und hallte ohrenbetäubend durch das Kalkbergstadion.

»Arrgggg!«

Das Messer mit seiner rechten Hand über dem Kopf schwingend, die Augen zu schmalen Schlitzen verengt, den Mund immer noch zum Schrei geöffnet und die Brandbombe in der linken, stürmte er die Stufen hinunter auf Herzfeld zu.

Der Mann vor ihm, der in der anbrechenden Morgendämmerung gut zu erkennen war, zuckte erschrocken zusammen und drehte sich um.

Und Volker Schneider war sich in dem Sekundenbruchteil, als sich ihre Blicke trafen, sicher, dass auch Herzfeld wusste, es gab für ihn kein Entkommen, er würde hier und heute sterben.

80

24. August, 05.09 Uhr
Bad Segeberg. Kalkbergstadion

Im ersten Augenblick glaubte Herzfeld, dass sein Gehirn ihm einen Streich spielen würde. *Schneider? Um Himmels willen! Was hat er hier zu suchen? Woher weiß er überhaupt, dass ich hier bin, noch dazu zu dieser frühen Uhrzeit?*

Die nächsten drei Sekunden liefen wie ein Film ab, der sich einerseits direkt vor seinen Augen und andererseits vor seinem geistigen Auge abspielte. Vor seinen Augen bewegte sich Volker Schneider in Zeitlupe auf ihn zu. Schneiders klitschnasse, strohblonde Haare, die viel länger waren als früher, flogen wie die dünnen Fransen eines nassen Wischmopps um sein Gesicht. In Schneiders rechter Hand, hoch erhoben über seinem Kopf, blitzte die Klinge eines Messers. Mit seinem linken Arm hielt er etwas eng an seinen Körper gepresst. Der Gegenstand, der etwa die Größe eines Schulranzens hatte, bestand aus mehreren Flaschen, die mit Klebeband oder etwas anderem miteinander verbunden waren. Im Bereich der Flaschenhälse befanden sich dünne Seile oder Kabel, so genau konnte Herzfeld das auf die Entfernung nicht erkennen. *Woran erinnert mich das?* … Herzfeld war sich sicher, eine ähnliche Konstruktion schon einmal gesehen zu haben. *Sogar schon sehr oft. Nur wo?*

Während sich Schneider langsam weiter auf Herzfeld zubewegte, so zumindest seine Wahrnehmung, zog vor seinem geistigen Auge sein Leben mit seiner kleinen Familie an ihm vorbei. Allerdings lief dies nicht in Zeitlupe, sondern im Zeitraffertempo ab: sein Besuch bei Petra und der gerade geborenen Hannah in der Geburtsklinik in Hamburg, der erste Tag in ihrer neuen Wohnung in Kiel, Hannahs erster Kindergartentag, und wie seine Tochter ihren ersten Zahn verlor. Während diese jeweils nur Millisekunden dauernden Erinnerungsfetzen durch seinen Kopf schossen, so schnell wie das Aufflackern eines Blitzlichts erschienen und wieder verschwanden, überkam ihn ein Gefühl tiefer Trauer, wie er es noch nie erlebt hatte, denn ihm wurde plötzlich eines mit vernichtender, unabdingbarer Gewissheit klar: *Schneider wird mich töten. Diesmal bringt er mich um. Damals bin ich ihm entkommen, als er mich in diesem verdammten Schuppen in Kappeln erschießen wollte … Aber jetzt? Ich werde Petra und Hannah nie wiedersehen. Hier endet es … Meine Tochter wird ohne Vater aufwachsen.*

Obwohl sein ganzer Körper unter Strom zu stehen schien, er regelrecht spürte, wie das Adrenalin seine Nervenrezeptoren überflutete, konnte sich Herzfeld nicht bewegen. An Flucht war nicht zu denken, seine Beine gehorchten ihm einfach nicht. Regungslos starrte er den Wahnsinnigen an, der sich ihm unerbittlich Meter um Meter näherte. Und all das in dem sicheren Bewusstsein, dass seine Zeit gekommen war. Dass sein Leben hier und jetzt enden würde …

Aber dann veränderten sich mit einem Mal die Bilder. Der sich immer noch in Zeitlupe bewegende Schneider nahm mehr Platz in seinem Kopf ein und verdrängte zunehmend die Bilder von Petra und Hannah. Und plötzlich nahm Herzfeld nur noch Schneider wahr, der – jetzt in Echtzeit und in atemberaubendem Tempo – auf ihn zukam und keine acht oder neun Meter mehr von ihm entfernt war.

Dann geschah etwas völlig Unerwartetes.

Schneider erfuhr von hinten eine ungeheure Beschleunigung, die ihn aus vollem Lauf noch einmal kurzzeitig das Tempo erhöhen ließ, sodass er regelrecht nach vorn wegkatapultiert wurde. Er geriet ins Taumeln. Das Messer flog in hohem Bogen aus seiner Hand und landete klirrend links von Herzfeld auf dem Steinboden zwischen zwei Sitzreihen. Schneider konnte sich nicht auf den Füßen halten. Als ob seine Beine aus warmem Wachs wären, bogen sie zur Seite weg, knickten in den Sprunggelenken einfach ein. Ungebremst, ohne sich mit den Händen noch abfangen zu können, schlug er der Länge nach auf den steilen Treppenabgang und rutschte einige Stufen auf dem Bauch auf Herzfeld zu, mit dem Gesicht nach unten. Etwa fünf Meter von Herzfeld entfernt blieb er liegen. Während seiner abrupten Beschleunigung hatte Schneider den Gegenstand, den er unter seinem linken Arm hielt, krampfhaft an seinen Oberkörper gepresst. Aber als er hart und mit einem dumpfen Knall auf den steinigen Untergrund aufschlug, war ihm der seltsame Gegenstand entglitten und die Treppenstufen in Herzfelds Richtung hinuntergerutscht, um dann etwa einen halben Meter vor Schneider und etwa viereinhalb Meter von Herzfeld entfernt zum Liegen zu kommen.

Herzfeld stand wie angewurzelt da, unfähig, sich zu bewegen, und gebannt von der bizarren Szenerie, die sich vor ihm abspielte. Zwar fühlte er sich immer noch wie ein unbeteiligter Beobachter, ein Außenstehender, der Augenzeuge seines eigenen Todes werden sollte, aber mit dem Sturz von Schneider und der Tatsache, dass er das Messer verloren hatte, hatte sich das Blatt gewendet.

Schneider war mit der Körpervorderseite und seinem Gesicht hart aufgeschlagen. Für einen kurzen Moment blieb der ehemalige stellvertretende Institutsdirektor der Kieler Rechtsmedizin bewegungslos liegen, dann hob er langsam den Kopf und sah zu Herzfeld. In seinen Augen spiegelte sich eine wahnsinnige Mischung aus Überraschung, Schmerz und Hass wider.

81

24. August, 05.10 Uhr
Bad Segeberg. Kalkbergstadion

»Verdammt, Gavrilovic!«, rief Behrendt bemüht leise, obwohl die Zeit, sich leise zu verhalten, um einer Entdeckung zu entgehen, mit der Schussabgabe auf Schneider endgültig vorbei war. Der Schuss an sich war nur ein leises Ploppen gewesen, als das Kleinkaliberprojektil die Mündung verlassen hatte. Aber mit dem Versteckspiel war jetzt trotzdem Schluss.

Gavrilovic hatte vor nicht mal einer Minute das Versteck der beiden Männer, den hölzernen Westernfort-Turm, verlassen. Er war auf der Plattform an Behrendt vorbeigehastet, die Treppe im Turminneren hinuntergestürmt – wobei er immer zwei Stufen auf einmal nahm – und dann im Vollsprint in Richtung des Plateaus über dem Amphitheater gerannt.

Gavrilovics plötzlicher Aktionismus war dem Umstand geschuldet gewesen, dass sie beobachtet hatten, wie der hochgewachsene Unbekannte mit erhobener Klinge losgestürmt war. Von Waldstamm und Herzfeld hatten sich zu diesem Zeitpunkt außerhalb ihres Blickfeldes befunden. Behrendt wusste instinktiv, dass der Unbekannte ein nicht zu unterschätzender Gegner war. Spätestens als Gavrilovic mit einem Blick durch sein Nachtsichtgerät den seltsamen Gegenstand in der linken Hand als Sprengsatz identifiziert hatte.

Und der Serbe war schon immer für klare Verhältnisse gewesen …

Der Schuss hatte den Mann in den Rücken getroffen und ihn regelrecht nach vorn geschleudert und dann von den Beinen gefegt.

»Wir bringen das hier jetzt sofort zu Ende und verpissen uns dann!«, rief Gavrilovic, die Waffe lauernd vor sich im Anschlag und ohne sich dabei nach Behrendt, der ihm mittlerweile gefolgt war, umzudrehen.

»Warum hast du nicht gewartet, bis dieser Wahnsinnige mit der Bombe das für uns geregelt hätte? Du hast doch gesehen, was er vorhatte«, gab Behrendt missmutig zu bedenken.

»Weil *ich* verdammt noch mal die nächsten Schritte bestimme und die Kontrolle behalte! Das weißt du doch. Und der Typ war mit seinem Sprengsatz völlig unberechenbar«, erwiderte der Serbe.

Die beiden Männer hatten jetzt das Plateau, von dem man das gesamte Amphitheater überblicken konnte, erreicht.

82

24. August, 05.11 Uhr
Bad Segeberg. Kalkbergstadion

Schneiders Gesicht sah aus, als sei er direkt aus der Hölle gekommen. Seine prominente Hakennase war nur noch ein rötlicher Klumpen blanken Fleisches und hatte etwa ein Drittel ihrer Größe eingebüßt. Am Kinn fehlte ihm ein großes Stück Haut mitsamt Unterhautgewebe, sodass der blanke Unterkieferknochen hervortrat. In seinem halb geöffneten Mund, durch den er röchelnd die Luft einsog, waren die abgebrochenen oberen und unteren Schneidezähne zu erkennen, und ein Rinnsal Blut, das zunehmend dicker wurde und an Intensität zunahm, floss aus seinem linken Mundwinkel. Das Weiß seiner Augen war durch die massive Gefäßzeichnung Dutzender kleinster, teils geplatzter, teils prall gefüllter Blutgefäße blutrot verfärbt.

Herzfeld fiel es schwer, den Blick von seinem alten, so schwer verletzten Widersacher abzuwenden. Ihm war immer noch nicht klar, was Schneider von den Füßen gerissen hatte, aber im nächsten Moment entdeckte er auf Schneiders Rücken in dem abgetragenen Hemd einen dunkelroten, annähernd runden Fleck, der immer größer und größer wurde. *Eine Schussverletzung! Jemand hat von hinten auf Schneider geschossen!*

83

24. August, 05.12 Uhr

Bad Segeberg. Kalkbergstadion

Behrendt registrierte, dass der Mann, dem Gavrilovic aus einer Entfernung von etwa fünfundzwanzig Metern in den Rücken geschossen hatte, jetzt bäuchlings und lang ausgestreckt auf der steil abfallenden Steintreppe lag, auf der das Regenwasser in unzähligen Pfützen stand. Der Stoff seines Hemdes färbte sich zunehmend dunkel.

Herzfeld stand einige Meter weiter unterhalb auf der Treppe und starrte auf den vor ihm liegenden Mann. Doch einen Augenblick später riss er seinen Blick von dem Angeschossenen los und schaute in Behrendts und Gavrilovics Richtung. Als Behrendt Herzfeld in die Augen sah, erinnerte ihn der Blick, den dieser ihm entgegenwarf, nicht mehr an ein Lamm auf dem Weg zur Schlachtbank, sondern an jemanden, der seine Pläne durchkreuzen konnte.

Auch Gavrilovic schien das bemerkt zu haben, denn der Serbe richtete den lang gezogenen, mattschwarzen Lauf seiner halbautomatischen Pistole nach vorn und zielte auf Herzfeld.

84

24. August, 05.12 Uhr
Bad Segeberg. Kalkbergstadion

In dem Moment, als Herzfeld die beiden Männer schräg über sich auf dem Plateau in einer Entfernung von etwa vierzig Metern entdeckte, wurde ihm schlagartig einiges klar. Nicht nur, dass der schwarz gekleidete Mann neben Behrendt, der die Tatwaffe immer noch in seiner rechten Hand hielt und sie jetzt langsam auf ihn richtete, auf Schneider geschossen hatte, sondern auch, dass von Waldstamm ihn in eine Falle gelockt hatte. Und hinter alldem steckte der selbst ernannte Direktor des Epimetheus Instituts: Marco Behrendt.

Herzfeld hatte von Waldstamm vertraut, dem Mann, der ihn hier in das Fadenkreuz eines Killers laufen ließ. Ein Killer, der von Behrendt beauftragt worden war, ihn zu eliminieren, weil er seinem illegalen Handel mit Leichenteilen auf die Schliche gekommen war. Ein Handel, in den von Waldstamm mit Sicherheit auch verwickelt war. Nur wie Schneider in diese Gemengelage passte, welche Rolle der wahnsinnige Narzisst hier spielte, erschloss sich Herzfeld nicht.

Er schaute sich zu beiden Seiten um. Es gab weit und breit keine Deckung. Zu seiner großen Erleichterung stellte er fest, dass sein Verstand wieder klar und analytisch arbeitete, als er nicht nur in Sekundenschnelle seine Fluchtoptionen durchging, sondern sich auch instinktiv seitlich und dabei leicht in die Hocke gehend so positionierte, dass die mögliche Trefferfläche für den Schützen minimiert wurde. Auch sein Körper gehorchte ihm wieder! *Gott sei Dank!* Diesmal ereilte ihn keine Schockstarre. *Ich könnte den schwer verletzten Schneider als Deckung vor dem Schützen nutzen … Aber dann sitze ich hier fest.* Sein Blick fiel auf einen Müllgroßcontainer in wenigen Metern Entfernung schräg hinter ihm, dessen Scharnierdeckel offen stand. *Da hineinspringen? Nein, dann sitze ich ebenfalls in der Falle.* Herzfeld überlegte fieberhaft weiter. *Ich könnte Haken schlagend mich seitlich zum Hauptausgang bewegen … Keine Chance, ich werde dabei die komplette Strecke wie auf dem Präsentierteller sein. Der Schütze ist sicher ein Profi. Weiter runter zu von Waldstamm laufen? Ich …* Doch Herzfeld konnte den Gedankengang nicht zu Ende bringen, denn er bemerkte aus dem Augenwinkel vor sich eine Bewegung. *Schneider!* Der mittlerweile fast völlig blutüberströmte Mann, dessen Röcheln stakkatoartig abgehackten, pfeifenden Atemgeräuschen gewichen war, bewegte sich windend auf Herzfeld zu. *Er gibt nicht auf! Dieser Irre weiß nicht, wann Schluss ist,* dachte Herzfeld entsetzt. Sein Blick fiel auf die aus mehreren Flaschen bestehende, mit Klebeband zusammengehaltene Konstruktion, die Schneider bei seinem Sturz entglitten und in Herzfelds Richtung die Treppenstufen heruntergerutscht war.

Schneider hatte sich bereits etwa einen halben Meter auf Herzfeld zubewegt, der abwechselnd zu ihm und den beiden Männern auf dem Plateau schräg über sich schaute. Behrendts Begleiter schien sich mit der Waffe in der Hand in eine optimale Schussposition zu bringen. Schneider streckte seinen rechten Arm nach vorn aus, mit dem linken robbte er unaufhörlich Zentimeter für Zentimeter weiter nach vorn, in Herzfelds Richtung. Und schlagartig wurden Herzfeld zwei weitere Dinge klar. Schneider hatte nicht die Absicht, *ihn* zu erreichen – er wollte die Flaschen, die nur noch wenige Zentimeter von den Fingerspitzen seiner linken Hand entfernt lagen, zu fassen bekommen. Und Herzfeld wusste jetzt auch, wo er eine solche Konstruktion schon einmal gesehen hatte: in der Sammlung des Kieler Instituts für Rechtsmedizin. Es handelte sich um einen Brandsatz. Vielmehr um eine selbst gebastelte Brandbombe. An der Vitrine mit einem fast identischen Modell, das allerdings aufgrund eines Konstruktionsfehlers nicht hochgegangen war, ging er seit knapp zwei Jahren fast täglich auf dem Weg in den Sektionssaal vorbei.

In diesem Augenblick hatte Schneider die Brandbombe erreicht und zog sie an sich.

85

24. August, 05.13 Uhr

Bad Segeberg. Kalkbergstadion

Behrendt verfolgte, wie sich Gavrilovic kniend am Rand des Plateaus in Schussposition brachte und auf die beiden Männer im Halbrund des Amphitheaters etwa dreißig Meter unter ihnen zielte. *Für einen geübten Pistolenschützen wie den Serben keine Entfernung …*

Behrendt sah zu von Waldstamm, der aufgrund des langsam einsetzenden Tageslichts jetzt gut sichtbar am Rand des riesigen Halbrunds der mit Sand bedeckten Freilichtbühne stand. Er befand sich weitere vierzig oder fünfzig Meter unterhalb der beiden Männer, wie Behrendt schätzte. *Du bist der Nächste, der heute …*, ging ihm gerade durch den Kopf, als eine gewaltige Explosion und eine noch heftigere Stichflamme, von der eine so starke Hitze ausging, dass er die Wärme sogar hier oben spürte, ihn zusammenzucken ließ, ehe er sich reflexartig zu Boden warf.

»Was zum …«, setzte Behrendt, an, wurde aber von Gavrilovic unterbrochen, der mit heiserer Stimme brüllte: »Der Typ ist ja irre!«

Behrendt rappelte sich auf, kniend lugte er über den Rand des Amphitheaters hinunter. Und was er sah, ließ ihm das Blut in den Adern gefrieren.

86

24. August, 05.13 Uhr
Bad Segeberg. Kalkbergstadion

Herzfeld atmete tief ein und aus, versuchte, Atmung und Pulsschlag unter Kontrolle zu bringen und festzustellen, ob und wie schwer er verletzt war. Aber er schien unverletzt zu sein. Noch einmal atmete er tief durch, dann richtete er sich langsam auf und spähte vorsichtig aus dem stählernen Müllgroßcontainer hinaus.

In der Sekunde, als er begriff, was Schneider vorhatte, war er zu dem in wenigen Metern Entfernung stehenden Container gesprintet. Kopfüber war er durch die etwa siebzig Zentimeter durchmessende Öffnung in das Innere gehechtet. Gerade noch rechtzeitig. Als er auf dem stinkenden Boden des leeren Containers aufschlug, hatte eine heftige Detonation die direkte Umgebung des Containers erschüttert.

Herzfeld streckte den Kopf noch ein Stück weiter heraus und entdeckte in etwa zehn Metern Entfernung genau an der Stelle, an der Schneider gelegen und die Brandbombe gezündet hatte, einen brennenden menschlichen Körper. Reglos und bereits bis zur Unkenntlichkeit entstellt.

Der Geruch von verbranntem Fleisch wehte zu ihm herüber. Ein Geruch, den er nur zu gut vom Kieler Krematorium kannte. Wenn er dort, auf dem Weg zur zweiten Leichenschau, aus seinem Auto ausstieg, kam ihm je nach Wetterlage ein identischer Geruch aus dem großen Schornstein entgegen.

Ein lautes, metallenes Geräusch direkt neben ihm ließ ihn

zusammenzucken. Irgendetwas war mit großer Wucht gegen die stählerne Hülle des Müllgroßcontainers geschlagen. Ein Blick zu den beiden Männern auf dem Plateau ließ keinen Zweifel daran, dass der Mann neben Behrendt auf ihn geschossen hatte. Das Schussgeräusch selbst war von dem vorn auf die Mündung der langläufigen Pistole gesetzten Schalldämpfer geschluckt worden. *Dafür war das Geräusch der Explosion eben unüberhörbar und wird hoffentlich einige Neugierige auf den Plan gerufen haben, die die Polizei informieren. Aber bis dahin bin ich hier wohl auf mich allein gestellt.*

Behrendt und der Schütze verließen in diesem Augenblick ihren Posten und eilten die steile Treppe herunter. Jetzt war es an der Zeit, zu verschwinden.

87

24. August, 05.15 Uhr
Kiel. Polizeipräsidium,
Büro Oberkommissar Michael Tomforde

»Scheiße!«, brüllte Oberkommissar Tomforde erneut an diesem Morgen und knallte den Hörer seines Bürotelefons ein weiteres Mal mit Wucht auf die Gabel zurück. »Herzfeld ist nicht zu Hause. In der Rechtsmedizin ist er auch nicht! Thommy, Handyortung von Doktor Paul Herzfelds Mobiltelefon! Jetzt sofort. Wir werden …«, kommandierte Tomforde, wurde jedoch von seinem Freund und Kollegen Thomas Weber unterbrochen.

»Ich muss sehen, dass ich den Bereitschaftsrichter erreiche. Gib mir etwas Zeit.«

»Nichts da. Vergiss es!«, erwiderte Tomforde im Befehlston. »Das dauert zu lange. Wir regeln das auf unsere Art. Ohne richterlichen Beschluss. Ruf Malte Andresen von der Computerforensik an. Der soll sich kümmern. Sag ihm, ich will wissen, in welchem Mobilfunkmast Herzfelds Handy zuletzt eingeloggt war! Bloßes Ausschalten eines Handys schützt schließlich nicht vor seiner Detektion. Sag Malte, ich brauche kein Bewegungsprofil oder anderen Firlefanz von Herzfelds Telefon. Ich will nur wissen, wo sich Herzfelds Handy jetzt gerade befindet! Und das *pronto!*«

88

24. August, 05.15 Uhr
Bad Segeberg. Kalkbergstadion

Herzfeld hechtete mit einem Satz über den Rand des Müllgroßcontainers und brachte sich haarscharf dahinter in Deckung, als ein weiteres lautes Pling, das von der Wand des Containers ertönte, ihm signalisierte, dass erneut auf ihn geschossen worden war. Offenbar aus dem Laufen heraus, denn der schwarz gekleidete Mann bewegte sich jetzt rasch die Treppe herunter in seine Richtung, dicht gefolgt von Marco Behrendt, und legte erneut, nur noch etwa dreißig Meter von Herzfeld entfernt, auf ihn an.

Er zögerte keinen Moment, sondern sprintete in leicht geduckter Haltung los, immer wieder leichte Haken schlagend und ohne Rücksicht darauf, dass die Treppenstufen durch das Regenwasser gefährlich rutschig waren. *Volles Risiko! Ich muss den Abstand zwischen mir und dem Kerl halten.*

89

24. August, 05.16 Uhr

Bad Segeberg. Kalkbergstadion

Heinrich von Waldstamm war sich absolut sicher, dass dies alles nur ein Albtraum sein konnte. Das war doch nicht wirklich so passiert! *Ich werde jeden Moment aufwachen, das hier ist nicht real. Wach auf!*

Aber er wachte nicht auf. Er schloss kurz seine Augen, aber als er sie wieder öffnete, befand er sich immer noch am Rand der riesigen Freilichtbühne inmitten des Bad Segeberger Amphitheaters und wurde fast von Paul Herzfeld umgerannt. Der schwer atmende Rechtsmediziner packte ihn an seinem ausgeleierten, vom Regen völlig durchnässten T-Shirt und brüllte ihn an: »Los, machen Sie schon, Sie können hier nicht stehen bleiben!«

Dann riss Herzfeld ihn auch schon mit sich, und von Waldstamm stolperte barfuß und verwirrt durch den eiskalten, nassen Sand der Freilichtbühne, wo sich sonst Winnetou und Old Shatterhand ihren Widersachern stellten …

90

24. August, 05.17 Uhr
Bad Segeberg. Kalkbergstadion

Herzfeld hatte mit seinem irrwitzigen Sprint die nassen Steintreppenstufen hinunter den Abstand zwischen sich und seinen Verfolgern nicht nur halten, sondern sogar noch um etwa weitere zehn Meter vergrößern können. Rund vierzig Meter lagen momentan zwischen ihm und den beiden laut fluchenden Männern, die jetzt auf Höhe des unteren Drittels der Sitzplatzreihen angekommen waren.

Er zog von Waldstamm hinter sich her. Die Fläche der großen Freilichtbühne hatten sie bereits fast überquert. Zweimal war Sand neben ihm hochgespritzt – jeweils eine Folge des Einschlags von Projektilen –, aber immer in etwa zwei Metern Entfernung.

Er schießt jetzt ungenau. Das ist dem größeren Abstand geschuldet, und dass wir beide in Bewegung sind. Er darf keinesfalls dichter an mich herankommen … Ich darf nicht anhalten!

Herzfeld näherte sich jetzt einem riesigen, künstlichen Felsen, der die weitläufige Sandfläche der Freilichtbühne von dem Wartebereich der Schauspieler und Komparsen dahinter nicht nur abtrennte, sondern auch vor den Blicken der Zuschauer abschirmte. Rechts vor dem Felsen befand sich ein Wasserbassin, und in die Mitte war ein riesiger Torbogen eingelassen, der genug Raum bot, dass mehrere Reiter nebeneinander hindurchreiten konnten. Ein Stoßgebet auf den Lippen, dass der heftig schnaufende, korpulente junge Mann neben ihm nicht stolpern, stürzen und so sein Todesurteil besiegeln würde, passierte er jetzt mit ihm den eingelassenen Torbogen. *Egal ob von Waldstamm mich wissentlich oder unwissentlich hier in die Falle gelockt hat … Ich muss ihn hier wegschaffen,* dachte Herzfeld zum wiederholten Male. Denn er ging nicht davon aus, dass Behrendts angeheuerter Killer den Sektionsassistenten verschonen würde. Zeugen konnte weder Behrendt noch der Mann mit der halbautomatischen Waffe gebrauchen. So viel war sicher.

91

24. August, 05.19 Uhr
Bad Segeberg. Kalkbergstadion

»Fuck!«, brüllte Gavrilovic, der gerade einen durch einen künstlichen Felsen führenden, riesigen Torbogen vor ihm passiert hatte.

Behrendt, der dem Serben in einem Abstand von etwa fünf Metern folgte, verstand gleich darauf, was Gavrilovic, der stehen geblieben war, so in Rage versetzte. Von Waldstamm und Herzfeld waren nirgendwo zu sehen. Gavrilovic blickte sich in alle Richtungen suchend um, die Augen zu schmalen Schlitzen verengt und den Kopf leicht nach hinten in den Nacken gelegt. Schwer schnaufend blieb Behrendt neben Gavrilovic stehen. Er war völlig fertig. Vornübergebeugt, beide Handflächen auf den Knien, rang er nach Luft. Nach etwa fünf Sekunden gelang es ihm, zu fragen: »Sind sie weg?«

»Siehst du sie etwa?«, blaffte Gavrilovic zurück. »Weit können sie nicht sein. Sie werden sich hier irgendwo versteckt haben. Geh da rüber, Behrendt! Ich sehe mich dort drüben um«, fuhr der Serbe im Befehlston fort, während er erst nach links, dann nach rechts zeigte.

»Vergiss es, Milan«, schnauzte Behrendt zurück. »Das ist dein Job. *Ich* bringe hier niemanden um. Es war schließlich auch deine Idee, die beiden hier zu töten.« *In einer Westernkulisse – wie passend!,* fügte Behrendt in Gedanken hinzu, traute sich aber nicht, es laut zu sagen, da Gavrilovic ihn jetzt mit finsterer Miene anstarrte.

»Du sollst mir nur helfen, diese beiden Arschlöcher zu finden, den Rest erledige ich schon allein.«

Gerade als Behrendt zu einer Erwiderung ansetzen wollte, erklang schräg rechts über ihren Köpfen ein stampfendes Geräusch – Schritte. Gavrilovic riss augenblicklich die Waffe hoch, erkannte aber im selben Moment, dass Herzfeld und von Waldstamm auf einer brückenartigen Metallkonstruktion in schwindliger Höhe um den Felsen herum wieder Richtung Freilichtbühne liefen und kurz darauf aus seinem Blick verschwanden. »Komm!«, schrie er Behrendt zu, und die beiden stürzten zu dem Brückenaufgang und hinter den Männern her. Der Serbe feuerte zweimal direkt hintereinander auf Herzfeld und von Waldstamm. Unmittelbar darauf ertönte ein markerschütternder Schmerzensschrei, und ein Körper stürzte von der Brücke hinab in die Tiefe.

92

24. August, 05.19 Uhr
Bad Segeberg. Kalkbergstadion

Herzfeld sah, wie Heinrich von Waldstamm, beide Hände an sein Gesäß gepresst, kopfüber von der Brücke stürzte. Mit einem lauten Platschen schlug sein Körper auf der Wasseroberfläche des vor dem künstlichen Felsen gelegenen, etwa zwölf Meter durchmessenden Wasserbassins auf. Auch wenn diese Szene Herzfeld an einen Stunt in genau dieses Wasserbecken erinnerte, wie er es damals in den Aufführungen und *Der Schatz im Silbersee* gesehen hatte, wusste er, dass von Waldstamm sterben würde, wenn er nicht sofort hinterhersprang. Deshalb zögerte Herzfeld auch keinen Augenblick und sprang. Nur noch aus dem Augenwinkel nahm er wahr, dass sich seine Verfolger auf der Brücke gefährlich näherten. Als er in das Becken eintauchte, spürte er augenblicklich die Kälte des Wassers. Seine Füße berührten unter Wasser den Boden des Beckens, es konnte nicht allzu tief sein, vielleicht zwei Meter. Direkt neben ihm war etwas. Er griff danach und bekam es zu fassen. *Von Waldstamm, Gott sei Dank!* Er zog den massigen Körper zu sich heran, drückte den Kopf des Sektionsassistenten mit seiner rechten Hand nach oben aus dem Wasser hinaus und registrierte zu seiner großen Erleichterung, dass von Waldstamm bei Bewusstsein war. Der Atem des jungen Mannes ging brodelnd.

Von Waldstamm starrte Herzfeld mit vor Angst geweiteten Augen an. Seine Brille musste er beim Sturz ins Wasser verloren haben. Seine Lippen waren blau verfärbt und kontrastierten stark zu seiner blassen Gesichtshaut.

Von Waldstamms Oberkörper mit seinem rechten Arm umklammernd und mit Schwimmbewegungen seiner linken Hand und Paddelbewegungen seiner strampelnden Beine, schwamm Herzfeld auf den Rand des Beckens zu. *Ich muss von Waldstamm hier rausbekommen. Sofort! Ich muss mir ein Bild von dem Ausmaß seiner Verletzungen machen. Ihn stabilisieren. Hilfe holen. Dafür brauchen wir ein sicheres Versteck* … Doch bevor Herzfeld den nur noch wenige Zentimeter entfernten Beckenrand ergreifen konnte, wurde von Waldstamm ein weiteres Mal von einem Schuss getroffen.

93

24. August, 05.21 Uhr
Bad Segeberg. Kalkbergstadion

Von Waldstamm schrie erneut gellend auf. Diesmal noch lauter, noch heller, noch kopfloser als zuvor auf der Brücke, als der erste Schuss ihn getroffen hatte und er ins Wasserbecken stürzte. Ein brennender Schmerz durchzuckte seine rechte Schulter. Ein Schmerz, der ihm noch viel heftiger und vernichtender vorkam als der Schmerz, der sich bereits in seinem Gesäß ausgebreitet hatte. Er wollte tief Luft holen, geriet dabei aber mit Mund und Nase unter Wasser und erlitt eine heftige Hustenattacke. Wasser drang in seine Atemwege, brannte in seiner Luftröhre. Sein Hals schnürte sich zu. Panisch schlug er um sich, zappelte, schrie und glaubte zu ertrinken.

94

24. August, 05.22 Uhr
Bad Segeberg. Kalkbergstadion

Der Killer hielt triumphierend seine Waffe hoch und schaute grinsend zu Herzfeld und von Waldstamm herunter, die hilflos im Wasserbecken unter ihm trieben.

Herzfeld registrierte, dass sich das Wasser um von Waldstamm zunehmend rot färbte. *Verdammt!* Er blickte erneut zu dem Mann mit der Pistole hoch. Jetzt sah er direkt in die schwarze, kleine Öffnung der Schalldämpfermündung.

95

24. August, 05.24 Uhr
Bad Segeberg. Kalkbergstadion

Ehe Gavrilovic erneut abdrücken konnte, war der Typ in dem weißen Hemd, in dessen Blick er gerade noch ein wildes Funkeln erkannt hatte, was er als erstaunlichen Überlebenswillen interpretierte, zusammen mit dem Fettsack abgetaucht.

Auch als sich diese abgerissene Gestalt mit dem Messer auf der Tribüne in die Luft gesprengt hatte, hatte dieser Typ nicht nur im richtigen Moment das einzig Richtige getan, nämlich ausreichend Deckung vor der Explosion der Brandbombe gesucht, auch hier hatte er gerade wirklich couragiert gehandelt, als er dem Dicken ins Wasser hinterhergesprungen war und ihn so vor dem sicheren Ertrinkungstod gerettet hatte.

Gavrilovic schätzte ebenbürtige Gegner. Obwohl der Mann ihm natürlich nicht wirklich ebenbürtig war, denn er war unbewaffnet. Aber er gab weder schnell auf, noch stellte er sich seinem Schicksal ohne Gegenwehr. Das gefiel dem ehemaligen Major der bosnisch-serbischen Armee.

Das Wasserbecken zeichnete sich als schwarze, undurchsichtige Fläche von etwa zwölf mal zehn Metern unter Gavrilovic und Behrendt ab. Noch drang nicht genug Licht des anbrechenden Tages zwischen die hohen Felsen, um zu erkennen, was sich dort unter Wasser abspielte.

Aber sehr bald schon würden der Dicke und sein Retter

wieder auftauchen. *Und dann heißt es Headshot.* Bei diesem Gedanken musste Gavrilovic grinsen.

Es war wie in Srebrenica. Der Wolf holte sich immer die Lämmer.

96

24. August, 05.24 Uhr
Kiel. Polizeipräsidium,
Lagebesprechungsraum, 1. Obergeschoss

»Bad Segeberg? Und da bist du dir absolut sicher, Malte?«, bellte Tomforde in sein Handy.

Der Oberkommissar, Thomas Weber und sechs weitere, deutlich übernächtigte Mitglieder der am Vortag reaktivierten Soko Mühle hatten sich in dem großen Besprechungsraum im ersten Stock des Kieler Polizeipräsidiums versammelt. In der Mitte des Raums waren insgesamt acht Tische passgenau zu einer großen Tischfläche zusammengeschoben worden, um die gut zwanzig Stühle herumstanden. Auf der großen Tischfläche befanden sich neben zwei überdimensionierten Telefonanlagen mit jeweils unzähligen Tastenreihen und ausladenden Lautsprechern zum Freisprechen mehrere Thermoskannen, Tassen, Gläser, Kondensmilchfläschchen und Wasserflaschen.

Ein uniformierter Beamter stürmte grußlos herein, steuerte schnurstracks auf Tomforde zu und hielt dem immer noch telefonierenden Ermittler einen DIN-A5-großen Zettel unter die Nase.

Tomforde überflog das Schriftstück, blickte zu dem Uniformierten, der ihm daraufhin kurz zunickte, und sprach dann in sein Handy: »Bad Segeberg ist richtig. Aus dem Kalkbergstadion wurde soeben eine Explosion gemeldet. Ich melde mich wieder.« Mit diesen Worten beendete der Oberkommissar das Gespräch mit Malte Andresen, dem fähigsten Computerexperten des Kieler Landeskriminalamtes.

»Wenn das ein Zufall ist, fresse ich einen Besen!«, rief Tomforde ungehalten in die Runde, deren Aufmerksamkeit er sich schon sicher gewesen war, bevor der Uniformierte mit dem Zettel in den Besprechungsraum gestürmt war.

»Herzfeld ist in Bad Segeberg, und genau dort hat es gerade gekracht. Im Kalkbergstadion gab es wohl eine Explosion mit einer gewaltigen Stichflamme. In der Nähe hat sich Herzfeld laut der Handyortung von Malte Andresen zuletzt aufgehalten. Wenn er nicht sogar direkt vor Ort ist. Und jede Wette, dass unser Früchtchen Schneider da auch mit von der Partie ist.«

Tomforde sah in die Runde.

»Ich habe das unbestimmte Gefühl, dass heute einiges zu einem Ende kommt. Ob zum Guten oder zum Schlechten, das weiß man allerdings noch nicht.«

Dann wandte er sich direkt an Weber: »Thommy, ich brauche die Flugbereitschaft des Marinefliegergeschwaders in Holtenau. Ich brauche einen Heli. Sofort! Ich muss so schnell wie möglich ins Kalkbergstadion nach Bad Segeberg. Und Thommy, es ist mir scheißegal, wie du das anstellst. Los!«

Noch ehe Tomforde geendet hatte, war Weber an eine der beiden Telefonanlagen gegangen und drückte dort eine Tastenkombination.

»Verdammte Scheiße, Herzfeld. In was bist du jetzt schon wieder reingeraten?«, sagte Tomforde leise mehr zu sich selbst als zu den Umstehenden.

97

24. August, 05.24 Uhr
Bad Segeberg. Kalkbergstadion

Herzfelds Lungen waren dem Bersten nahe. Sein Herz schlug so heftig, dass er seinen Pulsschlag wie den Bass eines Techno-Tracks in seinen Ohren wummern hörte.

Aber er durfte jetzt keinesfalls aufgeben. Würde er jetzt auftauchen, wäre das sein Todesurteil. Und das von von Waldstamm gleich mit. *Falls er überhaupt noch am Leben ist?* Herzfeld war zu der seitlichen Begrenzungswand des Beckens getaucht, die direkt an den künstlichen Felskoloss grenzte.

Von Waldstamm, der sehr wahrscheinlich von mindestens zwei Schüssen getroffen worden war und viel Blut verloren hatte, hatte sich, seit Herzfeld mit ihm in dem Wasserbassin untergetaucht war, nicht mehr bewegt. Zumindest hatte der Rechtsmediziner keine Bewegungen bemerkt.

Er sandte ein Stoßgebet zum Himmel, dass von Waldstamm nur bewusstlos war.

Mit seiner rechten Hand zog er den anderen mit sich, während er mit den Beinen Schwimmbewegungen machte und mit seiner linken Hand die Beckenwand abtastete. So bewegte sich Herzfeld unter Wasser Stück für Stück voran. Aber seine Kräfte ließen in dem kalten Wasser von Sekunde zu Sekunde nach. Er merkte, dass sämtlicher Sauerstoff in der Atemluft seiner Lungen aufgebraucht war. Das Stechen in seinem Brustkorb nahm stetig zu, wurde schier unerträglich. Am liebsten hätte er geschrien oder, noch besser, tief eingeatmet. Aber beides hätte seinen sicheren Tod bedeutet. In dem Augenblick, in dem er schrie oder einatmete, würden sich seine Lungen mit Wasser füllen, und er würde nicht nur augenblicklich das Bewusstsein verlieren, sondern auch – durch den Verlust des Auftriebs seiner mit Luft gefüllten Lungen, die seinen Körper wie zwei große Ballons im Wasser in der Schwebe hielten – wie ein Stein auf den Boden des Beckens sinken.

Aber gerade als er meinte, seine Lungen würden platzen, und er seinem übermächtigen Impuls, einzuatmen, nachgeben wollte, ertastete er mit seiner linken Hand an der Wand des Beckens einen Griff.

98

24. August, 05.25 Uhr

Bad Segeberg. Kalkbergstadion

»Meinst du, sie sind ertrunken?«, wollte Behrendt wissen und blickte erneut auf die schwarze Wasseroberfläche des Bassins unter sich.

»Woher soll ich das wissen? Vielleicht macht der Typ hier ein Kunststückchen? Vielleicht ist er Apnoetaucher? Was weiß denn ich! Was ist das überhaupt für eine bescheuerte Frage?«, blaffte Gavrilovic zurück.

»Meinst du …«, setzte Behrendt an, wurde aber direkt in scharfem Tonfall von dem Serben unterbrochen: »Das ist ein Schwimmbecken, Behrendt, und nicht der verdammte Atlantik. Sie können ja nicht weggeschwommen sein. Sie sind da noch drin. Ich gehe jetzt runter. Du bleibst hier oben und hältst weiter die Augen offen, bis ich am Becken bin.«

Mit diesen Worten hastete Gavrilovic die schmale Metallbrücke entlang bis zu der Treppe, die hinunter in die Arena führte.

Behrendt blickte dem Serben hinterher. In der Ferne hörte er den Ton eines Martinshorns, der langsam lauter wurde.

Man muss wissen, wann es vorbei ist. Das konntest du noch nie, Serbe, schoss es Behrendt durch den Kopf, und er rannte in die entgegengesetzte Richtung über die in den Kunstfelsen eingelassene Brücke davon.

99

24. August, 05.35 Uhr
Bad Segeberg. Kalkbergstadion

Er lebte – und fror. Er konnte sich nicht bewegen. Er spürte einen harten, kalten Untergrund unter sich, jemand zog und drückte an ihm herum, was sein Körper mit dumpfen Schmerzempfindungen quittierte. Er versuchte, die Augen zu öffnen, aber außer einem kurzen Flackern seiner Augenlider gelang ihm das nicht. Er bemerkte lediglich ein paar Lichtblitze um sich herum. Dann wurde es wieder dunkel. Er musste etwas sagen, wenigstens ein Geräusch von sich geben, sich bemerkbar machen, aber es ging einfach nicht. Das Letzte, was er hörte, bevor er wieder das Bewusstsein verlor, war ein Geräusch, das ihm seltsam bekannt vorkam. Aber er konnte beim besten Willen nicht sagen, worum es sich dabei handelte. Dann fiel Heinrich von Waldstamm in ein tiefes, schwarzes Loch.

100

24. August, 05.37 Uhr
Bad Segeberg. Kalkbergstadion

Aus der Vogelperspektive erinnerte das Kalkbergstadion Tomforde von seinen Umrissen her für einen kurzen Moment an einen herunterfallenden Wassertropfen. Dieser Eindruck relativierte sich allerdings binnen weniger Sekunden, als der NH90-Helikopter des Holtenauer Marinefliegergeschwaders in halsbrecherischem Sturzflug wie eine Wespe im Angriffsmodus in das imposante Amphitheater flog.

Tomforde, in Begleitung von acht schwer bewaffneten Beamten des Sondereinsatzkommandos der Landespolizei Schleswig-Holstein, entdeckte im Bereich eines breiten Treppenabgangs in der Tiefe unter sich etwas Schwarzes, Längliches. Aus der Luft hoben sich sowohl dieser Gegenstand, der sich beim Näherkommen als verkohlte menschliche Überreste entpuppte, als auch die in einem großflächigen Areal um den Körper herum schwarz verfärbten Treppenstufen gut von den ansteigenden Sitzplatzreihen ab. Dieser Anblick verschwand jedoch in atemberaubender Geschwindigkeit aus Tomfordes Blickfeld, als sich das imposante Amphitheater plötzlich nicht mehr unter, sondern um ihn herum befand.

Der Pilot zog die Schnauze des Helis leicht hoch, was Tomfordes Magengrube mit einem dumpfen Druckgefühl quittierte, und setzte dann direkt in der Mitte der Freilichtbühne zur Landung an, vor einem imposanten künstlichen Felsen und einem großen, mit Wasser gefüllten Becken. Für einen kurzen Moment ertönte ein feines Prasseln auf der Stahlhülle des Hubschraubers, als der Sand von den Rotorblättern aufgewirbelt wurde. Einer der SEK-Beamten riss die Seitentür des Typ NH90 auf, und die schwarz gekleideten SEKler sprangen in ihrer schwarzen Einsatzmontur einer nach dem anderen hinaus.

Mit etwas Abstand folgte Tomforde, dessen eng an seinem Oberkörper anliegende ballistische Schutzweste über seinem Bauch spannte und den Hüftspeck unvorteilhaft nach unten presste, was dem Mann mit dem Pferdeschwanz allerdings völlig egal war.

Er warf einen Blick auf das Wasser in dem nur wenige Meter vom Hubschrauber entfernten Becken und stellte fest, dass es leicht rötlich verfärbt war. Nicht mehr als ein Hauch Rot, der sich auf der Wasseroberfläche zeigte. Der Oberkommissar wandte sich an den Einsatzleiter des SEK-Teams neben sich, der anscheinend dieselbe Beobachtung gemacht hatte, denn er drückte einen Knopf an seinem an der Vorderseite seiner ballistischen Weste befestigten Funkgerät und sagte: »Sehr wahrscheinlich eine oder mehrere verletzte Personen hier irgendwo im Stadion. Wo ist der Notarzt?«

Es klickte kurz, dann kam die schnarrende Antwort aus dem Funkgerät: »Soeben eingetroffen. Kommt jetzt zu euch runter, in Begleitung von zwei unserer Leute.«

»In Ordnung. Eigensicherung hat höchste Prio, bis wir Klarheit haben, was hier los ist«, erwiderte der Einsatzleiter.

Ehe eine Antwort zurückkam, schaltete sich Tomforde ein. »Sebastian, sag unseren Leuten oben, ich brauche hier unten einen oder, besser, zwei Kollegen, die sofort das Becken abtauchen. Auf unsere Polizeitaucher können wir nicht warten. Das Becken muss sofort abgesucht werden. Und sag denen oben auch, ich benötige hier jetzt sofort jemanden mit

Ortskenntnissen. Einen Hausmeister, Verwalter, eine Person, die sich auskennt und weiß, wo Schlupfwinkel sind. Es gibt mit Sicherheit jede Menge Bühnentechnik und verdeckte Aufgänge für die Schauspieler. Sobald wir uns einen ersten Überblick verschafft haben, teilen wir uns auf und suchen das Gelände systematisch ab.«

Ich kann nur hoffen, dass das in dem Becken nicht Herzfelds Blut ist, fügte er in Gedanken hinzu und warf erneut einen besorgten Blick auf die leicht rötlich schimmernde Wasseroberfläche.

101

24. August, 05.44 Uhr
Bad Segeberg. Kalkbergstadion

Von Waldstamm war zweifach angeschossen worden.

Herzfeld hatte ihn vollständig entkleidet, was schnell gegangen war, da der andere nur ein völlig ausgeleiertes und selbst ihm viel zu weites T-Shirt und eine schlabberige Jogginghose getragen hatte.

Bei beiden Schussverletzungen handelte es sich zu Herzfelds Erleichterung nur um Fleischwunden, soweit er das unter diesen Gegebenheiten und auf die Schnelle einschätzen konnte. Die eine Schusswunde befand sich in von Waldstamms linker Gesäßbacke, in der sich zwei kleine, wie ausgestanzt wirkende lochartige Defekte ausmachen ließen – Ein- und Ausschuss, was belegte, dass es sich um einen glatten Durchschuss handelte. Bei der zweiten Wunde handelte es sich um einen Streifschuss an der Schulter, wie Herzfeld anhand der typischen tannenbaumförmigen Figur erkennen konnte, die in einer Länge von etwa sechs Zentimetern oberflächlich durch Haut und Unterhautfettgewebe der rechten Schulterhöhe zog.

Nachdem Herzfeld in allerletzter Minute unter Wasser den Entriegelungshebel für den Ausstieg aus dem Wasserbassin gefunden und betätigt hatte, war er mit von Waldstamm in eine im künstlichen Felsmassiv eingebaute Kammer getaucht und von dort über ein Schleusensystem, genau wie Herzfeld vermutet hatte, in das Innere der Felsattrappe gelangt. Herzfeld hatte den leblos wirkenden Körper des

Sektionsassistenten aus der Kammer herausgezogen, indem er ihn rückwärts durch einen niedrigen und schmalen Gang zerrte – er hatte seine Arme von hinten unter von Waldstamms Achseln gesteckt und seine Hände vor dessen Brust gefaltet. Der Gang schien der einzige Weg hinaus und erinnerte Herzfeld an die Froschtunnel, die Autobahnen für die schadlose Passage von Fröschen und Kröten unterqueren. Am Ende des Ganges war er mit seiner Fracht in einen etwa zwölf bis fünfzehn Quadratmeter großen Raum gelangt. An den Wänden hingen zahlreiche Armaturen, die offenbar irgendeinen Zweck in Verbindung mit dem Wasserbassin erfüllten und von einer Art Grubenlampe erleuchtet wurden. Herzfeld hatte, völlig atemlos, zu seiner Erleichterung festgestellt, dass sich in einer Nische neben zahlreichen schmutzigen, teils ölverschmierten Lappen auch reichlich anderes, sauberes Textilmaterial – Geschirrhandtücher und Lappen – befand, und dass dieser Raum, anscheinend wegen einer leise ratternden Pumpenanlage, die reichlich Wärme abstrahlte, gut temperiert war – eine Wohltat im Vergleich zu dem kalten Wasser, aus dem die beiden Männer gerade kamen.

Jetzt lag der nackte, immer noch bewusstlose und sehr flach atmende von Waldstamm vor Herzfeld auf dem Steinboden. Der Rechtsmediziner hatte ihm provisorische Druckverbände zur Blutstillung der Schusswunden angelegt, die zwar nicht schön aussahen, aber ihren Zweck erfüllten.

Von Waldstamm, dessen Haut an eine frisch mit Kalkfarbe überstrichene Kellerwand erinnerte, hatte zumindest in den letzten Minuten kein weiteres Blut mehr verloren.

Während er den Mann versorgte, hatte Herzfeld das Rotorgeräusch eines Hubschraubers gehört, das immer lauter geworden war und dann schließlich verstummte. Er wusste, dass der Helikopter in ihrer Nähe gelandet und Hilfe unterwegs war, vermied es aber, seinen und von Waldstamms provisorischen Unterschlupf zu verlassen, da er nicht einschätzen konnte, inwiefern sich der Schütze und Behrendt noch in der Nähe aufhielten.

Von Waldstamms Zustand war leidlich stabil, und nur das zählte jetzt.

Keine zehn Minuten später hörte Herzfeld die Stimme von Oberkommissar Michael Tomforde aus einem Gang dröhnen, der direkt an diesen Raum anschloss. »Herzfeld! Verdammt, wenn Sie hier irgendwo sind, dann geben Sie zum Teufel noch mal Laut!«

Doch noch bevor sich Herzfeld bemerkbar machen konnte, stand Tomforde in Begleitung von drei SEK-Beamten vor ihm, alle in voller Einsatzmontur und Heckler & Koch-Maschinenpistolen im Anschlag.

102

25. August, 09.27 Uhr
Kiel. Klinik für Unfallchirurgie,
Universitätsklinikum Schleswig-Holstein,
Patientenzimmer Heinrich von Waldstamm

»Wie gesagt, das Letzte, was ich noch erinnere, Herr Herzfeld, ist, dass wir beide über die Brücke gelaufen sind, mir sowieso schon ganz schwindlig von der Höhe war und mich dann das Projektil in den Hintern getroffen hat«, sagte von Waldstamm und sah zu Herzfeld hoch. »Ich meine, dass es ein Projektil beziehungsweise ein Schuss war, wusste ich zu diesem Zeitpunkt ja noch gar nicht. Und dann bin ich hier zu mir gekommen, als sie mich in den OP gefahren haben …« Der Sektionsassistent lag bäuchlings in seinem Krankenbett, die Bettdecke aufgrund der sommerlichen Wärme in dem kleinen Patientenzimmer zur Seite geschoben. Sein am Rücken offenes, weiß-graues Krankenhausnachthemd gab nicht nur den Blick auf den gut ausgepolsterten Verband an seinem Gesäß frei, sondern bot auch den unvorteilhaften Anblick auf seinen Hüft- und Rückenspeck, der über das weiße Verbandsmaterial hing.

»Sie sagen, dass ich mindestens drei Wochen nicht auf dem Rücken liegen oder sitzen kann, von Autofahren ganz zu schweigen.«

Geschieht dir eigentlich recht, *nach dem Bockmist, den du gebaut hast,* dachte Herzfeld. Auch wenn er wusste, dass von Waldstamms eigentliche Strafe noch bevorstand. Die Personalabteilung des Klinikums würde ein arbeitsrechtliches

Disziplinarverfahren gegen ihn einleiten, weil er unbefugt Leichenteile aus dem Gewahrsam des Instituts entfernt hatte. Und die Wahrscheinlichkeit, dass ihm fristlos gekündigt wurde, war sehr hoch.

Bevor von Waldstamm von sich berichtet hatte, hatte Herzfeld ihn kurz auf den neuesten Stand gebracht. Er hatte dem Sektionsassistenten gesagt, dass Behrendt und der Schütze schon verschwunden waren, als Tomforde und die Männer des SEK in der Mitte der großen Freilichtbühne mit einem Marine-Hubschrauber eintrafen. Auch eine sofortige Ringfahndung und groß angelegte polizeiliche Suchaktion hatte weder zur Verhaftung der beiden noch zu sachdienlichen Hinweisen auf ihren Verbleib geführt.

Und Herzfeld hatte von Waldstamm auch darüber informiert, dass Tomforde den richtigen Riecher gehabt hatte, als er zwar das blutig verfärbte Wasser im Becken sah, aber keine Fußspuren im nassen Sand oder Blutspuren außerhalb des Beckens, was dafürgesprochen hätte, dass eine verletzte Person das Wasser dort wieder verlassen haben musste. Als dann nach wenigen Minuten zwei SEK-Beamte das Becken mehrfach durchtaucht hatten und klar war, dass sich niemand darin befand, hatte Tomforde vermutet, dass der oder die verletzten Personen unter Wasser gekommen sein mussten und sich sehr wahrscheinlich im Inneren des direkt benachbarten künstlichen Felsens befanden.

Herzfeld hatte dem Sektionsassistenten auch erzählt, dass Doktor Andreas Fleischer und Heike Westphal die noch warmen Überreste ihres ehemaligen Vorgesetzten Professor Volker Schneider am frühen Nachmittag des gestrigen Tages obduziert hatten. »Eine Leiche muss kalt sein, das hier geht gar nicht«, hatte Fleischer kommentiert und ihn eindeutig identifiziert.

Nachdem von Waldstamm ihm mehrfach überschwänglich für seine Rettung gedankt hatte und sich Herzfeld schließlich anschickte, sich zu verabschieden, fragte von Waldstamm ihn: »Eine Sache noch, Herr Doktor Herzfeld. Wie sind wir aus diesem Becken rausgekommen? Ich meine, *unter Wasser* rausgekommen?«

»Ich war mir absolut sicher, dass es am Rand des Beckens unter Wasser einen Ausgang, eine Art Schleuse, geben muss«, antwortete Herzfeld.

»Wie ... ich meine ... wie kommt man denn auf so was?«, stammelte von Waldstamm verdutzt.

»Meine Gewissheit stammt aus einer Unterhaltung, die ich letztes Jahr während der Aufführung ›Der Ölprinz‹ mit meiner Tochter Hannah auf der Sitztribüne geführt habe«, erwiderte Herzfeld.

Von Waldstamm sah ihn irritiert an und sagte dann: »Ich meine ... das interessiert mich jetzt wirklich, immerhin haben Sie mir dadurch das Leben gerettet.«

»Es war Hannahs Beobachtungsgabe, die Ihnen das Leben gerettet hat«, entgegnete Herzfeld. »Vorausgegangen war, dass Winnetou und Old Shatterhand von dem Ölprinzen und seiner Bande auf der Freilichtbühne vor Hannahs und meinen Augen in einen Hinterhalt gelockt worden waren. Bei der anschließenden wilden Schießerei hat dann Old Shatterhand einen der Banditen erschossen, der hoch oben auf dem künstlichen Felsen über den Köpfen der beiden Helden lauerte, und der Ganove ist dann mit einem spektakulären Sturz aus etwa zehn Metern Höhe in genau jenes Wasserbassin gestürzt, in dem wir gestern ums Überleben gekämpft haben.

Hannah war in großer Sorge um den Mann, und ich habe ihr dann erklärt, dass es sich sowohl bei den *Lieben* als auch bei den *Bösen* – um in ihrer kindlichen Terminologie zu bleiben – um Schauspieler handelt, die nur eine Rolle spielen und keinen Schaden bei Schießereien, Stürzen von Pferden oder Saloon-Prügeleien nehmen. Als der besagte Bandit in das Wasserbecken gestürzt war und dann aber nicht an der Wasseroberfläche auftauchte – was Hannahs ausgeprägter Beobachtungsgabe trotz des Gewusels auf der Freilichtbühne nicht entgangen war –, machte sich meine kleine Tochter ernsthafte Sorgen um den Mann. Ich konnte sie abermals beruhigen, dass der Mann keinen Schaden nehmen würde, dass das alles einstudiert und er ein für solche spektakuläre Aktionen ausgebildeter Stuntman sei, der unter Wasser aus dem Becken wieder hinausklettert, ohne dass wir oder die anderen Zuschauer es sehen.«

»Aber, Herr Doktor Herzfeld, auch wenn Sie sicher waren, dass es da irgendwo unter Wasser rausgeht, wie haben Sie den Ausgang gefunden?«

»Ganz einfach«, antwortete Herzfeld. »Ich war mir sicher, dass sich ein möglicher Unterwasserausgang aus dem Becken nur an der Beckenwand befinden kann, die direkt an das künstliche Felsmassiv grenzt, denn nur dort konnte die entsprechende Technik unsichtbar installiert worden sein.«

Von Waldstamm sah ihn mit großen Augen an.

Wenige Minuten später verließ Herzfeld die unfallchirurgische Klinik des Kieler Uniklinikums durch den Haupteingang, wobei sein Blick im Vorbeigehen auf die Zeitungsauslage des Kioskes im Foyer fiel.

Showdown am Kalkberg – Wilder Westen im hohen Nor-

den! lautete in großen Lettern die Schlagzeile der *Kieler Nachrichten* auf der Titelseite. Lars Schirmherr, sein Schwager in spe, hatte mal wieder seine Geschichte bekommen …

Herzfeld steuerte auf seinen auf einem Parkplatz auf dem Gelände abgestellten VW Golf zu. Er wollte die nächsten Stunden seines freien Samstags dafür nutzen, die Wohnung aufzuräumen, etwas einzukaufen und einen großen Strauß Blumen für Petra zu besorgen, die er mit Hannah am Nachmittag zurückerwartete.

Er würde auch einen Abstecher in die kleine, aber bestens sortierte Weinhandlung am Ende ihrer Straße machen und einen guten Barolo kaufen, den er dann am Abend mit Petra trinken wollte. Beim ersten Glas würde er mit Petra über ihre Hochzeit in wenigen Wochen sprechen, nahm er sich vor. Und beim zweiten Glas dann über Schwans Pläne bezüglich seiner Nachfolge … Und dann erst, beim dritten Glas, würde er das Thema Schneider ansprechen. Auch wenn der Mann, der Petra vor einiger Zeit entführt und fast getötet hatte und seitdem wie ein unsichtbares Damoklesschwert über ihrer Familie geschwebt hatte, nun tot war, wusste er, dass dieses Thema für Petra das schwierigste und emotionalste war.

Vielleicht kaufe ich doch lieber gleich zwei Flaschen, dachte Herzfeld gerade, als das Handy in seiner Hosentasche vibrierte. Das Display zeigte die Nummer von Tomforde.

»Gibt es was von Behrendt und dem zweiten Mann?«, kam Herzfeld direkt zur Sache, nachdem er den Anruf entgegengenommen hatte. »Das gibt es in der Tat. Die Kollegen in Eutin sind heute Morgen informiert worden, dass dort abseits einer kleinen Landstraße ein Pkw brannte. Nachdem der Wagen gelöscht worden war, fand sich darin eine völlig verkohlte Leiche …«

»Sie denken, das hat etwas mit Behrendt und seinem

Kompagnon zu tun?«, unterbrach Herzfeld den Oberkommissar ungeduldig. »Ich denke das nicht, ich weiß es«, erwiderte Tomforde. »Bei dem Wagen, einem Porsche Panamera, handelt es sich um ein Leasing-Fahrzeug. Leasing-Nehmer ist ein gewisser Doktor Alessio Alvarez, der …«

»… auch als Marco Behrendt bekannt ist«, vollendete Herzfeld den Satz.

Für einen kurzen Moment war es still in der Leitung.

Dann hörte Herzfeld Tomforde fragen: »Haben Sie heute schon was vor? Es ist wahrscheinlich sinnvoll, wenn Sie die Obduktion und Identifizierung übernehmen. Was meinen Sie?«

»Ich bin schon unterwegs«, erwiderte Herzfeld und betätigte den elektronischen Schlüssel seines Wagens.

O ja, es fühlt sich gut an, wieder zurück zu sein …

Nachwort

Liebe Leserinnen und Leser, zunächst einmal herzlichen Dank, dass Sie Paul Herzfeld bei seinem letzten Abenteuer in diesem Buch begleitet haben. Ja, Sie lesen richtig. Die Herzfeld-Trilogie ist nach *Abgeschlagen* und *Abgefackelt* mit *Abgetrennt* zu Ende erzählt.

Das vor zehn Jahren gemeinsam mit meinem guten Freund Sebastian Fitzek – dem Mann, der mich dazu brachte, True-Crime-Thriller zu schreiben – verfasste Werk *Abgeschnitten,* ebenfalls mit Paul Herzfeld in der Hauptrolle, ist unabhängig von der Trilogie zu lesen und spielt zehn Jahre nach den Ereignissen in *Abgeschlagen, Abgefackelt* und *Abgetrennt.*

Der ältere Herzfeld begegnet Ihnen, liebe Leserinnen und Leser, auch in der »Z-Reihe« um den Rechtsmediziner Fred Abel (bisher erschienen: *Zerschunden, Zersetzt, Zerbrochen* und *Zerrissen*), insofern besteht kein Grund, heute und hier für immer Abschied von Paul Herzfeld zu nehmen.

Wie auch meine früheren True-Crime-Thriller ist dieses Buch zu großen Teilen im Sektionssaal oder an Tatorten respektive Leichenfundorten angesiedelt – dort, wo ich mich beruflich am wohlsten fühle.

Und wieder sind es echte Kriminalfälle und echte menschliche Tragödien, die ich selbst so erlebt, untersucht, und zu deren Aufklärung ich beigetragen habe, die Paul Herzfeld in diesem Buch begegnen. Um nur einige Beispiele zu nennen: Die Explosion im Eros-Center hat sich so vor vielen Jahren in Bremerhaven ereignet, und die in diesem Buch geschilderte Szenerie der Zerstörung, der Verletzungen und der

Motivation des Explosionsopfers (das Suizid beging) sind absolut authentisch. Ich war damals vor Ort.

Auch hatte ich noch vor nicht allzu langer Zeit tatsächlich einen Arm auf dem Sektionstisch, der von einer Spaziergängerin gefunden und zunächst für ein Stöckchen gehalten wurde, das sie aufheben und für ihren Hund zum Apportieren werfen wollte. Ich habe keine Erinnerung mehr daran, was für ein Hund es war, und das ist auch nicht im hiesigen Institutsarchiv überliefert, aber es war sicherlich kein kleiner …

Die Methode, mit der »der Serbe« Milan Gavrilovic seine Opfer tötet, ist Rechtsmedizinerinnen und Rechtsmedizinern seit Langem als »Burking« ein Begriff. Der Name dieser Tötungsmethode, bei der sich der Täter auf den Brustkorb seines Opfers setzt bzw. kniet und gleichzeitig dessen Mund und Nase zuhält und das Opfer so erstickt, ist auf den Serienmörder William Burke zurückzuführen, der Anfang des neunzehnten Jahrhunderts in Edinburgh, Schottland, mindestens sechzehn Menschen – die überwiegend aus dem Obdachlosen- und Trinkermilieu stammten – auf diese Weise tötete. Auch Burke verkaufte die Leichen als Forschungsobjekte zu medizinischen Zwecken, nämlich an das anatomische Institut der Stadt.

Stichwort Epimetheus Institut: So unglaublich es klingt, auch dies ist eine wahre Geschichte, die sich vor einigen Jahren in Berlin ereignet hat. Und wie Paul Herzfeld war auch ich als Rechtsmediziner mit dem zuständigen Amtsarzt und Polizeibeamten bei der Begehung der Räumlichkeiten dieses Instituts anwesend, das Präparationsübungen für angehende – oder vielmehr sich einen Medizinstudienplatz wünschende – junge Frauen und Männer anbot. Ich staunte nicht schlecht, als sich dort tatsächlich diverse menschliche Leichenteile wie Arme und Beine, ganze Torsi und zahlreiche Skelette fanden. Allerdings stammten diese Leichenteile nicht aus der Rechtsmedizin, sondern waren auf Umwegen aus dem Ausland beschafft worden, wo sie tatsächlich legal erhältlich waren. Ich weiß bis heute nicht, was mich mehr erstaunt: das Geschäftsmodell, das bis dahin florierte, oder dass der Frankfurter Zoll – denn die Leichenteile kamen über den Frankfurter Flughafen nach Deutschland und von dort dann nach Berlin – die Leichenteile einfach so durchgewinkt hat. Wichtig ist mir allerdings, hier festzuhalten, dass damals niemand auf Geheiß des Institutsdirektors von einem eiskalten Killer getötet wurde, damit für Leichennachschub gesorgt war. Ich habe mir die künstlerische Freiheit erlaubt, das hier hinzuzufügen.

Was den infernalischen Körpergeruch des toten ehemaligen Boxers aus einer psychiatrischen Einrichtung, den Fleischer und Radbruch obduzieren, anbelangt – ein regelrechtes olfaktorisches Spektakel, das ich, der ich nun wirklich viel gewohnt bin, nie vergessen werde –, und die neugierige Polizeipraktikantin, die nach Kenntnis von Sinn und Funktion der Madenrinnen im Sektionssaal die Flucht ergreift: Auch diese Szenen haben sich so vor noch nicht allzu langer Zeit in den Räumlichkeiten der Berliner Rechtsmedizin abgespielt.

Ach, übrigens: Die Brandbombe, die Professor Volker Schneider zusammenbaut, um seinem Erzrivalen Paul Herzfeld einen flammenden Abgang zu bereiten, funktioniert nicht. Aber trotzdem hier der Hinweis: *Don't try this at home!*

Und noch was: Paul Herzfeld hat Professor Schwan tatsächlich als Direktor des Instituts für Rechtsmedizin in Kiel beerbt. Nachzulesen in meinem Thriller *Kaltes Land,* der ebenfalls in Kiel spielt.

Apropos Kiel: Kiel ist meine Geburtsstadt, und dass die

Paul-Herzfeld-Reihe in Schleswig-Holstein spielt, ist eine ganz bewusste Hommage an meine Heimat. Auch wenn ich mittlerweile seit fünfzehn Jahren in Berlin lebe und hier ein großer Brandenburg-Fan geworden bin, was die Seen, Wälder, Natur und Lost Places in Berlins Nachbarbundesland anbelangt, bin ich immer wieder gern in Schleswig-Holstein. Auf der Suche nach einer wirklich spektakulären Szenerie für den großen Showdown dieses Buches war nichts naheliegender, als die Spielstätte der Karl-May-Spiele, das Kalkbergstadion in Bad Segeberg, als Kulisse zu verwenden. Ich liebe die Karl-May-Spiele seit meinem sechsten Lebensjahr, als ich das erste Mal in dem imposanten Halbrund der Freilichtbühne saß und vor meinen Augen die Figuren von Karl May zum Leben erwachten und den immerwährenden Kampf Gut gegen Böse ausfochten. Seitdem bin ich immer wieder dort, mittlerweile mit meinen eigenen Kindern. Bei meinem letzten Besuch im Kalkbergstadion durfte ich eine exklusive Führung durch die Herren Stamp und Saggau von der Kalkberg GmbH hinter den Kulissen genießen. Ich war tief beeindruckt von den versteckten Auf- und Abgängen der Freilichtbühne und den Katakomben inklusive Bühnentechnik. Aus dramaturgischen Gründen habe ich mir allerdings die Freiheit genommen, die Örtlichkeiten innerhalb des Kalkbergstadions etwas zu verändern.

Ich hoffe, liebe Leserinnen und Leser, Ihren Geschmack und Nerv mit dieser Geschichte um Doktor Paul Herzfeld getroffen zu haben!

Danksagung

Mein großer Dank geht zunächst an Alexandra Löhr, meine langjährige Lektorin mit dem klaren Blick und dem scharfen Verstand.

Andrea Kassel, Michael Stamp und Lars Saggau von der Kalkberg GmbH haben mir die Tore des Kalkbergstadions in Bad Segeberg weit geöffnet und mich bei meiner Recherche vor Ort großartig beraten. Dabei sind so einige Ideen für den Showdown dieses Buches entstanden. Ganz herzlichen Dank! Und auch im Nachhinein konnte ich noch einiges von Michael Stamp lernen, so zum Beispiel, dass im Roman *Der Ölprinz* von Karl May Old Shatterhand der Sidekick von Winnetou ist und nicht Old Surehand – wie wir es aus dem gleichnamigen Film mit Pierre Brice und Stewart Granger kennen. Man lernt nie aus. Danke auch dafür!

Dr. Marc Windgassen, Dr. Claas Buschmann und Dr. Lars Oesterhelweg vom Institut für Rechtsmedizin der Charité danke ich ebenfalls für ihre Unterstützung.

Achim Timm hat mich mal wieder bestens bei der Auswahl der Profikiller-Waffen beraten. *Merci!*

Dank gebührt auch Patrick Larscheid, Amtsarzt und Leiter des Gesundheitsamtes Berlin-Reinickendorf, mit dem ich den wahren Fall einer Institution in Berlin, in der illegalerweise echte menschliche Leichen und Leichenteile aufbewahrt und von »Wenn ich groß bin werde ich Arzt«-Sprösslingen reicher Eltern zerschnippelt wurden – ein anderes Wort fällt mir für das unprofessionelle Rumschneiden an den Leichenteilen wirklich nicht ein –, gelöst habe.

Mein Dank geht ferner auch an Roman Hocke und sein gesamtes Team von AVA international in München!

Bei Droemer Knaur gebührt Dank meiner hochgeschätzten Verlegerin Doris Janhsen sowie Katharina Ilgen, Nina Vogel, Patricia Kessler, Hanna Pfaffenwimmer, Sandra Schaffarczyk, Elisa Plendl, Lucie Balles, Helena Graef, Carolin Graehl, Katja Kolinke, Antje Buhl, Katharina Scholz, Natalja Schmidt und Steffen Haselbach. Herzlichen Dank an Annette Dascher für die tolle Covergestaltung!

Meiner tollen Familie – meiner Frau, meinen Kindern und Fidi, unserem Hund – danke ich für den wirklich riesigen Spaß, den wir alle immer zusammen haben, nicht nur, wenn wir gemeinsam etwas unternehmen. Auch nur ein Abendbrot mit euch kann ein echtes Erlebnis und Spektakel sein! Manchmal zum großen Leidwesen meiner Frau Anja♥…

Michael Tsokos

Leseprobe
aus

Abgefackelt

von

Michael Tsokos
mit Alex Pohl

Ein Paul-Herzfeld-Thriller

Prolog

Der hagere Mann in dem dunkelbraunen Sakko stieß die Fahrertür des silbernen Mercedes auf, kaum dass dieser ausgerollt war. Sie hatten alles durchwühlt, die Akten waren verschwunden und der Laptop natürlich auch. Er hatte keine Zeit gehabt zu prüfen, was sie sonst noch mitgenommen hatten, aber er vermutete, dass sie gründlich gewesen waren. Das hier war seine letzte Chance zu retten, woran er jahrelang gearbeitet hatte und was der Grund dafür war, warum er in den letzten Wochen nachts kaum noch ein Auge zugemacht hatte. Die einzige Möglichkeit, ihnen noch zuvorzukommen. Aber nur, wenn er sich jetzt beeilte.

Das fahle Licht der Straßenlaternen zeichnete harte Schatten auf das kantige Gesicht des Mannes, als er hastig aus dem Wagen stieg. Sofort wurde er von dem eisigen Regen in Empfang genommen, der seit dem Nachmittag ununterbrochen auf Schleswig-Holstein niedergegangen war und jetzt in den Nachtstunden an Intensität sogar noch zugenommen hatte.

Vom Schwung seiner allzu eifrigen Bewegung mitgetragen, rutschte er im losen Schotter der nassen Einfahrt aus und strauchelte, doch er konnte sein Gleichgewicht im letzten Moment noch wiederfinden.

Er eilte in großen Schritten um den Wagen herum, dessen Motor immer noch lief. Er hatte sich nicht damit aufgehalten, ihn auszuschalten. Jetzt zählte jeder Augenblick. Der Mann öffnete den Kofferraum und entnahm zwei große, dunkle Sporttaschen. Auf dem Weg zum Eingang des dunkelroten Backsteingebäudes, eines Flachdachbaus aus den 1950er-Jahren, zerrte er eine Keycard aus der Innentasche seines für die nächtlichen Wintertemperaturen viel zu dünnen Sakkos, das schon nach wenigen Augenblicken von den Regenmassen völlig durchnässt war.

Im Licht der Scheinwerferkegel probierte er mehrfach vergeblich, die Keycard in die richtige Position vor das elektronische Türschloss zu bringen, bis sich endlich mit einem metallischen Klacken die Verriegelung des Schlosses öffnete. Der Mann drückte mit seinem ganzen Körpergewicht gegen die schwere Metalltür. Als er im Haus war und sich umdrehte, um die schwergängige Tür wieder zu schließen, glaubte er für einen Moment einen Schatten zu sehen, hinter den flachen Büschen, dort, wo ein Weg zum zweiten Gebäudeflügel der Klinik führte. *Sind sie etwa schon hier?*

Er sah noch einmal genau hin.

Nein. Da ist niemand. Niemand weiß, was ich vorhabe. Oder? Sind sie mir gefolgt? Habe ich sie schon wieder unterschätzt?, ging es ihm panisch durch den Kopf. *Ich muss mich beeilen, die Unterlagen und die Gewebeproben …*

Eilig drückte er die Tür von innen ins Schloss und betätigte den Lichtschalter neben dem Türrahmen. Die Neonröhren an der Decke des einzigen Raumes in dem eingeschossigen Gebäude erwachten summend nacheinander zum Leben und verbreiteten ihr unangenehm flackerndes, bleiches Licht in den Gängen zwischen Hunderten von offenen Metallregalen. Zielstrebig ging der Mann an den bis knapp unter die Decke reichenden Regalen entlang, vorbei an endlosen Reihen von Aktenordnern voller Patientendaten, Untersuchungsbefunden und weiterem Archivmaterial, weiter zu seinem eigentlichen Ziel, den großen Metallschränken am Stirnende des Raumes. Auch diese schritt er mit schnellen

Schritten ab, bis er schließlich vor dem richtigen Schrank angekommen war, der wie die übrigen aus aufeinandergetürmten Stahlblechboxen bestand. Hier waren allerdings keine Akten verstaut, sondern Pappmappen mit hauchdünnen Schnitten menschlicher Organe, aufgezogen auf gläserne Objektträger, sowie Hunderte von menschlichen Gewebeproben, eingegossen in kleine Paraffinblöcke und damit haltbar gemacht für die Ewigkeit und bestimmt für die Untersuchung durch den Pathologen am Mikroskop.

Gehetzt wischte sich der Mann die vom Regen klatschnassen Haare aus der Stirn und riss die metallenen Schubfächer auf, wobei er sich systematisch von unten nach oben vorarbeitete, bis er schließlich fand, was er suchte. Er warf einen prüfenden Blick auf die Beschriftung der Gewebeproben. Jeder Paraffinblock enthielt eine sechsstellige Ziffernfolge sowie eine Jahreszahl, was ihn einer bestimmten Krankenakte und somit einem Patienten zuordnete.

Mit geübten Griffen zog der Mann hastig Objektträger und Paraffinblöcke heraus und stopfte sie in die beiden Sporttaschen, bis diese zum Bersten gefüllt waren.

Er packte die Tragegriffe der Taschen, die er nun kaum noch vom Boden hochheben konnte, und schleifte seine Beute gerade zurück in Richtung Eingangstür, als es mit einem Schlag dunkel wurde. Alle Neonleuchten in dem fensterlosen Gebäude hatten gleichzeitig, mit einem letzten bedrohlichen Summen, ihren Geist aufgegeben.

Das passierte nicht zum ersten Mal, einige der altersschwachen Deckenlampen in diesem Gebäude fielen in unregelmäßigen Abständen immer mal wieder aus – allerdings hatte er einen solchen kompletten Stromausfall hier im Archivgebäude bisher noch nie erlebt.

Die Taschen im Schlepptau, stolperte der Mann die letzten

Meter durch die Dunkelheit, bemüht, sich nicht an einem der Regale zu stoßen.

Er hatte Glück. Schon nach wenigen Schritten bemerkte er am Ende des Gangs einen Lichtschimmer am Boden. Ein schwacher Lichtschein, der von draußen unter dem Türschlitz hindurchfiel und von den eingeschalteten Scheinwerfern seines Wagens stammen musste, der immer noch mit laufendem Motor vor dem Archivgebäude stand.

Der Mann stellte die Taschen schnaufend neben sich ab und tastete in der Dunkelheit nach der Türklinke. Irritiert stellte er fest, dass sein Schritt ein leise platschendes Geräusch verursachte.

Eine Pfütze. Verdammter Regen. Vermutlich steht das Wasser draußen inzwischen derart hoch, dass es schon über die Türschwelle ins Gebäude eindringt. Auch hier ist mal wieder am falschen Ende gespart worden, dachte er bitter. *Und jetzt nichts wie raus.*

Er drückte die Klinke herunter, doch die schwere Metalltür ließ sich nicht öffnen.

Er drückte die Klinke noch einmal.

Nichts.

Da diese Tür den einzigen Fluchtweg aus dem Gebäude darstellte, hätte sie sich eigentlich problemlos von innen öffnen lassen sollen. Aus diesem Grund gab es hier am Ausgang auch kein Lesegerät für die Magnetkarte, die das elektronische Türschloss öffnete.

Der Mann rüttelte erneut an der Türklinke und drückte von innen gegen die Tür, aber sie ließ sich keinen Millimeter weit bewegen.

Verdammter, beschissener Stromausfall!

Ärgerlich stemmte er sich jetzt mit seinem ganzen Körpergewicht dagegen, aber es war nichts zu machen. Die massive Stahltür blieb verschlossen. Einen weiteren Fluch unterdrückend, überlegte der Mann fieberhaft, wie er sich aus seinem Gefängnis befreien konnte.

Ich muss raus hier, sofort!

Die Panik brach über ihm zusammen wie die Brandung über einem unglücklichen Schwimmer. Seine Gedanken begannen hektisch zu kreisen, während er von der Metalltür zurücktaumelte und an einem Hindernis hängen blieb, das er zu spät als eine seiner beiden Sporttaschen erkannte. Er ruderte mit den Armen in der Luft, suchte verzweifelt nach Halt, fand ihn für einen Moment zu seiner Rechten – dann riss er ein paar Aktenordner aus dem Regal direkt neben ihm mit sich zu Boden. Er versuchte, den Sturz mit den Händen abzufedern, doch vergeblich. Seine rechte Hand rutschte in der Flüssigkeit weg, und er schlug hart auf. Fluchend rieb er sich sein schmerzendes Gesäß, bis er die Feuchtigkeit bemerkte, die jetzt den Stoff seiner Hose durchnässte. Kein Wunder, er war direkt in die verdammte Pfütze gefallen.

Verfluchter Mist!

Aber das spielte jetzt auch keine Rolle mehr. Er musste erst einmal hier rauskommen. Das vor allem anderen.

Da nahm er den Geruch wahr. Er roch an seiner Hand. Ein beißender, irgendwie chemischer Geruch, der ihn an die kleine Jolle seines Vaters denken ließ und an das gleichmäßige Tuckern des Außenbordmotors, in dessen Nähe er immer am liebsten gesessen hatte, wenn sie gemeinsam auf Bootstour gegangen waren. Der Geruch kam ihm mit jedem Atemzug intensiver vor.

Das hier ist kein Regenwasser. Verdammt, es ist …

Während sein Gehirn mühsam versuchte, die Eindrücke in die richtige Beziehung zueinander zu setzen, sah er eine

Bewegung in dem schmalen Lichtspalt unter der Tür. Ein Schatten, Schritte.

Da ist jemand auf der anderen Seite der Tür!

»Hallo?«, rief der immer noch in der Pfütze am Boden sitzende Mann und ärgerte sich darüber, wie schwach und brüchig seine Stimme plötzlich klang. Wie seine Angst förmlich darin mitschwang. Er versuchte es noch einmal, lauter. »Hallo? Hören Sie mich? Ich bin hier eingesperrt. Sehen Sie das Schloss? Neben der Tür, ein Metallkasten. Sie müssen …«

Er brach ab und starrte auf den Lichtspalt unter der Tür.

Der Schatten bewegte sich für einen kurzen Moment erneut, dann nicht mehr. *Wer immer da draußen ist, er hätte mich hören müssen. Er hätte …*

Seine Gedanken kehrten zurück zu dem Geruch. Der ganze Raum war jetzt davon erfüllt. Seine Lunge schmerzte, als er die Luft mit dem nächsten Atemzug tief einsog.

Und dann wurde es ihm schlagartig klar.

Benzin!

Draußen bewegte sich der Schatten wieder.

»Hallo!«, schrie der Mann, und diesmal lag echte Verzweiflung in seiner Stimme. »Hallo! Hier ist überall Benzin! Ich brauche Hilfe! Hilfe!«

Von draußen erklang ein metallisches Klacken, dann ein Knistern. Das elektronische Türschloss, dachte der Mann, erhob sich und hämmerte gegen das massive Metall, doch die Tür blieb verschlossen. Die Benzindämpfe waren jetzt überall. Seine Augen begannen zu tränen, sein Hals brannte, seine Schläfen hämmerten.

Er schnappte nach Luft und saugte dabei noch mehr giftige Dämpfe in seine brennenden Lungen. Von einem Hustenanfall geschüttelt, sank er verzweifelt an der Tür hinab, während die Welt vor seinen Augen in einen rasenden Taumel geriet.

Ich muss aufstehen. Ich muss mich in Sicherheit bringen, zur anderen Seite des Raumes gelangen. Ich muss …

Bevor er den Gedanken beenden konnte, schoss eine gewaltige Stichflamme unter der Tür hindurch und tauchte alles in gleißendes Licht und brüllende Hitze. Als die Flammenzunge die benzindurchtränkte Hose des Mannes und fast augenblicklich auch den Rest seines Körpers erfasste, gab er markerschütternde Schreie von sich, die nichts Menschliches mehr an sich hatten. Das Letzte, was er sah, war das gleißende Licht seiner brennenden Hand. Er war zu einer lebenden Fackel geworden.

I

24. Januar, 9.29 Uhr
Kiel. Institut für Rechtsmedizin der Universität

Paul Herzfeld knotete die durchsichtige Plastikschürze, die seine blaue Sektionssaalkleidung vor Durchfeuchtung durch Blutspritzer und andere Körperflüssigkeiten am Sektionstisch schützen würde, hinter seinem Rücken zusammen. Dann streifte er sich die blauen Latexhandschuhe über, die der Sektionsassistent Heinrich von Waldstamm zusammen mit dem Diktafon neben der Organwaage auf einem Sideboard für ihn bereitgelegt hatte. Am Nebentisch stand Doktor Andreas Fleischer, der Herzfeld beim Betreten des Sektionssaals mit einem fröhlichen »Guten Morgen« und einem freundlichen Zwinkern durch seine Nickelbrille begrüßt hatte. Er war bereits seit etwa einer Stunde mit der Obduktion eines jungen Mannes beschäftigt. Doktor Fleischer war mittlerweile dreiundsechzig Jahre alt und nur noch wenige Tage pro Woche im Institut, da er seit einigen Monaten in einem Altersteilzeitmodell arbeitete.

Herzfeld kannte zwar die Umstände des Falles nicht, aber der Tote vor Fleischer hatte offensichtlich direkt vor seinem Ableben ein massives Polytrauma erlitten – so zumindest Herzfelds erste Blickdiagnose, als er bei der Erwiderung von Fleischers Gruß kurz auf die zahlreichen dunkelroten und feucht glänzenden Rippen- und Extremitätenfrakturen schaute. Fleischers Sektionsassistentin Annette Bartels präparierte diese gerade frei, indem sie die um die Frakturenden gelegene Muskulatur mit einem stabilen Sektionsmesser von den Knochen des Leichnams herunterschälte.

Herzfeld hatte sich nach seiner Ankunft im Institut vor einer halben Stunde in seinem Büro kurz mit dem Inhalt der polizeilichen Ermittlungsakte des Falles vertraut gemacht, der ihn an diesem Tag im Sektionssaal erwartete, und warf jetzt einen ersten Blick auf den unbekleideten Toten auf dem blanken Stahl des Sektionstisches vor ihm. Der aus Flensburg stammende und dort auch noch polizeilich gemeldete zweiundzwanzig Jahre alt gewordene Sven Theissen war erst vor wenigen Wochen nach Kiel gezogen, weil er hier bei einer Reinigungsfirma einen Job bekommen hatte. Er war am Abend seines Todes im Kieler Hauptbahnhof zur Säuberung der Oberlichter in der Bahnhofshalle eingesetzt gewesen. Um die in zehn Metern Höhe im Dach der Bahnhofshalle eingelassenen Fenster zu erreichen, hatte sich Theissen einer Teleskopstange aus leichtem Aluminiumrohr bedient, die ihm von seinem Arbeitgeber zur Verfügung gestellt worden war. An ihrem Ende war ein überdimensionierter Wischmopp befestigt, den er über seinem Kopf balanciert hatte, um so die Oberlichter zu erreichen. Nur wenige Minuten nach Beginn der Reinigung hatten im Hauptbahnhof anwesende Zeugen gehört, wie der junge Mann plötzlich einen markerschütternden Schrei ausstieß, dann beobachtet, dass er »kurz wie erstarrt« erschien, »den Rücken gerade durchgestreckt«, und anschließend zusammengebrochen war. Ein zufällig im Bahnhof anwesender Arzt hatte sofort mit der Reanimation des bewusstlosen Theissen begonnen und war schon nach wenigen Minuten von einem Notarzt und einem Rettungsassistenten abgelöst worden. Allerdings waren alle Bemühungen, den jungen Mann ins Leben zurückzuholen, vergeblich gewesen.

Nach Kenntnis der bisherigen Ermittlungsergebnisse aus der Akte war Herzfelds derzeitige Arbeitshypothese, dass

Theissen möglicherweise an einer von ihm selbst und seinem persönlichen Umfeld zuvor unbemerkten schweren inneren Erkrankung gelitten haben könnte – vielleicht einer Herzmuskelentzündung oder einer pathologischen Gefäßwandaussackung der Brustschlagader, die bei der anstrengenden Reinigung der Oberlichter plötzlich dekompensiert war. Davon ging Herzfeld aus, weil sich weder Hinweise auf ein Unfallgeschehen, eine Einwirkung von fremder Hand noch Drogenkonsum in den Ermittlungsunterlagen fanden.

Nun ergriff er das Diktafon und begann mit der äußeren Leichenschau. Er bedeutete dem korpulenten Sektionsassistenten von Waldstamm mit einem stummen Nicken, den Körper anzudrehen, damit er die Körperrückseite des Toten in Augenschein nehmen konnte.

»An der Körperrückseite auf kräftigen Fingerdruck hin eben noch zur Abblassung zu bringende Totenflecken, hellviolett, ausgespart im Bereich der Aufliegeflächen«, sprach Herzfeld in das kleine Mikrofon.

Mit einem weiteren Nicken wies er von Waldstamm an, den toten Theissen wieder in seine ursprüngliche Position auf dem Sektionstisch zu bringen.

»Die Totenstarre in allen großen und kleinen Gelenken noch kräftig vorhanden«, fuhr Herzfeld fort, während er die Streckung und Beugung in den Extremitätengelenken überprüfte. Dann wandte er sich den Händen des Toten zu. Hände, die tägliche körperliche Arbeit gewohnt waren, wie der Rechtsmediziner anhand der Hornhautschwielen feststellte. »Die Fingernagelränder beider Hände kurz, die Nagelränder die Fingerkuppen gerade erreichend, nicht abgebrochen. An der Innenseite der rechten Hand, direkt mittig …«

Herzfeld stockte. Er fühlte, wie augenblicklich aus jeder

Pore seiner Stirn Schweiß austrat und sein Mund schlagartig trocken wurde.

Er schaltete das Diktafon kurz aus, räusperte sich mehrfach und fuhr dann mit der äußeren Leichenschau fort: »... in Verlängerung des Strahls des Zeigefingers und unter Einbeziehung der Haut des Daumenballens ...«

Ihm wurde schwindelig.

Das, was er vor sich sah, weckte furchtbare Erinnerungen an die gerade erst zehn Tage zurückliegende Untersuchung einer Toten in einem Schuppen. Dort hatte er unter den einfachsten Bedingungen die Todesursache einer Frau feststellen müssen, während Petra, seine Verlobte, in höchster Lebensgefahr schwebte, und sein Vorgesetzter, Professor Volker Schneider, mit einer Pistole auf ihn zielte.

Herzfeld versuchte, sich zusammenzureißen und sich wieder auf die vor ihm liegende Aufgabe zu konzentrieren, aber das gelang ihm nur bedingt. Die Hautveränderungen an der Innenseite der rechten Hand von Sven Theissen und den Fingerendgliedern von Daumen und Zeigefinger der toten Frau im Schuppen waren zwar nicht identisch, aber die Ähnlichkeit war frappierend.

Herzfeld erkannte nur allzu deutlich, woran der Tote auf dem Sektionstisch gestorben war, als er – unter merklichem Zittern – die vier teils porzellanartig schimmernden, teils im Randbereich schwärzlich verfärbten länglichen Hautblasen an Theissens Hohlhand einem erneuten prüfenden Blick unterzog.

Theissen war an einem Stromschlag gestorben.

Irgendwo musste er auf Höhe der Oberlichter mit der metallenen Teleskopstange mit einem stromführenden Gegenstand in Berührung gekommen sein, denn die etwa zwei Zentimeter breite und vier Zentimeter lange blasige Strommarke korrespondierte gut mit der Kontur eines länglichen Gegenstandes – der unter Strom gesetzten Teleskopstange.

Herzfeld warf das Diktafon auf das Sideboard neben sich, wo es mit einem lauten Knall aufschlug. Der nur wenige Meter entfernt stehende von Waldstamm zuckte erschrocken zusammen und zog ängstlich den Kopf ein. Herzfeld konnte sich gerade noch am Sektionstisch abstützen – seine Knie schienen urplötzlich eine gummiartige Konsistenz zu haben –, und er begann, bedrohlich zu schwanken.

Der Schweiß rann immer heftiger über seine Stirn und lief in seine Augen, die jetzt anfingen zu brennen. Sein Atem ging stakkatoartig und keuchend.

Von Waldstamm sagte irgendetwas zu ihm, aber Herzfeld konnte den Sektionsassistenten nicht verstehen, er hörte nur noch das Blut in seinen Ohren rauschen. Statt einer Erwiderung schüttelte er stumm den Kopf.

Als er sich einigermaßen sicher war, dass er sein Gleichgewicht und seinen sicheren Stand zurückerlangt hatte, riss er sich die Plastikschürze herunter und warf sie zusammen mit den Handschuhen in den nächstgelegenen Abfallbehälter.

Die Polizei muss verständigt werden, und die Techniker der Deutschen Bahn müssen sich umgehend im Kieler Hauptbahnhof umsehen, wo sich eine unbekannte, nicht gesicherte Stromquelle befindet … bevor … der nächste Fensterreiniger … Er konnte den Gedanken nicht zu Ende bringen.

Ohne den Toten oder von Waldstamm noch eines weiteren Blickes zu würdigen, hastete er aus dem Sektionssaal, in den er an diesem Tag auch nicht wieder zurückkehren würde.

2

25. Januar, 10.01 Uhr
Kiel. Institut für Rechtsmedizin der Universität

Was war da gestern nur mit mir los?, fragte sich Herzfeld zum x-ten Mal an diesem Mittwochmorgen, während er in dem wuchtigen Ledersessel gegenüber dem ausladenden Eichentisch im Büro des Institutsdirektors Professor Doktor Schwan zu versinken drohte. Er war am Morgen nach seiner Ankunft im Institut von Schwans Sekretärin informiert worden, dass er für diesen Tag nicht im Sektionssaal eingeteilt war, sondern der Direktor ihn um zehn Uhr in seinem Büro sehen wollte. Der Raum, den der kurz vor seiner Emeritierung stehende Schwan mit antiken Stücken aus seinem eigenen Besitz möbliert hatte, war in ein schummriges Halbdunkel getaucht, das Herzfelds Netzhäute als ausgesprochen wohltuend empfanden. Es wurde nur von dem diffusen Lichtkegel der Messinglampe mit dem grünen Glasschirm auf dem Schreibtisch des Direktors unterbrochen.

Herzfeld gab sich dennoch Mühe, nicht in die Richtung des Lichts zu schauen, weil er befürchtete, dass dann der stechende Schmerz in seinen Schläfen, der ihn trotz mehrerer Paracetamol-Tabletten die ganze Nacht geplagt und vom Schlaf abgehalten hatte und der erst in den frühen Morgenstunden etwas abgeklungen war, wieder zurückkehren würde. Inzwischen hatte sich Herzfelds Nase auch einigermaßen mit dem Geruch von Schwans unvermeidlichem altmodischenmAftershave arrangiert, in dem der Direktor allmorgendlich zu baden schien.

Nach einer Weile drehte sich der untersetzte, knapp sechsundsechzigjährige Mann, wie immer ein Bild an Würde und Ernsthaftigkeit, zu ihm um, reichte ihm ein gefülltes Wasserglas und nahm ihm gegenüber in einem Sessel hinter seinem Schreibtisch Platz. Als sich der Direktor setzte, hörte Herzfeld seine Knie deutlich knacken – die Kniegelenksarthrose, unter der der ältere Mann seit geraumer Zeit litt und die ihn mittlerweile daran hinderte, noch selbst stundenlang im Sektionssaal zu stehen. Herzfeld nippte an dem Wasser.

»Kein Wunder, dass Sie am Ende sind, Kollege Herzfeld«, sagte Schwan. Der eindringliche Blick seiner wachen Augen, die sein körperliches Alter in keiner Weise widerspiegelten, ruhte auf Herzfeld.

»Was meinen Sie? Dass ich als erfahrener Rechtsmediziner während einer Obduktion schlappgemacht habe?«, fragte Herzfeld und stieß ein humorloses Lachen aus. Er wusste, dass der Direktor immer bestens informiert war über alles, was innerhalb der Institutsmauern vor sich ging, und zudem über jeden, der auch nur einen Fuß ins Gebäude setzte – auch wenn seine Mitarbeiter ihn manchmal tagelang nicht zu Gesicht bekamen.

»Nein«, antwortete Schwan, »das meine ich nicht. Sie haben in den letzten Wochen Außergewöhnliches durchmachen müssen. Sie haben schreckliche Dinge erlebt und in Abgründe geschaut. Sie haben bei all dem, was sich ereignet hat, eine Grenze überschreiten müssen, die keiner von uns jemals überschreiten sollte.«

»Worauf wollen Sie hinaus? Welche Grenze meinen Sie?«, fragte Herzfeld, obwohl er bereits ahnte, worauf Schwan anspielte.

»Man kann durchaus sagen, dass Lebensgefahr und Tod unsere täglichen Begleiter sind, Herr Kollege. Aber diesmal waren sie es nicht in der üblichen Form, mit der wir als

Rechtsmediziner sonst damit in Berührung kommen. Wenn wir über die schriftlichen Vermerke in den Ermittlungsakten oder durch die mündlichen Berichte der Beamten der Mordkommission damit konfrontiert werden, können wir den Gräuel und die Gewalt für unser eigenes Leben eigentlich immer ohne Probleme ausklammern. Diesmal war Ihr persönliches Umfeld, Ihre Familie direkt betroffen. *Das* meine ich mit der Überschreitung einer Grenze. Es ist etwas geschehen, was uns als objektivem Betrachter des Todes in all seinen Facetten niemals passieren darf. Sie waren *persönlich* betroffen. Sie waren gezwungen, bis zum Äußersten zu gehen. Und …« – der Direktor sah Herzfeld intensiv in die Augen – »Sie waren bereit dazu. Sie haben Ihr gewohntes Terrain verlassen, und diese Grenze haben Sie ganz bewusst überschritten.«

»Was hat das mit meinem Zusammenbruch im Sektionssaal gestern Morgen zu tun?«

»Alles. Das, was Sie und Ihre Verlobte, Frau Schirmherr, erlebt haben, hat etwas mit Ihnen gemacht.«

Das traf den Nagel auf den Kopf. *Professor Schwan hat es wieder mal mit einer scharfsinnigen Analyse auf den Punkt gebracht,* dachte Herzfeld.

Unter vorgehaltener Waffe und vor den Augen des offensichtlich vollkommen wahnsinnig gewordenen Schneider, bis dahin Oberarzt und Schwans Stellvertreter am Kieler Institut für Rechtsmedizin, hatte Herzfeld die provisorische Obduktion einer in einem Schuppen aufgebahrten Frau mit einem Küchenmesser durchführen müssen, während seiner Verlobten Petra für den Fall, dass Herzfeld bei der Klärung der Todesursache der Frau versagte, ein grausamer Strangulationstod drohte.

Nach einer nervenaufreibenden Hetzjagd und nachdem

er Herzfeld um ein Haar mit sich ins Verderben gerissen hätte, war Schneider schließlich aus über drei Metern Höhe in die eiskalten, schwarzen Wassermassen der Schlei gestürzt, um seiner Festnahme zu entgehen – Herzfeld war sich sicher, dass der Wahnsinnige das mit Absicht getan hatte. Ein Sprung aus dieser Höhe in ein Gewässer war durchaus etwas, was man überleben konnte, aber nicht angesichts der eisigen Kälte des Wassers – an jenem Tag hatte sich der Winter von seiner wahrhaft entfesselten Seite gezeigt. Den ganzen Tag über hatte ein furchtbarer Schneesturm gewütet, der die vergebliche Suche nach dem verrückten Schneider noch zusätzlich erschwerte.

Aber auch wenn er wusste, dass Schwan recht hatte, wollte Herzfeld es nicht hinnehmen, dass diese Erlebnisse Petras und sein Leben – und damit auch das Leben ihrer gemeinsamen Tochter Hannah – für immer verändert hatten. »Das mag ja alles sein«, räumte Herzfeld ein. »Aber was soll ich denn nun Ihrer Meinung nach tun, Chef? Mich verkriechen? Ich dachte, es ist das Beste, wenn ich so bald wie möglich wieder in der Normalität ankomme. Und dazu gehört unser Tagesgeschäft im Sektionssaal. Je eher ich wieder Routine habe, umso besser. Auch wenn Schneiders Leiche bisher nicht gefunden wurde und man sich deshalb in den wildesten Spekulationen ergehen könnte, versuche ich, mit diesem ganzen Irrsinn der letzten Wochen abzuschließen.« Herzfeld machte eine kurze Pause, ehe er hinzufügte: »Jedenfalls so mehr oder weniger.«

»Eben«, sagte Schwan. »Mehr oder weniger. Und genau da liegt das Problem, scheint mir.«

Herzfeld nickte. Er wusste, wann es keinen Sinn mehr hatte, Schwan zu widersprechen. Schließlich war der ältere Mann nicht von ungefähr seit über zweieinhalb Jahrzehnten

Direktor des renommierten und traditionsreichen Kieler Instituts für Rechtsmedizin. Also erwiderte Herzfeld jetzt nichts und hörte, was sein Chef ihm zu sagen hatte.

»Ich glaube«, fuhr Schwan fort, »es würde Ihnen guttun, ein wenig Abstand zu gewinnen. Zu Ihrer Arbeit hier im Institut. Zu dem, was Sie täglich auf unseren Obduktionstischen vorfinden. Und besonders zu allem, was Sie möglicherweise in irgendeiner Form an diese betrüblichen Vorfälle an jenem Tag und an Schneider erinnert.«

»Und wie genau haben Sie sich diesen Abstand vorgestellt? Wollen Sie mich irgendwo hier auf dem Campusgelände zu einer Schreibtischtätigkeit verdonnern?« Herzfeld biss sich im selben Moment auf die Lippen, als diese Worte seinen Mund verlassen hatten, denn er hatte sie schärfer formuliert als beabsichtigt.

»Nun, offen gestanden schwebt mir tatsächlich eine – selbstverständlich nur temporäre – Unterbrechung Ihrer Arbeit hier am Institut vor. Nur für ein paar Wochen. Für diese Zeit kann ich Sie entbehren, wenn ich auch nicht glaube, Sie dauerhaft ersetzen zu können, seien Sie da unbesorgt. Frau Kollegin Westphal könnte die Leitung der Obduktionen vorläufig übernehmen. Und mit Doktor Fleischer habe ich auch gesprochen. Er sagt, er ist flexibel mit seinem Altersteilzeitmodell und kann uns für eine Weile auch drei oder sogar vier Tage die Woche im Saal unterstützen. Von Waldstamm ist ja mittlerweile auch schon einige Zeit hier und hat sich gut eingearbeitet, insofern kann er das gesamte Spektrum der Sektionsassistenz mit Frau Bartels zusammen abdecken. Und …« – über das Gesicht des Direktors huschte ein spitzbübisches Grinsen – »… ich bin ja auch noch da. Wenn es hart auf hart kommt, ziehe ich mir wieder die Gummistiefel und die Schürze an.«

Herzfeld starrte den Direktor an, in dem Bemühen herauszufinden, ob dieser sich mit seiner letzten Bemerkung einen Scherz erlaubt hatte oder es tatsächlich ernst meinte.

»Ich sehe Ihnen an, dass Sie mit dieser Idee nicht ganz glücklich sind, Herr Herzfeld«, sagte Schwan mit der Andeutung eines Lächelns.

»Die Kompetenz meiner Kollegen steht außer Frage«, sagte Herzfeld, »Aber …«

»Sehen Sie, dieses *Aber* sollten Sie meine Sorge sein lassen, immerhin bin ich der Direktor des Instituts, daher obliegt mir auch die Hoheit über Personalentscheidungen und die Verantwortung für meine Mitarbeiter.«

»Natürlich, aber …«

»Ja?«, fragte Schwan. Etwas Ungeduldiges hatte sich in seine Stimme geschlichen.

»Bei allem Respekt, Chef, aber Frau Westphal ist mit ihren derzeitigen Aufgaben doch schon mehr als ausgelastet. Und Kollege Fleischer – ich möchte unter keinen Umständen, dass er meinetwegen …«

»Wie gesagt, Herr Herzfeld, lassen Sie das bitte meine Sorge sein. Ein schlechtes Gewissen steht Ihnen in dieser Sache ja nun wirklich nicht an.«

»Na gut«, sagte Herzfeld. »Was schlagen Sie denn genau vor, was ich machen soll, während meine Kollegen in Arbeit ersticken?« Er versuchte, seiner Aussage einen scherzhaften Anstrich zu geben, obwohl er sich in der Situation alles andere als wohlfühlte. Den Kollegen so etwas aufzubürden, bloß weil er einen kleinen Schwächeanfall gehabt hatte, war einfach nicht sein Stil. Genau genommen widersprach es sogar allem, wofür Herzfeld stand.

»Sehen Sie, Herr Herzfeld, es gibt etwas, was ich mir wirklich nicht leisten kann, und das ist, Sie für einen längeren

Zeitraum entbehren zu müssen. Oder Sie sogar ganz zu verlieren. Das, was Sie gestern erlebt haben, war ein Weckruf. Auch Sie haben eine Belastungsgrenze, und ich muss darauf bestehen, dass Sie diese respektieren. In unser aller Interesse. Und glauben Sie mir, ich verstehe Ihre Schwierigkeit, das einzusehen.«

»Sie beurlauben mich also?«, sprach Herzfeld das Offensichtliche aus, und Schwan nickte.

»Ordnen Sie Ihre Gedanken, ziehen Sie sich ein bisschen zurück aus alldem hier. Fahren Sie mit Ihrer Verlobten ein paar Tage oder auch Wochen weg, verbringen Sie Zeit mit Ihrer kleinen Tochter, und vor allem …« Schwan beugte sich auf seinem Sessel vor und deutete mit dem ausgestreckten Zeigefinger in Herzfelds Richtung, wie ein Lehrer, der seinen Schüler ermahnt. »Vor allem lassen Sie sich während dieser Zeit nicht im Institut blicken. Das ist eine Dienstanweisung!«

Die Aussicht darauf, etwas Zeit mit seiner Tochter Hannah verbringen zu können, stimmte Herzfeld versöhnlicher. Schwan hatte recht, sie sah ihren Vater tatsächlich viel zu selten. Sie aufwachsen zu sehen kam Herzfeld manchmal vor wie ein Film, der mit einer Zeitrafferkamera gedreht wurde. Eben noch ein Säugling, und jetzt schon fast in der Schule – wo war all die Zeit nur geblieben? Nun, am Obduktionstisch, an Leichenfundorten oder in Gerichtssälen hauptsächlich, das war in seinem Fall die einfache wie niederschmetternde Antwort, wie er sich selbst eingestehen musste.

Herzfeld nickte langsam. »Also gut. Einen Monat Auszeit. Aber bitte nicht länger.«

»Ausgezeichnet!«, freute sich Schwan und stand auf, um Herzfeld die Hand zu reichen. *Beinahe,* dachte Herzfeld, der sich jetzt ebenfalls aus dem geräumigen Sessel erhoben hatte, *als besiegelten wir einen Pakt.* »Dann erwarte ich Sie in vier

Wochen wieder zur Arbeit, bestens ausgeruht und mit neuem Tatendrang.«

Herzfeld versprach es und wandte sich zum Gehen.

Sosehr sich Herzfeld auf die Zeit mit Hannah freute, so setzte dies jedoch zunächst voraus, dass seine Tochter von Petras Eltern, bei denen Petra sie nach ihren traumatischen Erlebnissen einquartiert hatte, wieder zurückkehrte.

Dazu würde er allerdings ein langes Gespräch mit Petra führen müssen, und das war eine Aussicht, der Herzfeld mit gemischten Gefühlen entgegensah.

3

25. Januar, 14.57 Uhr
Kroatien. Eine Landstraße nahe Split

Branković blinzelte zum wiederholten Mal den Schweiß weg, der ihm in die Augen rann. Immer wieder lösten sich winzige Tröpfchen von seinen Augenbrauen. Seine Stirn sah aus, als habe er frisch geduscht, was er allerdings in Wahrheit das letzte Mal vor zwei Tagen getan hatte. Seitdem war der Mann mit dem buschigen Schnurrbart und der großen Brille in seinem Auto gefahren, praktisch ohne Unterlass, zunächst nur einem wilden Zickzackkurs folgend, über dessen Verlauf er erst Augenblicke vor der nächsten Kreuzung spontan entschieden hatte. Natürlich, um *sie* abzuhängen. Wie ein Hase, der Haken schlägt, um dem Wolf zu entkommen, der letztlich doch meistens schneller war als er – und viel gefräßiger.

Gut möglich, dass er sich das Ganze nur einbildete – oder zumindest einen Teil davon. Immerhin war er Ingenieur und somit ein Mann der Wissenschaft, und als solcher war ihm bewusst, dass drei Tage fast ohne Schlaf und mit lediglich Kaffee als Grundnahrungsmittel Verheerendes mit der Psyche eines Menschen anrichten konnten. Aber was, wenn er sich nicht irrte? *Nur weil du paranoid bist, heißt das nicht, dass sie nicht hinter dir her sind,* gingen ihm die berühmten Worte von Joseph Heller durch den Kopf.

War er paranoid?

Hatten sie ihn schon so weit, dass er sich vor seinem eigenen Schatten fürchtete? *War* da etwas in der Dunkelheit? Etwas Gieriges, Raubtierhaftes, das Zähne und Krallen nach ihm ausstreckte? Ein Schattenwolf?

»*Sranje!*«, fluchte er auf Kroatisch. »Scheiße!«

Mit dem schmutzigen Hemdsärmel wischte Branković den Schweiß von seiner Stirn, dabei war es in dem Auto alles andere als warm. Die Heizung des kleinen Lada-Kombi hatte bereits vor Stunden den Geist aufgegeben, nachdem die Warnlampe der Anzeige mehrfach Überlastung signalisiert hatte. Vermutlich leicht zu reparieren, dachte er. Aber nicht jetzt. Beim nächsten Halt, vielleicht. An der nächsten Tankstelle.

Brankovićs Augen schmerzten. Von dem Schweiß, natürlich, aber auch von der Übermüdung. Selbst die Wirkung von Koffein hatte ihre Grenzen. Er warf einen Blick auf den Tacho, zwang sich, etwas vom Gas zu gehen. Die Aufmerksamkeit eines übereifrigen Dorfpolizisten, wenn auch unwahrscheinlich, war so ziemlich das Letzte, was er jetzt gebrauchen konnte. Seine Rechte zuckte nervös zu seinem Schnurrbart, der auf seiner Oberlippe zitterte, auch dieser war schweißfeucht. Er zupfte daran, eine alte Angewohnheit, wenn er nervös war.

»Reiß dich zusammen!«, schimpfte Branković in die Stille des Wageninneren. Als er nach der gigantischen 2,5-Liter-Thermoskanne im Fußraum des Beifahrerplatzes griff, fiel sein Blick auf den Prototyp auf dem Sitz neben ihm, den er in eine alte, hölzerne Munitionskiste gepackt hatte, davon hatten ja genug überall herumgelegen nach dem Jugoslawienkrieg. Und jetzt war er – ohne zu wissen, wie – abermals in einen Krieg geraten. Einen, in den keine UN-Blauhelme eingreifen würden und über den keine einzige Nachrichtenstation berichten würde. Ein stummer Krieg. Ein Schattenkrieg.

Branković wuchtete die Thermoskanne zwischen seine Knie auf den Sitz, öffnete den Deckel, der gleichzeitig als Becher diente, und platzierte ihn ebenfalls sorgsam zwischen seinen Beinen, ohne die Augen von der Fahrbahn vor ihm zu lassen. Nicht bei diesem Tempo. Nicht mit dem Prototyp neben sich, dem einzigen seiner Art. Er schraubte den Deckel ab, dann hob er die Kanne prüfend an. Ein Rest Kaffee war noch drin, vermutlich kalt. Egal. Schlimmstenfalls gäbe es ein paar neue Flecken auf seinem Hemd, das ohnehin inzwischen eher ein Fall für den Müll war statt für die Wäsche. Aber das spielte keine Rolle – nichts würde mehr eine Rolle spielen, wenn er den Prototyp nicht in Sicherheit brachte.

Branković setzte die Kanne gerade an, als er die Bewegung wahrnahm. Ein dunkler Fleck am Himmel, der vorbeihuschte, jetzt schon wieder aus seinem Sichtfeld verschwunden – oder war da doch gar nichts gewesen?

Er stellte die Kanne zurück in den Fußraum vor dem Beifahrersitz. Plötzlich war der Kaffee nicht mehr wichtig und Branković hellwach. Mit zusammengekniffenen Augen suchte er den Himmel vor sich ab. Seit einer Weile war ihm schon kein Fahrzeug mehr begegnet. Auch die Straßengräben und die Felder beiderseits der Straße lagen verlassen da.

Nichts, da ist nichts.

Branković drosselte das Tempo erneut, obwohl die Straße vor ihm schnurgerade war, der nächste Wald irgendwo hinter den Feldern auf der linken Seite.

Etwas huschte jetzt erneut durch sein Sichtfeld, diesmal im Rückspiegel! Er zuckte regelrecht zusammen. Er hatte etwas im Rückspiegel gesehen, über der Fahrbahn hinter ihm auf der Straße. Er drehte sich um, sah durch die Heckscheibe auf die Landstraße hinter sich – was immer es gewesen war, nun war es wieder fort.

Branković vermeinte ein Geräusch zu hören, ein Surren vielleicht oder ein Brummen, das vorher nicht da gewesen war. *Der Motor? Hoffentlich nicht der Motor!* Natürlich hatte er den Wagen nicht geschont, aber der Lada war zu Beginn der Fahrt gut in Schuss gewesen, er hatte ihn schließlich stets selbst gewartet. Das Summen verschwand, und Branković atmete auf.

Im nächsten Moment stieß das Ding vor ihm aus dem Himmel herab, und jetzt sah er es erstmals richtig. Eine fast futuristische Silhouette, die sich als schwarzes Etwas deutlich von dem Bleigrau des Himmels abhob. *Eine Drohne!*

All seine Fluchtmanöver waren vergeblich gewesen, all das Hakenschlagen umsonst. *Das war es also, sie haben mich.*

Intuitiv trat Branković aufs Gaspedal, der Motor heulte auf. Nun nahm er auch das Brummen wieder wahr, das diesmal eindeutig von der Drohne ausging. Und jetzt konnte er sehen, was genau ihn da verfolgte. Ein schwarzer Multicopter mit sechs oder acht in einer Ebene angeordneten Rotoren, so schnell konnte er das nicht erkennen. Das in mattem Schwarz lackierte Fluggerät hatte einen Durchmesser von eineinhalb bis zwei Meter, schätzte er. Auf jeden Fall war das Teil wendig und extrem schnell.

Und dann geschah alles gleichzeitig.

Als die Drohne in frontalem Kollisionskurs auf ihn zugeflogen kam, schrie Branković auf, verriss das Steuer reflexartig nach rechts, und einen Sekundenbruchteil später durchschlug der Lada die Leitplanke.

Mit einem entsetzlichen, kreischenden Geräusch wurde die linke Seite des Wagens von den verbliebenen Resten der Leitplanke aufgerissen wie eine Konservenbüchse. Messerscharfes Blech zerfetzte mühelos die dünne Polsterung der Tür und trennte das linke Bein des Ingenieurs ab, als wäre es das dürre Beinchen eines Insekts. Der Wagen verlor die Bodenhaftung und machte einen mächtigen Satz durch die Luft, bevor sich seine Front in den Boden eines abgeernteten

Getreidefeldes grub. Vom Schwung des Aufpralls mitgerissen, bockte sich das Heck des Wagens auf wie ein störrisches Pferd, das nach hinten ausschlägt. Dann überschlug sich der Lada mehrfach und prallte dabei jedes Mal, mit abwechselnder Beteiligung von Front und Heck, hart auf den Untergrund auf, bis der Wagen selbst kaum noch als solcher zu erkennen war.

Als er schließlich zur Ruhe kam, auf dem zerbeulten Dach liegend wie ein unglücklicher Käfer, war sein Insasse längst tot, erschlagen und zerfetzt von Teilen des Fahrzeuginnenraums und der schweren Munitionskiste mit dem Prototyp, der so wichtigen Ladung des Wagens, die mit der Wucht eines Geschosses kreuz und quer geflogen war.

All das wurde, bar jeder Emotion, von einem kleinen gläsernen Auge aus der Luft beobachtet, dem rundlichen Kameraobjektiv an der Unterseite der Drohne. Benzin aus dem zerfetzten Tank tropfte auf den Boden. Als kleine Flammen aus dem Wagen zu schlagen begannen, hatte das gläserne Auge offenbar genug gesehen. Surrend und schwarz, kaum mehr als ein Schatten, erhob sich die Drohne in die Luft, um sich anderen Dingen zuzuwenden.

4

25. Januar, 17.34 Uhr

Kiel. Wohnung Paul Herzfeld

»Ich könnte Hannah doch morgen nach Hause holen«, schlug Herzfeld vor.

Petra schüttelte energisch den Kopf. »Sie fühlt sich wohl bei meinen Eltern«, sagte sie. »Paul, im Moment will ich Hannah da auch nicht wegholen. Nicht nach Hause jedenfalls, zumindest noch nicht in den nächsten Tagen.«

»Wir könnten zu dritt in den Urlaub fahren«, schlug Herzfeld vor. »Und sei es nur für eine Woche.«

»Entschuldige, aber wie genau stellst du dir das vor? Willst du einen auf heile Welt machen? Soll ich unserer Tochter die fröhliche Mami vorspielen, als ob nichts gewesen wäre? Wollen wir probieren, ob sie bemerkt, dass ich immer noch jedes Mal panisch zusammenzucke, wenn es an der Tür klingelt oder ich irgendwo einen Koffer sehe? Dass ich jedes Mal Herzrasen und Atemnot bekomme, wenn irgendwo ein großer Mann mit hellblonden Haaren steht? Stellst du dir so vielleicht einen schönen Familienurlaub vor?«

»Nein«, seufzte Herzfeld. »Aber ich könnte mich doch um sie kümmern.«

»Du hast also mal ein paar Wochen frei, und da willst du plötzlich den Vater für sie spielen.«

»Warum denn nicht? Sie ist schließlich auch meine Tochter, Petra.«

»Ist ja schön, dass dir das auch mal auffällt, Paul. Aber vielleicht ist gerade das der Grund, warum ich glaube, Hannah sollte lieber noch ein bisschen bei meinen Eltern bleiben. Wo warst du denn die letzten Jahre? Im Institut, bei deinen Leichen! Und jetzt, denkst du, machst du vier Wochen einen auf heile Familie und drückst so den Reset-Knopf? Und wir machen ganz normal weiter?«

»Ich versteh dich manchmal einfach nicht«, sagte Herzfeld.

»Momentan kann ich das einfach nicht, Paul, und daran wird sich vermutlich auch in den nächsten Wochen nichts ändern. Ehrlich gesagt bin ich froh, dass meine Eltern mir zumindest eine Sorge abnehmen. Ich habe immer noch viel zu viel mit mir selbst zu tun. Ich kann Hannah einfach nicht den ganzen Tag beschäftigen.«

Oder um dich haben, vervollständigte Herzfeld in Gedanken ihren Satz, obwohl er wusste, dass er Petra damit unrecht tat. Immerhin war sie es gewesen, die Hannah in den letzten Jahren umsorgt und großgezogen hatte, nicht er, der de facto eigentlich nie zu normalen Tageszeiten zu Hause gewesen war. »Das klingt, als redest du von einem Haustier und nicht von unserer Tochter«, sagte er. »Und ich verstehe immer noch nicht, wieso du glaubst, ich würde es nicht auch allein auf die Reihe bekommen, für sie da zu sein.«

Petra schwieg. Aber ihre Augen sprachen Bände stummer Vorwürfe. *Weil du trotzdem die ganze Zeit in Gedanken bei deiner Arbeit wärst,* schienen sie zu sagen. Und tief in seinem Inneren wusste Herzfeld, dass sie damit vermutlich recht hatte.

»Ich meine, da bin ich mal eine längere Zeit zu Hause«, sagte Herzfeld, »und dann soll Hannah ausgerechnet in dieser Zeit bei deinen Eltern bleiben? Wo sie doch in den nächsten Kita-Ferien sowieso wieder bei ihnen in Kronshagen ist? Ich kapiere wirklich nicht, was das soll.«

»Gut, dann muss ich es wohl aussprechen«, sagte Petra leise.

»Ich bitte darum«, sagte Herzfeld. Härter, als er es beabsichtigt hatte.

»Ich will sie jetzt nicht *hier* haben, okay? Nicht bei mir und …« Sie zögerte. »Und nicht in *deiner* Nähe.«

»Wie bitte?« Herzfeld starrte Petra verständnislos an. Hatte er sich diese Worte nur eingebildet oder waren sie tatsächlich gerade aus Petras Mund gekommen?

»Entschuldige«, lenkte Petra ein, »so war das nicht gemeint. Ich meine, sie soll nicht in der Nähe deiner Arbeit sein und … all dem anderen. Was dich so umgibt.«

»Zum Beispiel?«, fragte Herzfeld. »Es ist ja nicht so, dass ich vorhabe, sie während meiner freien Tage mit ins Institut zu schleppen und neben den Obduktionstisch zu stellen, damit sie ein bisschen zuschauen kann. Oder mir Arbeit mit nach Hause nehme und hier am Küchentisch mal eben ein paar Herzen und Nieren seziere …«

»Mach dich jetzt nicht darüber lustig, Paul!«, unterbrach Petra ihn energisch, und nun hatte sich ein Ton in ihre Stimme geschlichen, der sich nur als eisig bezeichnen ließ. »Das meine ich auch gar nicht.«

»Und was meinst du dann?«

»Ich meine, dass dein irrer Kollege mich entführt hat, während er dich unter vorgehaltener Waffe dazu zwang …«, Petras Stimme versagte.

»Aber wie hätte ich denn deiner Meinung nach reagieren sollen? Ich …«, begann Herzfeld, aber er kam nicht weit.

»Komm mir jetzt nicht so. Du weißt genau, worum es mir geht, Paul!«, rief Petra. Tränen hatten sich von den Lidern ihrer Augen gelöst und liefen ihr über die Wangen. »Wie kannst du erwarten, dass ich Hannah so großziehe? In der Gesellschaft von Leichen und Verrückten!«

»Schneider ist tot«, sagte Herzfeld. *Vermutlich* tot, korrigierte er sich im selben Moment, ohne es auszusprechen.

»Und was die Leichen betrifft …«

»Ja, Paul, lass uns über die Leichen reden. Die sind doch sowieso dein liebstes Gesprächsthema. Manchmal glaube ich, die interessieren dich sogar mehr als …« Petra hielt inne, als sie Herzfelds schockierten Gesichtsausdruck bemerkte. »Paul, ich …«, begann sie erneut, und ihre Tränen flossen nun noch heftiger. »So habe ich das nicht gemeint, Paul. Es ist nur …«

Herzfeld fühlte sich, als würde er zu Stein erstarren. Er wollte Petra in den Arm nehmen, aber er konnte es nicht.

Ich muss hier raus, dachte er, *sofort!*

Eine Weile standen sie nur so da und schauten sich an. Unfähig, dem, was sie fühlten, mit Worten Ausdruck zu verleihen.

»Ich muss noch mal los«, sagte er schließlich, und Petra nickte kurz, ohne ihn dabei anzusehen.

»Wir reden später weiter«, sagte er, während er seinen braunen Winterparka überzog. Petra wischte sich die Tränen fort und schenkte ihm den Versuch eines schmallippigen Lächelns. Herzfeld drehte sich um und verließ die Wohnung.

Neugierig, wie es weitergeht?
Lesen Sie weiter in *Abgefackelt* von Michael Tsokos.

Authentisch und knallhart: ein Kurz-Thriller von Rechtsmediziner und Bestsellerautor Michael Tsokos

MICHAEL TSOKOS

Kaltes Land

Ein Fall für Sabine Yao

Ein Anruf reißt Rechtsmedizinerin Sabine Yao jäh aus ihrem Berliner Arbeitsalltag im Sektionssaal. Eine Wasserleiche wurde im Umland von Kiel geborgen. Es handelt sich um ihre verschollene Tante. Alles deutet auf Mord hin. Yao fängt an, auf eigene Faust zu ermitteln. Und während sie erkennt, wie wenig sie von ihrer Tante wusste, schließt sich um sie ein Kreis gnadenloser Gewalt …

»Nur ein Profi wie Michael Tsokos, der das Grauen aus erster Hand kennt, kann dieses kalte Schaudern und die Gänsehaut erzeugen, gegen die auch kein Friesennerz hilft.«
Axel Prahl